サトウとシオ
插畫 たん旦

我和隔壁班美少女共度甜蜜校園生活，但
事到如今實在無法承認

當初搞錯了告白對象 1

Kadokawa Fantastic Novels

那……那就請多指教了。
♥遠山花戀
現任讀者模特兒，
不知為何接受了光太郎
誤打誤撞的告白？
© Tantan

咦？為什麼？
龍膽光太郎
做好覺悟豁出去告白，
卻大大搞錯對象的少年。
沒想到莫名演變成兩情相悅？
搞錯告白對象，對方卻接受了！
而且還演變成兩情相悅!?

今天是深雪大小姐和光太郎少爺
相親的日子。
© Tantan

♥桑島深雪
當地望族名媛，光太郎
實際要告白的對象。
沒想到來的人居然是
光太郎同學……

一場由誤會展開的戀愛，
逐漸成為真心相待——

好高興喔，
他說他喜歡我——

CONTENTS

Satoutoshio,
Tantan
Presents

我和隔壁班美少女共度甜蜜校園生活，但
事到如今實在無法承認

當初搞錯了告白對象 1

插畫 たん旦

サトウとシオ

Kadokawa Fantastic Novels

龍膽光太郎

只要有人開口就無法拒絕，人稱桐鄉高中「不懂拒絕的男人」。本想向暗戀已久的深雪告白，卻陰錯陽差變成對花戀告白。

遠山花戀

高中生兼讀者模特兒，是該年級首屈一指的美少女。原本就很喜歡光太郎，於是理所當然接受了他的告白。

❤桑島深雪

當地望族桑島家的名媛。光太郎實際想要告白的對象。對光太郎和花戀展開交往一事感到奇怪。

❤青木管家

在桑島家工作的神祕女性，也是深雪的貼身侍從，甚至跟進學校。依照深雪的命令，在光太郎周遭打探。

序章

徐徐微風吹拂著教室的窗簾。

現在是五月中旬，植物也冒著新鮮的嫩綠。

學生們聊著天一起上學，處處充滿友好的氣氛。

歡聲笑語隨著微風，在樹梢間沙沙作響。

桐鄉學園高中。

這間大型高中校風的自由程度算是縣內首屈一指，在校的學生以及周遭居民都簡稱其為「桐鄉高」。

時節進入五月，學生們差不多習慣了校園新生活，四處可見學生們在座位上聊天嘻笑的模樣。

「光太郎，你要加入哪個社團？」

「這個嘛……我應該不會加入吧。」

名為光太郎的學生，抱著手臂沉思一下後笑著回答。

少年有著柔順的頭髮，大大的眼睛，給人一種天真無邪的溫柔印象。

龍膽光太郎——

身高一七〇公分，身材略顯纖瘦，外貌中上。

因為他成熟的眼神，即使並不特別高大，卻也給人溫柔穩重的形象。

光太郎的眼神深處散發著一股慈愛。

彷彿是安靜聽人懺悔的神父一般。

實際上，他也真的是個心地善良的少年，總是不嫌麻煩地幫忙他人，因此同學們都很信任且喜歡他。

旁人對他的印象大多是「有事就找光太郎」、「人好到讓人擔心」、「整個人的成分有一半以上都是溫柔的男人」，有著很好的風評。

但少年本人卻不喜歡自己「不懂拒絕」的個性，總希望能改變……

龍膽光太郎，就是這麼一個正值青春期的少年。

他抓了抓臉，繼續說道——

「我國中時因為參與太多社團活動，把自己累慘了。現在升上高中，我想在叔叔的咖啡廳多幫忙幾天。」

「我可真是敬佩你這份體力，你這種個性既是優點也是缺點，遇到不合理的要求就果斷拒絕吧。」

「哈哈哈……我會的。話說回來，二郎你打算加入哪個社團？」

「哼哼，你可終於問我了。」

名喚二郎的少年露出大膽的笑容，將身體撐在桌上。

二郎——本名鷹村俊。

他是商店街一間和菓子店的少爺，和光太郎從國中就玩在一起。兩人的關係就像損友。

周遭的人都知道他滿腦子都在想如何受女生喜愛，且熱衷於此，同時也知道他所做的這些努力都是白費。

二郎這個綽號，是因為他國中時抹了大量髮膠，頂著一頭硬梆梆的頭髮上學，被周遭同學嘲笑是「看起來像二郎系拉麵打翻在頭上」，從此身為長男的他就被叫做二郎了。是個有點土氣，個性粗線條的男孩。

二郎用他粗粗的手指撥著瀏海，略顯驕傲地說道：

「我打算成立一個新社團。」

「什麼……想必是電競或卡牌遊戲這類玩樂性質的社團吧？就算我們校風再自由，若不是正經的社團，應該也不會通過吧。」

光太郎嘆了口氣，溫柔地勸誡。

然而二郎的點子遠遠超出他的預期。

「我想成立的是戀愛研究社，目的是和不擅長談戀愛的男女一起研究練習要怎麼穿衣服，約會要怎麼做，才能投異性所好。最終目標是開發我們學校專用的交友軟體，營造一個讓人順利進入戀愛關係的環境。」

光太郎看著滿是慾望，兩眼放光的二郎，不禁翻了翻白眼。

「你這不就是打著用公費製作約會軟體的主意嗎？」

「由校方管理的異性交友，還有什麼比這更健全的嗎？不，沒有！這就是一所學校能為如今的低生育率可做出的貢獻！」

二郎一口一句「異次元的少子化對策」、「異次元的晚婚防制」說得天花亂墜，光太郎聽著損友這番胡言亂語，也不知道該怎麼回話才好。

「你就是成天在想這種事情，才會交不到女朋友吧。」

「誰要聽你說這種實話！你真的很沒有夢想耶。」

「哈哈哈……這種混話可不是什麼夢想吧。」

從這些沒營養的對話可以看出，這兩人真的是知心好友。

此時他們背後正有人悄悄地靠近。

「嗨！你們在幹嘛呀，又在打什麼壞主意了？」

光太郎的肩膀突然遭人大力揉捏，痛得他整張臉皺在一起。

「嗚哇！怎麼回事？」

兩人回頭一看，只見一個臉上掛著開朗笑容的少女。

紮成兩束的棕色頭髮，在陽光下閃閃發亮，彷彿電影畫面一般。

那雙可愛又通透的眼睛圓滾滾的，不似某些過於強調眼線的妝容，少女臉上的妝容濃淡合宜。重點分明的妝容，更顯出她的美貌，看到的人都會迷上她。

她將制服穿得很時髦，筆直的雙腿從短裙中露出。

這位有著健康膚色和模特兒身材的人，是同屆的「遠山花戀」，她是學校的風雲人物。

她有當讀者模特兒，不但多次登上雜誌封面，也上過電視節目，最近甚至傳聞她被選上飾演即將播出的電視劇女主角。

除此之外，她的功課及運動成績也一直保持在前段班。如此優秀的表現，周圍的人都稱她為「高嶺之花」。

即使如此，她仍然個性親切，俐落大方，因此在男女同學間都深受歡迎……尤其是在男同學之間，向她告白的人可說是絡繹不絕。

但因為她拒絕了所有的告白，又因為姓「遠山」，所以素有「戀愛未登峰」之稱。

她和光太郎是國中同學。

「遠、遠山同學……」

光太郎一臉為難地看向她，一邊移動椅子想和她保持距離。

但花戀卻緊緊摟住光太郎的肩膀，讓他無法拉開距離。

「哇！別、別這樣！」

光太郎感覺到一個柔軟的觸感，不禁掙扎起來。

花戀完全不在乎這些小事情，反而笑著黏得更緊了。

「哎呀？光太郎同學，看你慌張成這樣，肯定是和二郎在聊色色的話題吧？」

「才、才沒有！妳不要亂說！」

「你的反應太明顯了，就連懸疑劇的犯人都沒這麼明顯，如果我是導演，肯定會喊NG。還是說……之後來一場一對一的演技指導？」

「我才不需要這種指導！」

——花戀這種幾近「煩人」的行為，總是捉弄光太郎，也是從國中就開始的日常風景。

光太郎只能狼狽地在她排山倒海的言語攻勢以及肢體接觸下掙扎。

花戀看著光太郎的反應，則是滿意地笑開了花。

「呼～捉弄光太郎最好玩了。本宮很滿意，要回自己的班級去了，我知道你不想離開我，但也用不著哭嘛，光太郎同學。」

「我會這樣是因為妳一直捏我的肩膀好嗎！」

「少來了～明明就很喜歡這樣。好了好了，你們別一天到晚聊色色的話題，小心交不到女朋友喔。」

花戀像個自來熟的主管一樣嘮叨了兩句，踏著月球漫步離開了。

光太郎就像歷經一場暴風雨，全身虛脫地癱軟在桌子上。

「真是的，遠山同學為什麼總是來找我麻煩啊……」

光太郎對於花戀只對自己如此親暱的舉動，顯得有些埋怨。

一旁的二郎則是笑嘻嘻地將全部看在眼裡。

「二郎，你在笑什麼？」

「嗯～沒有啊。」

二郎隨便地敷衍過去，回到剛才的話題上。

「總之，在這個競爭激烈的社會中，如果高中三年只專注在功課上，完全不曾談戀愛就過去了，不是很可惜嗎？所以我才要成立戀愛研究社，才要開發程式啊！」

「和菓子店的少爺不需要擔心什麼社會競爭吧。」

「少囉唆，你就是我說的其中一員！你應該也不想度過枯燥無味的三年生活吧？」

面對二郎淒厲的言語攻勢，光太郎撇撇嘴反駁他。

「不，我也有喜歡的人啊……」

噹！

二郎聽到光太郎的回答後，嚇得從椅子上掉下來。

「你、你怎麼了？」

光太郎擔心地詢問。

二郎一臉嚴肅地看著光太郎，突然站起來大叫——

「1年A班的男生集合！」

在二郎磅礴的吆喝下，班上的男生紛紛聚到兩人身邊。

「怎麼了，二郎？」

「是不是又和光太郎在打什麼壞主意啊？」

「別賣關子了，我也要加入。」

聽到班上男生說的，光太郎覺得有點打擊，環顧著周圍的男同學們。

「這是什麼話，我才沒出過什麼壞主意好嗎？」

此時，一個男孩推了推眼鏡，出言反駁光太郎。

「你不是曾經為了振興地區，把自製的恐龍模型丟進湖裡，寫了篇〈桐鄉湖出現『桐西』水怪〉的假新聞，賣給報社嗎？」

光太郎聽到這番話，尷尬地抓了抓臉。

「那是我年輕不懂事……別再提了，我是真的很內疚耶。」

面對一臉困擾的光太郎，另一個同學又爆了一個料。

「還有，你抓住某個討人厭的工會幹部的把柄，逼他辭職了不是嗎？這件事堪比傳說耶？」

「原來那也是光太郎做的嗎！」

聽到人家提起抓到工會把柄的往事，光太郎不禁尷尬一笑。

「那是因為我叔叔的咖啡廳也遭受他們刁難的關係，沒有你們說得這麼誇張啦……」

「我的天啊，你到底用了什麼招數？」

同學們不顧光太郎的尷尬，仍然興高采烈地討論著。

此時二郎打斷他們的討論，進入主題。

「先不提這些陳年往事，雖然有點抱歉，但這次不太一樣，不是你們想的那方面。」

「不然是哪方面啊，二郎？」

二郎停頓了一會兒，對眾人開口——

「……聽說光太郎有喜歡的人了。」

周遭的男同學聽到這句話頓時陷入沉默。緊接著……

「「「你終於承認了啊！」」」

大夥兒異口同聲說道。

「二郎，是真的嗎？」

「沒錯，他終於承認了。」

而當事人的光太郎則對這串對話一頭霧水。

「什麼叫終於承認，我聽不懂你們在說什麼？」

「你想否認也來不及了，我已經聽到你說有喜歡的人，沒錯吧？」

面對二郎的二度確認，光太郎有些遲疑地回答。

「與其說是喜歡，不如說……只是有點在意對方！是真的啦！」

二郎看著光太郎此地無銀三百兩的行為，嘴角止不住地上揚。

「好啦好啦，我知道了，就是那個人對吧？」

「那個人……？二郎你怎麼會知道！」

其他同學聽到後，一邊點頭一邊拍了拍處於震驚的光太郎的肩膀。

「誰叫你那麼明顯，好歹也藏一下吧。」

「沒事的，光太郎，有志者事竟成！我會在你的婚宴上跳沖繩傳統舞蹈祝賀的。」

「怎麼連國立同學和仲村渠同學也這樣！而且你剛才說結婚嗎？會不會跳太快了，仲村渠同學！」

來自沖繩的仲村渠一邊搖晃著壯碩的身軀一邊大笑，鐵道迷國立則是用鼻子嗤笑著說「請小心車身搖晃。」

這般熱鬧吵雜的氣氛，自然也引起了班上女生的注意。

「男生們！你們在吵什麼呀，快要上課了！」

女生領袖丸山登場。因為她很會照顧人的個性和肉肉的身材，加上家裡開麵包店，被喻為「擁有土司一般的包容心」。

二郎看到丸山過來嘮叨，趕緊讓她先冷靜下來。

「丸山，先等一下。」

「幹什麼，二郎，你們又想玩什麼把戲了？」

面對丸山質疑的眼神，二郎急忙搖頭否認。

「不是啦，是光太郎終於承認自己有喜歡的對象了。」

「那你打算幾時告白呀，龍膽同學？」

丸山就這樣順勢參與討論，接著連其他最愛戀愛八卦的女生也加入，場面頓時像是班級會議一般。

「等等！丸山同學妳不是來制止他們的嗎！」

「我當然不會制止這個話題啊，你總算承認了，也太慢了吧！真是的！」

「明明就這麼明顯～」

「這段單戀總算開花結果了～」

以丸山為首，班上的女生們也止不住嘴角上揚地看著光太郎。

光太郎在某種程度上像是被告一樣，無法插嘴的他顯得有些狼狽。

接著丸山以認真的神情逼近光太郎，說出她的想法。

「既然如此，就事不宜遲嘍？」

「什麼意思？」

丸山微笑著對歪頭表示不解的光太郎說……

「龍膽同學，讓我代表女生給你建言吧。雖說你讀書啦運動啦都比別人好，但是在戀愛方面簡直遲鈍到極點。」

「沒這麼誇張吧……」

光太郎被丸山鏗鏘有力的文字打得無力招架，只能做出無力的反擊。

丸山不待光太郎說完，像王牌推銷員一樣直接打斷他的話。

「就是有！尤其你個性溫順，總是以他人為優先……要是沒人推你一把，你絕對不會主動告白，對吧？」

光太郎對於這點也有自覺，無法否認只能硬擠出微笑。

「要、要是沒有一個契機的確是……可是告白……」

二郎看著光太郎雖然承認，但仍對告白抱持疑惑的態度，發出冷笑。

「再這樣拖下去，不知不覺就到開始領國民年金的年紀嘍。」

「什麼？你是說我到六十五歲都還沒辦法告白嗎！」

「不好說，如今社會情勢不穩定，說不定要過八十歲才領得到年金……」

「我應該是不會拖到這個地步啦……」

面對喪失信心的光太郎，同學們繼續用事實追擊。

「如果像條懶蛇一樣，只是在原地等待獵物降臨，是沒法戀愛的喔。」

「長時間占據同一個地點違反鐵道攝影的行規。」

「國立同學和仲村渠同學舉的例子也太奇怪了，但總之我也知道一直保持被動不好……可是我還沒有喜歡到——」

看到光太郎又開始猶豫不決，二郎便強勢地搧動他。

「總之就一鼓作氣告白，打出一發成功的煙火吧！這樣才算男人！」

「我怎麼樣都只想得到煙火爆炸後消散的畫面……」

丸山又推著他的背接著說下去。

「不要擔心！那發煙火絕對會是慶祝的煙火！你就當作是改變自己的機會吧！」

「丸山同學……！」

總是想改變自己，想矯正自己優柔寡斷的光太郎，因為丸山這句話開始動搖。

「改變自己的機會啊……」

不過，因為二郎等人搧風點火，不知不覺就決定要告白的那一瞬間，就已經談不上什麼改變自己了……

「原來如此，那我就拚一把看看吧，也當作改變自己。」

可悲的是，當事人完全沒有發現這件事。

「那龍膽同學，今天放學後馬上就去告白吧。」

「什麼？今天？」

這突如其來的提議，嚇得光太郎差點從椅子上跌下來。

「不是說事不宜遲嗎？」丸山說道。

「我們會為了你，讓對方待在頂樓的門前等你，所以你一開門就馬上告白！」二郎補充道。

「各站皆停也不錯，但要是手腳太慢，對方先被搶走了，你也不是滋味吧？」國立接著說。

「告白一定沒問題的啦～」仲村渠又補了一槍。

在同學們積極推動之下，「不懂拒絕的男人」光太郎也只得點頭。

「好，那我們就趕快在今天放學前準備好吧！」

「「「了解！」」」

隨著二郎領頭指揮的呼聲，教室裡頓時響起班上同學們跟著起鬨回應的笑鬧聲。

真是個活潑開朗的班級……但是在告白行動當事人光太郎眼裡，只覺得尷尬到不行。

「丸山，就麻煩妳去叫人嘍。」

「沒問題，交給我吧！」

丸山可愛地擺出一個V字，興奮地回答。

「沃夫，你去屋頂占場地，避免閒雜人等闖進來。」

「ＯＫ，加油，占場地，心情，超級好。」

講話像是牙牙學語的山本・沃夫查欽・雅弘（年級成績排名第一名）也充滿幹勁。

「接著是……天啊也太多事情要做了吧！」

看著二郎俐落地分配工作，光太郎怯怯地開口了。

「那、那個……抱歉在興頭上打斷你……」

「嗯？怎麼了，光太郎？在煩惱第一次約會的地點嗎？」

先不論二郎已經以告白成功為前提在進行，光太郎說出他單純的疑問。

「那個，你知道我喜歡的人是誰嗎？是說為什麼大家好像都知道啊？」

「「「這不是廢話嗎！」」」

班上同學們想都不想就回答了，光太郎露出一臉詫異的表情。

「簡直像是睡著時耳朵進水……不，是耳朵裡打了響雷一樣。」（註：日文的「青天霹靂」為「寢耳に水」，形容非常震驚。）

「這不是該出現在耳朵裡的東西吧，真的這樣得去看耳鼻喉科了。」

睡得正熟的時候突然響起如雷一般的耳鳴，這是哪門子的酷刑？二郎不假思索地吐槽光太郎。

接著他一副受不了的嘆了口氣，開始列舉光太郎喜歡的對象的特徵——

「首先，臉長得很好看，身材也很好。」

「你的語氣好像色老頭……不過確實是這樣沒錯。」

「再來是個性獨立，做什麼事都很認真。」

「的確，你說的沒錯。」

「身為高嶺之花，但對待周遭還是很親切，個性很溫柔？」

「沒錯沒錯，你說中了。」

「好了好了，不就是她嗎！我們早就知道了！這位客人眼光真好！」

可以說到這種程度，光太郎也無法再多說什麼，只能害羞地抓抓臉。

「其他的事放心交給我們，你負責告白就好了。沒問題的，我們班最愛的光太郎同學一定會成功的。」

「哈哈哈……是最愛還是最好欺負還不好說呢……」

聽到女生領袖的丸山說到這份上，光太郎害羞地笑了笑，放棄繼續深究那個「告白對象」究竟是誰。

（這樣啊，原來我這麼明顯，大家都知道我喜歡隔壁班的桑島同學啊……其實我也只是和對方說過兩次話，覺得有點在意而已……）

當班上所有人都認為一定是「遠山花戀」時，只有光太郎想的是另外一個人。

不如說班上同學根本不會知道，其實光太郎不太喜歡總是對他過度親暱的「遠山花戀」。

如此這般，光太郎在這天放學後，準備挑戰衝動告白。

地點是屋頂——

目的是告白——

對象是「桑島深雪」——

為了對她表明心意，光太郎穿過夕陽照進的放學後走廊。

不知是不是下定決心了，他的表情就像奔赴前線的戰士一樣。

「雖說應該會被拒絕，但是為了不辜負班上同學的支持，我也得加油才行！」

如今，在同學們的幫助下，桑島深雪應該有些莫名其妙地在屋頂等待著吧。

桑島深雪——

舉止優雅穩重，彷彿深閨的千金大小姐。

在某次打掃環境時，她拿出手帕為光太郎擦汗，光太郎不禁為這體貼的舉動感到開心，也自此對她產生興趣。

一想到她現在正一無所知地在屋頂上等著，光太郎便心有愧疚地加快腳步前往屋頂。

「這種事情就是要一鼓作氣！改變自己吧，龍膽光太郎！」

光太郎如此激勵自己，在稍暗的樓梯上兩步併做一步地往上衝去。

屋頂的門縫漏出一絲陽光，彷彿通往其他世界的入口。

——打開這扇門我就要告白！

——光太郎，不准猶豫，今天就和優柔寡斷的自己說再見吧！

——就算八成會被拒絕，總之為了自己改變吧！

比起談戀愛，光太郎抱持著想要改變自己的強烈想法，站在門前緩一緩呼吸。

彷彿面試前的人一樣深呼吸了好幾次。

接著他準備好，朝門把伸出手，一鼓作氣地打開屋頂的門。

碰！

沒有任何遮蔽的屋頂空間，陽光直接灑下。

稍微掀起一點塵埃。

空氣裡帶有屋頂栽種的香草香氣，讓人不禁興奮起來。

學生們下課後的歡聲笑語傳入耳中，以及——

「咦？」

看到突然出現的少年，少女發出一聲驚嘆。

「啊，那個……」

周遭好奇的眼光和議論的聲音，使光太郎害羞得無法直視對方的臉。

（加油，光太郎，一鼓作氣！）

光太郎為自己打氣之後，直接低著頭將自己的思慕傾訴出來。

「我喜歡妳！請問……妳願意和我交往嗎！」

「什……什麼？」

光太郎忐忑地看向眼前的女孩。

他的告白究竟會成功嗎……

但是，在此之前，他發現一個嚴重的問題。

在眼睛逐漸習慣逆光後，映入他眼簾的人是——

（咦？怎麼……不是桑島同學？）

對方有著模特兒身材，將制服穿得很時髦，與深閨千金完全相反的氣質。

站在光太郎面前的人——是遠山花戀。

「遠山……同學？」

光太郎驚訝地說出遠山的名字，接著慌張起來。

看著眼前的花戀，他浮現一個想法。

（難道……二郎那傢伙叫錯人了？）

說到遠山花戀有多受歡迎，據說曾經一天多達兩人向她告白。

都是二郎這個損友搞的烏龍……光太郎馬上就搞清楚狀況，露出一臉苦瓜臉。至少不是告白後會有的表情。

「呃……」

光太郎裝作沒事地東張西望。

周遭都是對告白結果充滿好奇的看戲學生。

其中甚至有「又有不知道自己斤兩的男生來告白了」的嘲笑聲。

「那個，我……」

這場突如其來的意外，讓光太郎整個人手足無措。

再加上對象是那個總愛纏著自己捉弄一番的遠山花戀，光太郎此刻只覺得要是沒有好好收場，肯定會被捉弄得更厲害。

（冷靜，得冷靜處理才行……）

雖然光太郎試著說服自己，但還是緊張得滿頭大汗。

即使溫暖的微風輕撫在臉上，他還是焦慮地直冒汗。

反而還因此口乾舌燥而說不出話來。

此時光太郎滿心只覺得羞恥，以及搞錯人的罪惡感，相對的——

「那……那就請多指教了。」

遠山花戀，這朵曾經讓無數少年鎩羽而歸的高嶺之花，竟顛覆旁人的預測，接受了光太郎的告白。

本還在煩惱該怎麼糊弄這個場面，沒想到對方卻接受了。

光太郎不禁大叫——

「咦？為什麼？」

「什麼為什麼？」

聽到光太郎的反應，花戀驚訝地回問「為什麼要反問我？」

無法掌握現下狀況的光太郎慌張起來。

（咦？什麼？那個傳說中讓無數少年鎩羽而歸的遠山同學怎麼會……？而且她不是很小看我，總是捉弄我嗎？）

其實旁人都看得出來那是花戀故意纏著喜歡的男生……但完全沒有察覺這點的光太郎只覺得慌張。

她是不是在打什麼壞主意——正當光太郎如此疑惑的同時，站在他面前的花戀則是害羞地抓了抓臉。

「真、真是的！真拿你沒辦法，其實我也沒有那麼喜歡你啦！只是看你可憐才跟答應跟你交往的！」

「那個，討厭的話可以不用勉強……」

光太郎語帶抱歉地說著，花戀則是打斷他的話。

「我不討厭啊！」

「咦？可是，妳剛才……」

「我、我是覺得要是拒絕你就太可憐了，所以才抱著斷腸的覺悟答應你，嗚嗚！肝腸寸斷！像這樣悔得腸子都跑出來了，今天就來一場烤內臟派對吧！」

「那個，如果討厭到連內臟都會噴出來的話，真的不用勉強──」

光太郎打算老實說出「因為我搞錯人了」。

但是，這句話卻被淹沒在周圍看戲人群的歡呼和悲鳴當中。

「居然成功了！這怎麼可能，我們的花戀同學……」

「一年級的龍膽？他是什麼人？！」

「光太郎，恭喜你！」

聚在屋頂的學生們歡聲雷動。面對這個場面，光太郎想解釋也無法開口。

（怎麼會？現在這樣我怎麼敢說是搞錯人啊！）

而且，為什麼這個總是小看自己的女孩會接受告白……不管真相如何，事情就這樣發展下去了──

「那……接下來就請多指教嘍，我的男友。」

「啊……彼此彼此。」

就這樣，龍膽光太郎就正式和同屆最受歡迎的女孩「遠山花戀」開始交往了。

「呼……呼……怎麼會變成這樣！」

周遭的祝福和怨嘆的聲音，以及花戀那抱持著某種期待的眼神，讓光太郎忍不住狼狽地逃離屋頂。

他氣喘如牛地回到教室門前，內心充滿懊悔。

「早知道就先看清楚了……而且遠山同學為什麼會接受告白，到底是怎麼回事啊？」

這下該怎麼跟班上同學解釋，因為搞錯告白對象，必須和不喜歡的女生交往的過程，就在光太郎煩惱此事時——

「龍膽同學？你還好嗎？」

「咦？」

旁邊突然傳來一個溫柔成熟的聲音。

讓光太郎一瞬間產生了有天使從天上對他說話的錯覺。

他轉身一看，面前是一個帶著柔和表情的少女。

少女擁有一頭柔亮的烏黑秀髮，以及一雙如同寶石的藍眼睛。

白裡透紅的肌膚令人聯想到高級藝術品。

這位精緻又美麗，楚楚動人的少女……

正是光太郎原本打算要告白的「桑島深雪」。

出乎意料的巧遇，讓光太郎臉上不禁又開始冒汗。

而深雪看到之後也毫不猶豫地拿出手帕為他擦汗。

「啊……」

「那個……你身體不舒服嗎，會不會是感冒了？是不是去一趟保健室比較好……」

面對深雪的體貼，光太郎心中瞬間充滿「搞錯告白對象」的罪惡感。

「謝、謝謝妳，桑島同學！我先走嘍！」

再也無法承受的光太郎只能簡單說出這句話，迅速離開現場。

「桑島同學真的好貼心喔……氣質又好又溫柔，待人親切感，像個鄰家姊姊一樣……要是能交往一定會很快樂。」

例如在屋頂一起吃便當，放學後約個會——

但又想到自己根本配不上那麼好的一個女孩，光太郎馬上停止他的妄想。

「不不，比起我這種人，她值得更好的！一個至少不會搞錯告白對象的人……是說，我真的要和遠山同學交往了嗎？」

光太郎完全無法想像自己和花戀成為情侶，只感到滿心焦慮。

反倒是想像得出明天被對方嘲弄「嘿嘿～被騙了吧」的畫面，不禁擔心了起來。

「唉……這大概是我明明對桑島同學都還不了解，就痴心妄想向她告白的懲罰吧。」

人生就是靠一股衝動。

但是只憑衝動是不會有好結果的，要做好最基本的確認……光太郎決定在自己的字典上加上

© Tantan

這條備註。

告白當天晚上——

光太郎終於忍不住向二郎說出事情經過。

「雖然衝動也很重要，但我覺得還是要先過過腦子比較好。」

『光太郎，你如果是來放閃的我就要掛了。』

光太郎坐在自己的床上，打電話給二郎報告結果。

從二郎嘲弄的語氣，不難想像他在電話另一頭一臉奸笑的表情。

「我沒有在放閃，是認真在跟你說。」

但二郎只覺得光太郎現在只是處於類似「婚前憂鬱」的狀態而已。

此時電話那頭傳來嘆氣的聲音。

『放著第一次交到的女朋友不管，反而打電話給我，你這樣好嗎？』

聽到二郎酸溜溜的，光太郎只好愧疚地對他說出實話。

「不是，我真的有事要跟你說。」

『是喔，有女友的人對單身狗有什麼好說的，如果是要說以後沒時間跟我一起混了，我也只能接受啊，你這混蛋。』

聽著二郎因為自己交到女友，故意裝得很可憐的樣子，光太郎尷尬地說出「實話」。

「那個……其實……我喜歡的人不是遠山花戀同學。」

『好啦好啦，什麼就是這樣你這混蛋……你這混蛋說什麼！』

聽到二郎維持角色設定驚訝地叫出聲，光太郎愧疚地對著電話低頭。

「真的很對不起班上同學們幫我安排這一切。」

『等等，你不是說有喜歡的人嗎！唯一可能的人不就只有——』

不就只有遠山花戀嗎？在二郎說出這個名字前，光太郎打斷他的話。

「不是，我真的有喜歡的人，不過不是遠山同學而是桑島同學。」

『桑島……你是說桑島深雪？那個大地主「桑島家」的千金，家族充滿政治家和議員的那個桑島？和我們鎮上的領頭企業「御園生集團」互相競爭的那個桑島嗎？』

二郎忍不住在電話那頭驚訝地發了一陣瘋。只透過電話也能想像到他因為太驚訝而手足無措的模樣。

停了一拍之後，二郎緩緩問出。

『可是，我們才剛升上高中一個月耶？』

「對，我們的交情大概是講過兩次話而已。」

『兩次！？才兩次就喜歡上人家了嗎！』

「所以我才一直說沒到這種程度啊……！」

二郎一直以來都以為光太郎只是對遠山花戀感到害羞，不禁喃喃說出「真的假的」。

『那，我問你，那個……你怎麼看遠山同學？』

「真要說的話，不是很喜歡。」

『……真的假的？』

「對，因為她總是捉弄我，又有過度的肢體接觸，我覺得她有點粗魯。」

就是因為喜歡所以才會故意捉弄，刻意製造肢體接觸的機會，也因為不習慣這樣的行為，反而弄巧成拙。

二郎決定暗示光太郎，花戀這種笨拙的愛情表現。

『不，我問你……你應該知道她只會對你這樣吧？』

「知道啊，所以才更讓我覺得她真的很小看我……」

天啊，怎麼會……二郎的語氣聽起來像是往額頭拍了一掌一樣。

『我還以為你只是不好意思，才會那種態度……』

二郎在電話那頭不悅地問道：

『先不管喜不喜歡或有沒有發現，為什麼不跟我說是桑島同學，這很重要耶？』

「這……讓你們費了那麼多工夫，我卻沒有告知最重要的事，我也覺得很抱歉……但是沒有先確認清楚就暴衝的人是你耶。」

『是這樣嗎？』接著二郎回想放學後的情形，開始反駁：

『不是說身材很好嗎，遠山同學是模特兒，身材很好啊！』

「桑島同學身材也很好啊……女性魅力的角度上。」

『原來你是巨乳派的嗎！？』

「我、我不是在說胸部大小！」

光太郎拚了命地解釋不是因為這點決定的。

『還有你也說那個人很獨立啊？靠著當模特兒，登上雜誌封面的酬勞養家的遠山花戀肯定夠獨立了吧！』

「桑島同學在這個年紀就背負家族在企業和社交界的盛名，我認為這樣也很獨立。」

沒想到光太郎也用這種小道消息來反駁，二郎發出恍然大悟的聲音。

『原來是這樣啊，真不愧是大地主的千金……那麼對任何人都很溫柔，一視同仁這一點又是怎麼回事？』

「她身為上流階層的千金，仍然對大家保持笑容，態度親切，甚至還會去幫屋頂的香草園澆水，對人和植物都很貼心，根本就是天使了！」

二郎聽到這番話，深深地嘆了一口氣。

一口比剛才更長，長到讓人以為是在做呼吸減肥法。

『總之結論就是，你喜歡的人是桑島同學，討厭遠山同學。』

聽到這句尖銳的結論，光太郎無奈地說：「別說得這麼難聽……」

「我是有想要說啊……只是當時的狀況實在……」

那個由祝福和嫉妒交雜而成的暴風。

就算搞錯了，也很難開口說：「啊，我搞錯人了。」

「唉……萬一被當作是在玩弄校花『遠山公主』的感情，我應該會被全校制裁吧。真希望可以由她主動拒絕。」

此時二郎嚴肅地打斷正在大吐苦水的光太郎。

『不，這不可能，她絕對不會拒絕的。』

「咦咦咦？！馬上否定！你怎麼能這麼肯定？」

面對光太郎這個問題，二郎沉默不語。

「否定之後又不講話是哪招！」

『……這好像不該由我來說，既然對方都答應了，你就看開一點，別再抱怨東抱怨西，好好交往吧！談戀愛不就是這麼回事嗎？』

透過電話也能輕易猜想二郎正笑著比讚。

光太郎也不甘示弱地反駁他。

「二郎，你幾時交過女朋友了？」

『真不愧是光太郎，被你抓到這點了。但是！和遠山同學交往絕對不是壞事，這點我敢保證。那就學校見嘍。』

「喂，等等！」

二郎像是逃避一般地將電話掛斷了。

光太郎感到錯愕，就算二郎保證不是壞事……事已至此，他也只能嘆氣了。

「話又說回來，為什麼遠山同學會答應我的告白呢……她平時不是很討厭我嗎？」

掛斷電話後，光太郎躺在床上一邊回想今天的事情，一邊喃喃自語。

「烤內臟派對？意思是她很開心嗎……不不，這怎麼可能？」

當局者迷，旁觀者清，簡直就是在說現在的光太郎。

但光太郎打從平時就搞不懂花戀，繼續深究也沒什麼意義，於是打算蓋上棉被乖乖睡覺。

「她應該是在整我吧，會笑著說『開玩笑的啦，真遺憾～』嘲弄我吧？老實說要是這樣就太好了，但為什麼二郎會說絕對不可能呢……」

此時，光太郎還不知道，他的期望注定會落空……不如說，他將會過上比想像中更波濤洶湧的甜蜜戀愛生活。

隔天早上——

光太郎一如既往地換上制服，前往學校。

但是臉色卻有些黯淡。

因為搞錯告白對象的關係，光太郎昨晚完全睡不著，只能揉揉睡眼惺忪的眼睛，腳步搖搖晃晃地搭上電車。

就在他在距離學校最近的車站下車時，明顯感受到周遭聚集的視線。

「怎……怎麼了？」

光太郎一下子驚醒，驚恐地環視周遭。

周遭瀰漫著異樣的氣氛。

這種彷彿成為明星一樣的感覺令光太郎感到困惑。

（不對……這不是在看明星的氣氛，更接近看到通緝犯的氣氛！）

上學路上的學生們投來打量的視線。

其中又包含了好幾道不懷好意的視線。

這個氣氛就像，若在那樣的時代，光太郎可能會有接不完的決鬥找上門來。

光太郎馬上就想到原因，因為也只有那個原因。

（是因為我成為遠山花戀的男朋友了……）

這傢伙憑什麼？

周遭打量的視線中夾雜著嫉妒。

還有一些人是和朋友閒聊到一半，開始聊起這件八卦。

甚至一些狀況外的路人，也被現場的氣氛感染，跟著露出「他是誰？」的視線，彷彿看到罪犯一般。

（我才是那個最想知道憑什麼的人。）

光太郎無法對任何人抱怨，只能在心中一邊嘀咕，一邊在這些好奇的視線當中邁步向前。

只要忍耐到進教室就好了，相信同學們一定會一如既往地迎接我吧。

光太郎如此說服自己，加快腳步前往教室。

「「「恭喜你告白成功！」」」

乓、乓、乓——！

一踏進教室，迎接光太郎的是拉砲聲和各種祝福，算是另一種集中砲。總之就是和平時的態度大相逕庭。

「咦？什麼？咦？」

光太郎被這突如其來的情況嚇得心臟差點跳出來，露出虛脫的表情。

而1年A班的同學們完全不在乎光太郎的反應，所有人都發自內心地祝福。

「哎呀～恭喜你和遠山同學成為情侶。」

仲村渠一邊打響手指，一邊跳起沖繩舞蹈。國立也一邊模仿電車廣播的語氣說著「車身搖晃請小心」，一邊有樣學樣地跳著舞。

大家就像是自己的事情一樣感到開心──

看著這個狀況的光太郎本人則是……

「這是怎樣，為什麼每個人都要恭喜我？」

光太郎尷尬得瘋狂冒汗，汗水彷彿壞掉的水龍頭一般，從後髮際線開始滴下。

女生領袖丸山滿面笑容回答了這個問題。

「不不，我就覺得這天總有一天會到來的。」

「妳覺得？」

班上的同學們將光太郎的反應解讀為「在演」、「愛說笑」，紛紛開始起鬨。

「當然啊～明顯到不行耶。」

「很、很明顯……？」

光太郎明顯地動搖了。

「不不，你們兩位就像沖繩西薩一樣適合。」（註：沖繩西薩為類似風獅爺的成對石獅子）

「就跟新幹線通車時一樣值得慶祝。」

「西薩和新幹線的比喻太難懂了吧！」

因為仲村渠和國立奇妙的比喻，以及跟不上的話題，讓光太郎更顯困惑了。

此時二郎跳出來回答大家這麼開心的原因。

「其實，大家都覺得你們很相配，也在一旁默默地守護了很長時間……從國中開始。」

「你說什麼！從國中開始？」

也就是說，班上同學都誤以為光太郎對那些肢體接觸的反應是在「欲迎還拒」，才會搞出昨天那場烏龍……光太郎知道真相之後不禁一臉震驚。

「你幹嘛呆站在那裡啊，龍膽同學！」

丸山一邊說著，一邊將光太郎拉進人群中央。雖然同學們都是真心祝福，但光太郎只覺得渾身罪惡感，彷彿被推上被告席的罪犯一樣。

（完蛋了！得快點在事情無法挽回之前說出實情，就算很難開口也要說出來！）

接著光太郎擠出笑容，伺機將真相說出。

但是——

「不，其實……」

「你一定很開心吧，我就知道會等到這一天。」

「不是，其實……」

「若你們不相配，世界上的情侶都不相配了。」

「聽我說，其實是……」

「我真的，好開心，像自己成功了一樣。今天，要吃紅豆飯。」

即使試圖說出口，也馬上會被同學們的祝福掩蓋過去，只能落得徒勞。

光太郎不禁抱頭懷疑，難道同學們都以為他和明顯喜歡他的花戀修成正果了嗎？

（這樣看來，即使我現在說自己其實不喜歡遠山同學，八成也會被其他人當成是在掩飾害臊一筆帶過？）

光太郎終於理解到，現在即使說破了嘴，也不會有人相信他。

「看來人的善意有時候會成為一把刀呢……」

就在他被逼到說出這麼哲學的話時……

「再度恭喜你啊，光太郎！好好享受甜蜜的校園生活吧！」

二郎冒出來拍著他的背。

看到二郎嘻皮笑臉地比讚，這樣厚臉皮的模樣讓光太郎也明顯面露不悅。

「二郎……我想趁這個機會向大家說出實情。」

二郎聽到則是笑著果斷拒絕了這個要求。

「你不要囉哩八唆的，放心享受就對了，一切都會很順利的，難道你就這麼不信任我嗎？」

「你這個罪魁禍首還真有臉說……咦？」

就在此時，一群人的造訪破壞了教室裡洋溢的祝福氛圍。

嘎啦啦！

教室的門被大力拉開。

接著有幾個表情嚴肅的男學生接連進入。

他們彷彿來搜查民宅的警察，散發著嚴峻的氣息，讓教室內的歡欣氣氛瞬間冷卻。

「心情很好嘛，龍膽。」

一名看似這群人頭頭的男學生站在光太郎面前，率先開口。

「咦？不，我沒有……」

光太郎此時快被罪惡感壓垮，和好心情完全沾不上邊，面對來自陌生人的威脅只顯得尷尬。

「請問，你是哪位……？」

光太郎怯生生地問道，對方則一臉不悅地回答：

「我是二年級的神林，後面這個是木村，還有大森。」

為什麼二年級要跑來一年級的教室？正當事態逐漸撲朔迷離時，神林接下來的話解釋了前述問題。

「你就是那個四處炫耀自己是遠山同學男友的人嗎？」

這句話讓班上所有人馬上意會過來，是「男人的嫉妒」。

教室內緊張的氣氛一下子鬆懈下來。

不過神林學長絲毫不在意，自顧自地逼近光太郎。

「那個從不接受告白的遠山花戀同學，怎麼可能會跟你這種傻呼呼的一年級屁孩交往！這肯定是騙人的！」

「呃，關於這件事……」

「對吧，快跟我說是騙人的！」

後面這句話基本上已經是私人願望了。

「也就是說……學長們都被遠山同學拒絕了嗎？」

「誰准你說出這種實話！」

神林學長聽到光太郎忍不住的疑問，做出誇張的反應。簡直就是一場華麗的自我介紹。

無法接受自己喜歡的對象被搶走，才會像這樣跑來找碴。

光太郎看著走投無路的神林，心裡又充滿了「搞錯告白對象」的罪惡感。

「那個，該怎麼說……真的很對不起。」

於是他道歉了。然而他的道歉在學長們眼裡就像「抱歉搶走你喜歡的人嘍」一般的勝利宣言，頓時惱羞成怒。

「你……你這混蛋！給我聽好了，你現在一定覺得很幸福吧，但你以為你們『真的在交往』嗎？」

「這……這是什麼意思？」

光太郎對神林這句意味深長的話感到不解。

接著神林抱著手臂，激動地高談闊論。

「我一邊睡一邊思考，你憑什麼告白成功？遠山同學可是被喻為『戀愛未登峰』，豈有道理接受你的告白？」

「邊睡邊思考表示您睡著了吧，一般應該是『睡不著』嗎……」

光太郎反射性地吐槽，神林則是用他浮腫的眼睛反駁：

「我是哭累睡著，在夢裡找到答案了好嗎！」

這解釋乍聽之下好像很帥，但換句話說就是睡著了。

「聽好了，答案只有一個！那就是遠山同學拿你當『驅蟲男友』，才會答應你！」

「驅蟲男友？」

面對光太郎的疑問，神林一臉肯定地點頭。

「驅蟲男友，簡單來說就是用來抵擋其他男生告白的『假男友』……據說現在還有『告白騷擾』這種詞彙，相信遠山同學一天到晚要應付找她告白的人也是不堪其擾吧。」

告白騷擾——就是因為過度頻繁的告白造成困擾。

推測是接二連三地被陌生人告白，必須不斷拒絕而感到厭煩的人發明的詞彙吧。

將他人下定決心的告白貼上騷擾標籤，可說是極其殘酷無情的用詞。

班上所有人聽了之後都露出「那些一天到晚告白的人也包含學長們吧」的眼神，但神林毫不在意，憤怒地瞪著光太郎。

「意思是說遠山同學對告白感到不堪其擾？」

對於光太郎的疑問，神林表示肯定。

「也就是說你的任務就等同驅蟲用的薄荷油，或是驅魔鈴！我聽說你從國中開始就很優柔寡斷，像她的跑腿小弟一樣，代表她只是覺得你很好使喚而已，大概是覺得你還算可愛吧。」

「我可愛嗎？」

「少自戀了，龍膽光太郎！我媽媽也會說我很可愛啊！」

神林學長咆哮著。就某方面來說，講出「媽媽說我可愛」還臉不紅氣不喘這一點，確實挺可愛的。

接著神林學長用有點難聽的方式指責光太郎。

「也就是說你們不過只是表面上的情侶罷了！就算去約會也只能在一起喝茶一個小時，原地集合解散！最好給我有這種自覺！」

這都是神林單方面的說法……但單純的光太郎卻對這番話照單全收。

因為光太郎一直覺得自己和遠山花戀不配，並為此困惑不已，如今得到一個解釋，讓他毫不懷疑地接受。

「原來如此，是這樣啊，我就覺得奇怪……」

得到解答的光太郎，一想到之後就要當起跑腿小弟，過著假面情侶的生活，不免又覺得沮喪起來。

「光太郎，你別把那傢伙的話往心裡去。」

二郎打從國中就知道花戀的心意，只好如此勸告光太郎……

「老是要拒絕戲劇導演或業界人士的邀約一定很煩吧，所以才會找上我……原來如此。」

但是光太郎對神林學長的解釋不疑有他，還愈想愈負面。

「所以之後等著你的只有假面情侶生活！雖然是暫時的，但我真是太羨慕了！簡直羨慕得要死！」

「「「哈哈哈哈哈！」」」

神林學長一行人大聲呼喊著自己的勝利（敗北）宣言。

而他們這種挑釁的態度，引起丸山等同學們的不滿。尤其是身型魁梧的仲村渠，像是盯著蝮蛇的貓鼬一樣瞪著他們。

「真是一群惡劣的人，乾脆丟進泡盛酒裡面驅毒吧。」

就在教室內的氣氛一觸即發時，又出現一個訪客——

「喂……神林！」

「幹嘛啊，木村？」

沒錯，「她」就在這麼剛好的時機登場了。

「遠、遠山……遠山花戀同學出現了——哇啊！」

姓木村的學長指著某個方向說道。

光太郎昨天告白的對象正站在教室門口。

而這位核心人物的出現，讓教室的緊張感瞬間高漲。

「遠山同學怎麼……也對，畢竟『男友』在這裡嘛。」

「她的目的應該是，在同學間營造出有個男友，以便驅趕身邊的蒼蠅們吧！」

神林學長一行人愈說愈過分。

從他們的話語中不難聽出，他們正期待著遠山花戀對光太郎露出冷淡的態度。

沒想到，花戀不僅沒有滿足他們的期待，甚至連邊都沒沾到。

「那個……」

花戀看似在找人，睜著眼睛東張西望，略顯慌忙的模樣就像小動物一樣，非常可愛。

那個模樣就像是小貓小狗的可愛舉動，讓人百看不膩。

接著她在看到光太郎的瞬間，表情瞬間亮了起來，並小跑步過去。

揮著小手的模樣，就像是小狗看見飼主高興得搖尾巴。

「光太郎！」

她站到光太郎身邊時，兩人間的距離明顯比普通朋友還要更靠近一步，看起來就是「戀人的距離」。

旁人一看就知道這是「戀愛中的少女」。

然而完全沒發現的光太郎，只因為花戀不同於以往的態度變得戒慎恐懼。

「嗨……嗨，遠山同學。」

「嗨，光太郎……是說發生什麼事了？」

花戀驚覺教室裡有二年級學長，想搞清楚狀況。

「不，沒什麼事……」

光太郎回應的態度比平常更加生硬。

而花戀似乎察覺到這點，便湊得比平常更近追問道：

「沒有嗎？感覺不太對勁，你們是不是有什麼企圖？」

「哪有什麼企圖，真的沒有任何事情。」

「任何事情？你剛才說了『任何事情』對吧！那我要提出什麼要求才好呢～」

「這在『答應任何事情』的前提下才適用吧！」

花戀就像一隻看到飼主的小狗一樣興奮頑皮。她的情緒明顯比平常更高昂，以及稍稍更靠近一步的距離感。

而不想接受眼前事實的神林學長一行人，彷彿像是在說服自己一般，自顧自地解讀起這個距離感。

「故意保持親密，其實是在保護自己！只要靠近對方，即使有個萬一也能立刻抓住對方的胳膊！真是自保的最高境界！」

「「「原來如此！」」」

聽到如此荒唐的狡辯，二郎忍不住聳了聳肩，出聲捉弄學長們。

「學長們的音量和默契，應該加入應援團好好發揮才對吧？」

「學弟，你胡說八道什麼，我們才想要有人應援呢，誰叫我們沒有女友。」

聽到學長這麼直率的回答，二郎頓時無法回嘴。

「什麼自保的最高境界，是自我催眠的最高境界吧，真受不了這些臭男生……」

丸山和班上其他同學也被搞得很無奈。

而花戀完全不在乎同學們的想法，只是有些害羞地向光太郎提出一個想法。

「那個，今天中午要不要一起吃飯？」

這個出乎意料的想法，令神林一行人掩飾不住動搖。

「什麼？還以為只是一般問候……沒想到甚至還邀約共進午餐！」

對於學長們的反應，花戀也很理所當然地反問：「咦？為什麼學長們這麼驚訝？」

而光太郎對於花戀第一次的邀約，顯得戒慎恐懼。

「午、午餐嗎？」

花戀又將注意力轉回光太郎身上。

「我怕你一到中午就自己跑去買午餐，這樣就約不到了，所以才想趁現在先約好，你覺得如何？」

神林學長見狀深呼吸五次之後發出「哼哼～」的聲音。

「學校餐廳……這肯定是想在眾目睽睽之下，避免形成兩人獨處的情況，同時又能向周遭展現自己已經死會的策略吧，真是太聰明了……」

「學長，這太硬拗了。」

神林對二郎犀利的吐槽充耳不聞，只是自顧自地碎唸著「肯定是這樣」。看來他已經瀕臨崩潰了。

而光太郎考慮到是由自己主動告白的立場，不好拒絕花戀，只能唯唯諾諾地回答。

「好，好啊……當然可以。」

花戀聽到光太郎的回答後，綻放燦爛的笑容。

「就是嘛！因為你是我男友啊！」

男友——遠山花戀親口說出這個字眼，其背後同時有著莫大意義。

無數男生攻頂失敗的「戀愛未登峰」。

「嗚哇啊啊啊啊！」

神林學長一聽到這個字眼馬上跪倒在地。如今本人鏗鏘有力地說出口，他再怎麼裝也無法繼續逃避現實了。

花戀看到學長這般猶如世界杯足球賽ＰＫ賽沒能進球一樣失魂落魄的模樣，感到滿頭霧水。

「那個……花戀，難道妳不記得了？」

「咦？小丸妳是指什麼？我應該把漫畫還妳了吧？」

看來她壓根不記得自己曾被神林他們告白的事情……旁人不禁對他們更感憐憫。

神林學長就這樣被同伴架走了。待他們一行人離開後，國立以機械性的語氣說出「車門即將關閉～」並關上門，看來這是他發脾氣的方式。

「那個……」

「沒關係，不用在意他們，就當作他們不存在……當成奇幻生物就好，ＯＫ？」

聽到朋友丸山這麼說，花戀又重新打起精神。

「喔……好喔，那我們中午就到學校餐廳吃飯喔！洗好脖子等我～」

花戀大力揮著手，語氣雖然和平時差不多，但表情卻多了一分害羞。

而光太郎也不由自主地跟著揮手。

兩人的模樣無論怎麼看都像是一對親密的情侶。

然而光太郎卻聽信神林的話，打從心底認為這一切都是對方的「演技」。

「為了趕蒼蠅的驅蟲男友啊……這麼一想，就覺得她的演技真的很好耶。」

光太郎真的壓根不認為花戀會喜歡自己，只是一股腦地對她的「演技（笑）」佩服不已。

一流藝人要踏進攝影棚之前，就是這種感覺嗎——

光太郎站在走廊上——

他想著，一旦打開學校餐廳的門之後，就會遭受許多不友善的視線。

由羨慕和嫉妒交織成的暴風雨……

遇到這種平時根本不會遇到的情況，不禁讓光太郎感到難以負擔。

甚至有自己開啟通往另一個世界的大門的錯覺。

而這個情況的起因很明顯——

「啊，那裡有空位，我先去占位子喔。」

就是站在光太郎身旁的遠山花戀。

她是知名的讀者模特兒，還有她即將擔任電視劇女主角的傳聞，是萬眾矚目的存在。

而這樣的校園風雲人物，居然帶著男友出現在公共場合。也難怪在場的人瞬間陷入靜默。

相對的，花戀可能已經習慣旁人視線了，即使身處這種氣氛當中，行動依然和平時一樣，不受影響。

「……～♪」

不，嚴格來說也沒有像平常一樣。

花戀一邊走一邊哼歌，一看就是心情很好的樣子。

相對的，拒絕了無數人的「戀愛未登峰」，此時帶著男友出現，學校餐廳陷入前所未有的緊張感。

光太郎也理所當然的為這樣急速冷卻的氣氛感到如坐針氈。再加上和沒有很喜歡的對象待在一起，讓他覺得胃揪在一起，不禁摸了摸肚子。

花戀看到後問道：

「光太郎怎麼了，怎麼在摸肚子，突然肚子痛嗎？」

「啊，沒有哇……！」

在回答的同時，花戀伸出手摸了摸他的肚子。

「咦？等等，我、我不是肚子痛，我不要緊！」

「哎唷，不用害羞啦，害得我也害羞起來了。」

對於和往常不太一樣的肢體接觸，光太郎不禁緊張了一下。

（這個演技真的太厲害了……）

畢竟都有小道消息說她要演女主角了，有這樣的演技似乎也不意外。

但是，有沒有一種可能，其實她是認真的……光太郎才稍微冒出這樣的想法，下一秒就馬上否定自己。

（少自我感覺良好了，這怎麼可能。）

實際上就是有這個可能……因為光太郎完全不懂所謂的「傲嬌」，於是認為自己只是剛好被花戀拿來利用罷了。

從國中開始，光太郎就苦於花戀自來熟的舉動，即使旁人覺得他們是在打情罵俏，但當事人只覺得鬱悶。

過了一會兒，兩人拿著午餐並肩而坐。

光太郎吃咖哩。

花戀點了義大利麵。這份平凡無奇的學餐義大利麵，到了她手上，搖身一變成為「現下最流行」、「模特兒最愛」的時髦餐點。

光太郎再度體會花戀的魅力，卻也變得更加自卑。

周遭的人和他們保持了一點距離旁觀……就像拍攝電視節目的藝人和工作人員間的距離。

要說這是沒有攝影機的美食報導，應該也沒有人會懷疑。

光是如此就已經很不尋常了。

再加上旁邊的人是擁有校園第一美人盛名的遠山花戀。

而光太郎其實對她有些抗拒……簡直是雪上加霜。

「那個……」

光太郎因為周遭觀察的視線，陷入不知道該說什麼才好的窘境。

花戀大概是察覺到這點，主動開了話題。

「怎麼怎麼，光太郎，像平常一樣來一段輕快的RAP嘛。」

「硬要說的話，在那邊Free Style的人是妳吧……」

「喔，居然會回嘴了，很好很好。」

一如往常的捉弄。但光太郎發現花戀隱約有點尷尬。

「……」

「……」

兩人陷入沉默。花戀首先扛不住這個氣氛，主動拋出話題。

「那、那個！」

「怎、怎麼了？」

「……呃，那個……你、你喜歡咖哩嗎？」

不知該說什麼的花戀，只好拿光太郎點的咖哩開話題。

「算是吧……我目前借住在叔叔開的咖啡廳，他們店裡的咖哩非常講究又好吃，自然而然地我就迷上咖哩了。」

「原來是這樣啊。」

「學餐的咖哩用了『鰹魚醬油露』提味，所以吃起來別有風味，還有一股像是蕎麥麵店的咖哩烏龍麵那樣的高湯香氣。這個的比例可是很難抓的。此外裡面的配料也切得很大塊，尤其是馬鈴薯——」

這一長串的回答，讓花戀有點意外，害羞地笑了。

「這樣啊……沒想到你居然這麼清楚。」

「我算是會一頭栽進有興趣的事物，仔細研究了解的類型。」

「是喔，那也多了解我吧。」

「咳咳！」

這突如其來的一句。

光太郎感覺像是被人從意外的角度揮了一拳般，不禁全身往後仰地嗆到咳嗽。

花戀則是露出壞心眼的笑容，看著他慌張的模樣。

「不，這個……那個，該怎麼說呢……」

光太郎慌得說不出話，而花戀為了掩飾害羞，開始捲起義大利麵。

可能是太害羞了，花戀持續捲著義大利麵，捲成了一小球。

兩人的互動無論怎麼看都是一對感情極佳的情侶。

「咳咳！」「喂，振作一點！」「快醒醒啊！」

看到這個狀況的男生甚至還有人被閃到吐血……但光太郎仍然只認為「這也是在演嗎？」並感到毛骨悚然。

（為了不被告白，居然能做出這種跟平時相差甚遠的舉動……遠山同學太可怕了。）

相對於感到恐怖的光太郎，花戀則是羞紅著臉笑著。

此時，餐廳的氣氛又變了。

「咦？」

「嗯？」

隨著一股靜謐的氣氛蔓延開來，食堂裡原本喧鬧的氣氛像波浪般退去。

造成這一切的原因，是一位站在門口附近的人物。

「那、那是……桑島同學？」

光太郎忍不住提高了音量。

他的視線前方，站著的是大地主千金，桑島深雪。

平常不會出現在學餐的人物登場，讓周遭的氣氛一下子變得鴉雀無聲。

那種感覺，就像是嚴厲的老師走進教室時一樣。

她帶著凜然的氣勢，接過了咖哩。那樣的畫面，就像是某種莊嚴的儀式。

「真罕見，桑島同學竟然會來學餐。她平常都是和隨從一起吃便當的。」

「……你還真了解。」

花戀看著光太郎的反應，小聲嘟囔了一句。

「什麼？」

「……沒事。」

光太郎不知道自己是哪裡惹到她了。他抓了抓臉頰，心想「遠山同學真的好難搞……」

就在這時，桑島深雪端著咖哩走了過來。

眾人紛紛注視著她，想知道她會坐哪裡——

「……咦？」

「我可以坐你旁邊嗎？」

桑島深雪帶著一股靜謐的氣息，拿著餐盤向光太郎問道。

窗外透進的陽光彷彿天國的階梯，而眼前的少女美得足以令人誤以為在看一幅印象派畫作。

（咦？桑島同學？為什麼？）

光太郎感到困惑並開始胡思亂想，導致出現一段不自然的沉默。

幾秒鐘後，他慌忙地回答。

「當、當然可以啊。」

「喂、明明就還有其他空位！」

花戀試圖抗議深雪的提議。

「太好了。」

深雪沒有理會她，直接坐了下來。她的舉手投足都像茶道或花道一樣優雅，散發出令人著迷的魅力。

周圍的人可能也有相同的感受，這個舉止幽雅、平常不會出現在學餐的人物，如今居然會在這裡，令眾人不禁好奇地看著他們。

花戀毫不掩飾自己的不滿，對桑島開口。

「妳是桑島同學？」

「是的，我是桑島深雪。」

她的語氣很客氣。但有那麼一剎那，光太郎在那溫暖的聲音中，感受到一點語中帶刺。

（現、現在是什麼情況？）

當下的氣氛彷彿溫暖的陽光中隱藏著冰刃，令光太郎感到背脊發涼。

花戀無視他的感受，繼續向深雪追問。

「明明還有很多空位，為什麼要坐這裡？」

花戀直截了當地提出疑問。

而深雪則毅然回答道。

「因為占卜說今天這個座位最好，要我坐在陽光照射進來的學餐窗邊，一個吃咖哩的少年旁邊。」

「這占卜還真具體啊。」

面對花戀懷疑的表情，深雪又說：

「先不提陽光，肉桂等辛香料也可以驅邪。」

深雪說著牽強的理由，吃了一口和光太郎一樣的咖哩。

光太郎覺得，她吃起學餐咖哩的樣子，就像在吃高級飯店的咖哩一樣，真是奇妙。

「啊，對了，今天窗邊的義大利麵是大凶，遠山同學最好小心一點。不小心可是會出大事的喔，建議妳換個座位。」

「說什麼大凶！那表參道的咖啡廳豈不是全部都不妙了！」

花戀對「窗邊義大利麵」這個關鍵字吐槽。

深雪優雅地吃著咖哩，指向學餐的角落。

「如果想避險，就去那個垃圾桶旁邊捲義大利麵吧，記得要面壁正座喔。」

「誰要在那麼髒的地方捲義大利麵！」

「沒人教妳用餐時要保持安靜嗎？」

面對深雪不像千金大小姐會有的犀利反擊，花戀掩飾不住自己的困惑。

「唔唔，這傢伙……」

因為深雪的意外登場，花戀的「氣場」愈來愈強。

「……呵呵呵。」

深雪像是在回應她一樣，氣場也愈來愈強，兩人就這樣不發一語地繼續吃飯……

如果這是戰鬥漫畫，花戀和深雪現在的氣場應該會有「咻咻」的音效字。而且戰鬥能力數值化的機器也會因為上升幅度太大而爆炸。

（什麼？這個壓迫感是怎麼回事？）

光太郎對於這種莫名其妙的壓力感到不知所措。他甚至開始思考「如果是戰鬥漫畫的世界，會在這種情況下吃飯嗎？」這種無關緊要的事情。

看到光太郎說不出話的模樣，深雪向他露出了天使般的微笑。

「聽說龍膽同學喜歡咖哩？」

「啊，是的。」

花戀狐疑的眼神透露出「妳又是從哪裡知道的？」

「我很好奇你喜歡什麼樣的咖哩？」

「這個……應該是奶油雞肉咖哩吧。」

「真是太棒了。香醇的奶油和濃郁的咖哩香氣完美融合，讓人忍不住一口接一口。說到咖哩，我喜歡的是綠咖哩，那種辛辣的滋味讓人欲罷不能……」

「妳喜歡吃辣？真是意外。」

和花戀不同，深雪的溫柔語氣讓光太郎忍不住聊了起來。

深雪無視在一旁不爽的花戀，繼續說下去。

「你知道車站裡的高級超市嗎？就是『御園生集團』旗下的店，那裡商品種類非常豐富，尤其進口綠咖哩簡直是極品呢。」

「啊，這個……我都在附近的商店街買東西，所以沒怎麼去過高級超市。」

「是嗎？我很好奇龍膽同學家的環境，如果有機會的話——」

此時花戀強行插話。她像拳擊裁判一樣，用全身表達「對話結束」。

「好了，停！好險，差點就出事了！有機會的話妳想幹嘛？難道有人教妳可以這樣勾引別人的男朋友嗎？」

花戀拿「沒人教妳嗎？」當話柄來以牙還牙。

而深雪則是像什麼事都沒發生一樣微笑著。

「我不知道妳是什麼意思……我只是為了和大家多親近親近，想要了解一般的生活和日常大小事。」

「唔唔！」

「其實我今天會來學餐，也是想說和大家在同一個地方吃飯，或許就能稍微消除一些隔閡，所以才特地過來的。」

「唔唔唔！」

花戀雖然覺得這番話有點太過冠冕堂皇，但繼續說下去，搞不好反而會變成自己這邊理虧，只好閉上嘴巴。

（我還是第一次看到遠山被駁倒……）

光太郎總是被她耍得團團轉，因此花戀這般不服氣的模樣令他感到很新鮮。

（還有，沒想到桑島同學很會說話，果然獨立自主的人都很厲害呢。）

光太郎也對意外地擅長辯論的深雪感到佩服。

此時深雪注意到光太郎佩服的表情。

「怎麼了嗎？」

「啊……沒事，不好意思。我只是覺得桑島同學還滿健談的。」

深雪聽了這句話，把手放在嘴邊露出微笑。

「是啊，我『以前』很內向呢。」

「原來是這樣，那是——」

看著望向遠方的深雪，光太郎感到好奇。

「…………唔唔！夠了！」

花戀受不了這樣的氣氛，突然把義大利麵的青花菜塞進光太郎的嘴裡。

「唔！妳、妳突然在做什麼啊！」

「還問是什麼，就是戀人之間會做的，互相餵食啊！」

花戀一邊說，一邊繼續把義大利麵的青花菜塞進光太郎的嘴裡。從旁觀者的角度來看，這比較像是強迫不情願的幼兒刷牙，而不是情侶互動。

「那個不是應該在對方同意的情況下進行的嗎？而且妳剛才喊的是『夠了』……」

當然，花戀這麼做就是想對深雪「宣示主權」。

「事情就是這樣，我們男女朋友正在秀恩愛，桑島深雪同學，可以請妳識相點嗎？」

深雪的表情沒有改變，只是微微一笑。

「說是這麼說，但龍膽同學現在似乎很需要喝水呢。」

看著嘴裡接二連三被塞進青花菜的光太郎，深雪「識相」地遞給他一杯水。

「謝、謝謝妳，桑島同學。」

「不客氣，畢竟我很『識相』，哎呀，你臉上流了好多汗。」

看到光太郎大口大口地喝水，花戀忍不住了，加上深雪主動拿出手帕，貼心地幫光太郎擦拭額頭上的汗水。

彷彿在說自己才是他的女友一樣。

——劈啪劈啪！

光太郎在這種難以言喻的氣氛中感到十分緊張，頭上似乎有火花在閃爍。

「那個……」

光太郎不禁縮了一下身子，為了緩和氣氛，他小心翼翼地開口說道。

「難道……妳們認識嗎？」

「「誰跟她認識！」」

聽到兩人異口同聲的回答，光太郎馬上賠罪。

「對、對不起……」

接著兩人嘆了口氣，展開一場「誰認識這種人」的辯論戰。

「我才不認識這種從國中開始就是有名的讀者模特兒，但是不會演戲的人。」

「誰認識她呀，什麼大地主的長女，在可以直升大學的女校讀得好好的，偏要跑來這所高中的莫名其妙的人。」

（（（她們彼此不是熟得很嗎……）））

光太郎和學餐裡所有人在這一瞬間都是同樣的想法。

她們是認識的……不，總覺得這兩人應該有在此之上的交情。

光太郎不明白深雪為什麼會突然接近自己，焦慮地摸了摸自己的肚子。

一段時間後，深雪的樣子突然不太對勁。

「……唔。」

深雪突然開始坐立不安，接著抓著替光太郎擦汗的手帕停下動作。

「桑島同學，妳怎麼了？」

深雪一臉困擾，勉強擠出一絲尷尬的笑容。

「沒事……抱歉，我先走了……」

深雪匆忙吃完剩下的咖哩，然後快步離開了。

光太郎看著深雪匆匆離去的背影，不知道發生了什麼事。

「怎麼突然就跑掉了……不過，我對桑島同學的印象有點改觀了。她其實滿會聊天的……好痛！」

花戀狠狠地擰了光太郎的腰。

這是一種不發一語，表達「你還要繼續提那個女人嗎？」的方式。

「很痛耶，妳幹嘛？」

「什麼都沒有啊。」

面對生悶氣的花戀，光太郎一頭霧水，只能感到無可奈何。

「到底是怎麼回事？又為什麼突然一直塞青花菜給我，不喜歡青花菜為什麼不點其他義大利麵呢？」

「你確定要問？這問題跟問搞笑藝人『剛才的段子笑點在哪』一樣喔？」

「我剛才的問題有這麼嚴重嗎！」

「你自己用大腦好好想想！而且我不是說這是情侶互餵了嗎……」

此時光太郎經過各種思考之後得出結論——

「說得也是，畢竟我是『防範告白的假男友』，得好好扮演男友的角色才行。」

「你說什麼？」

「咦？不是嗎，因為妳說過『沒辦法才跟你交往』啊，神林學長他們也是這麼說的，所以我才會……」

「……」

——捏。

花戀一語不發地再次擰了光太郎。而光太郎則露出苦悶的表情。

「很痛耶！為什麼又要捏我？」

「那又怎麼樣，你相信那種鬼話嗎？」

「不，我……」

花戀故意嘆了一口氣。

「你還是這麼遲鈍，又太容易相信別人……你這樣已經超出善良的範圍了，小心被投資詐騙或其他騙局騙倒。」

花戀轉向光太郎，用手指戳了戳他的胸口。

「無論如何，拜託你拿出男友的樣子。所以，你也餵我一口吧。」

「咦？咦咦！」

光太郎不知道自己到底哪裡惹到花戀，還以為對方故意想讓自己出糗……

總之他察覺到如果不做就無法結束，於是乖乖就範餵了花戀一口。

「好、好啦……來，啊～」

花戀的臉頰微微泛紅，閉上眼睛，張開嘴巴。

光太郎則小心翼翼地將咖哩送到她的嘴邊——

「啊～……唔！好燙！好燙！」

花戀被出乎意料的熱度燙到說不出話。

「啊，抱……抱歉！」

「哇啊！你搞什麼？怎麼會挑馬鈴薯啊，裡面還很燙耶！」

餐廳阿姨精心製作的「料多咖哩」，竟然會對正在發育中的學生造成這樣的傷害，這恐怕是她始料未及的吧。

光太郎看到花戀燙得跳起來的模樣……

「……噗，呵呵呵。」

忍不住笑了出來。

「什麼，你在笑什麼？」

「抱歉抱歉，來，喝點水。」

「咕嚕咕嚕咕嚕……我舌頭都燙傷了，你看！」

「就算給我看也不能怎樣吧……咦？」

這個當下，光太郎發現自己和花戀之間的相處有了某些不同。

（怎麼回事，我明明不太喜歡她的……？）

於是光太郎用手托著下巴開始思考其中原因。

「我說你，我都把舌頭伸出來了，你這樣無視很沒禮貌耶……這樣讓我很丟臉。」

花戀正在等他吐槽，在她旁邊的光太郎則得出一個答案。

（原來如此，是因為看到遠山同學慌了手腳的模樣。）

光太郎平時總是被花戀耍得團團轉，總是想著「接下來又要幹嘛」，無暇顧及其他。

但據說人類在緊張的時候，看到比自己更緊張的人，就會冷靜下來……

光太郎心想，可能是因為看到花戀因為深雪而慌了手腳的模樣，讓自己有了喘息的空間。

「原來如此，這樣就通了。」

「咦？什麼東西通了？」

「啊，沒有啦……啊哈哈，是我在自言自語。」

「不懂你在笑什麼，聽說情侶間要是笑點不同會很辛苦，要小心這點才行。」

因為看到總是捉弄自己的花戀也有慌了手腳的一面，讓光太郎能夠以一種更加輕鬆的心態與她相處……算是稍微減輕一點對她的反感。

經過一場混亂的修羅場後，學餐呈現一種祭典結束後的散場氣氛。

學生們紛紛前往下一堂課，但修羅場的核心人物深雪卻沒有回到教室，而是掩人耳目地站在有點距離的地方。

她身旁站著她的隨從。

一種密談的氛圍籠罩著她們，接著深雪拿出她一直捏在手裡的東西。

「青木，收起來。」

深雪拿出來的是剛才幫光太郎擦汗的手帕。

接著名為青木的女性簡短回應一聲「是」，打開事先準備的塑膠袋。

深雪則是盡可能地減少接觸，迅速地將手帕收進去。

「……呼。」

深雪剛才宛如天使的表情已消失無蹤，她現在的表情彷彿能面具一樣，看不出任何情緒。

而青木或許是已經習慣這種落差了，她對此絲毫不在意，僅是將塑膠袋綁緊，收進懷裡。

「太慢了，我一直捏著，指頭都變色了。」

「是，在下非常抱歉。」

深雪強硬的語氣，與在學餐的溫柔語氣截然不同。那句話充滿了威嚴，彷彿是一位董事長或是一名久經沙場的政治家。在她身上完全看不到深閨千金的柔弱印象。

「交待妳的事如何了？」

青木鞠躬後，回答她的問題。

「我終於從各個相關部門取得了證據。可以說是幾乎確定了。」

「幾乎？」

深雪聽到青木不確定的語氣，挑起一邊眉毛。那是不容許任何妥協的態度。

面對上司的質疑，青木沒有絲毫畏懼，坦然回答。

「對方防得很緊，實在是無法得到什麼有用的資訊。從對方高中入學到現在一段時間，才總算是打聽到一些資訊……但也只能收集到一些片段資訊。」

「好，繼續調查。」

「但是，桑島家都無法探查到的嚴密管制，我判斷應該可以作為佐證，因此向您報告。」

「原來如此，這樣反而證明就是他沒錯……」

青木微微地點了點頭。

「小姐您應該也是有幾分把握才會接近他，並且委託我們調查他的身世吧？」

「沒錯，妳說得對。」

「他……龍膽光太郎應該就是——沒錯了。」

青木小聲說出她的結論，以免被人偷聽到。深雪聽後睜大了眼睛，嘴角大大地咧開。

「………………太好了。」

她的笑容與天使截然相反，反而像看到眼前有靈魂的惡魔一樣開心。

第2話 無法承認第一次約會實在太累了！

「肚子好不舒服……」

光太郎走在放學路上，一邊摸著肚子一邊嘀咕。看來是因為花戀和深雪較勁的「壓力」，反應在腸胃上了。

「嗯……那兩個人之間一定有什麼過節……有機會再向丸山同學或二郎打聽看看好了──」

接著他要迎接今天的最後一個事件──在校門口等他的花戀。

「咦？」

由於完全沒有想到花戀會等他下課，光太郎不禁發出驚訝的聲音。

原本靠在門上，一臉害羞地等著光太郎的花戀聽到聲音，看著他的臉浮現燦爛的笑容。

「啊～看到我那過分的男友了。」

嘴上雖這麼抱怨，但卻藏不住開心的表情。

接著花戀伸手往光太郎胸口一戳，一邊鑽一邊酸溜溜地問：

「你瞞著女友一聲不吭就回家是什麼意思？難道你是放學後要偷偷去和邪惡組織戰鬥的正義英雄嗎？請問這位超能力者，你的超能力是什麼？」

「我才沒有這種像漫畫一樣的設定！」

面對不知所措的光太郎，花戀笑著乘勝追擊。

「總之，如果不想被女生視為過分的男友，放學就跟女友一起走，好嗎？」

光太郎心想，這下還真分不清當時究竟是誰主動告白的了。

這份驅蟲男友……防止告白騷擾的工作真是令人無奈。

「唉……我明白了。遠山同學要往哪邊走？我們是在同一個車站上下車嗎？」

聽到這個問題，花戀從下往上地看著光太郎的臉調侃道。

「奇怪了，你中午的時候不是說會研究喜歡的事物嗎，怎麼會不知道呢？難道你其實根本就不喜歡我？明明如此還跟我告白，我會很沮喪的，要是我的ＨＰ只有1的話就當場喪命了。」

「嗚！」

花戀開玩笑地說出「難道你其實根本就不喜歡我？」

但這句話卻在某種程度上說中，狠狠地踩中光太郎的痛腳——

接著花戀意識到自己似乎玩過頭了，俏皮地吐了一下舌頭。

「哈哈，抱歉啦，畢竟你又沒有當忍者的才能，不知道也無可厚非。」

「怎麼會突然講到忍者？」

「你不知道嗎，忍者的工作就是間諜呀，以現代來說幾乎等同於跟蹤狂吧。」

「不是這樣吧！」

「總之，我想表達的是這種才能在現代等同遊走法律邊緣。我們確實要前往同一站，不過到了車站應該就是不同方向了。」

為了不被察覺自己的心虛，光太郎故作壞心眼地說：

「遠山同學怎麼會這麼清楚呢，我看是妳比較有當忍者的才能吧？」

聽到光太郎這番調侃，花戀露出滿足的笑，看著他的臉回答：

「每個人心中都住著一個忍者呀。」

「為什麼說得好像『每個人心中都有陰暗的角落』一樣？」

光太郎一臉不解地吐槽，花戀則是因為他的反應露出滿足的微笑。

「先不說忍者了，我在國中的時候就聽小丸說你借住在咖啡廳，是真的嗎？」

「喔，對啊。不過怎麼會是在國中的時候聽丸山說的？」

光太郎丟出一個單純的疑問。

而花戀則因為這個問題嚇了一跳，很明顯是心虛了。

「這個，那個，不是啦……哎唷，這不重要啦！我們走吧……快點！」

接著，花戀小心翼翼地，有些害羞的主動伸手。

但光太郎卻不明白這個舉動的含意，只是傻傻地看著。

「咦，怎麼了？」

「還問怎麼了……真遲鈍，有夠遲鈍。我……我是想要跟你牽手啦！」

花戀低著頭，提出想要牽手的想法。

光太郎對花戀的舉動感到訝異，也因為困惑擺出了懷疑的表情。

「那、那個……」

「怎、怎麼了？幹嘛這麼不乾不脆，你是在哪裡學到這種吊人胃口的技巧的？」

「我是不記得自己有學過這種技巧……不是啦，我只是想說妳平常都不管我的意願，直接牽上來不是嗎……」

若是平時，花戀總是如暴風一般突然現身，捉弄一番後又自顧自地離開。

所以光太郎見到她現在事先告知的行為，下意識地懷疑背後是不是有什麼陰謀。

「喔，沒有啦……畢竟我們剛開始交往，所以就會比較注意嘛……」

花戀因為害羞，含糊地回答。

「我聽不清楚妳在說什麼……沒時間了，我們快走吧。」

光太郎說話的同時，自然地牽起花戀的手。

而花戀因為這突如其來的舉動——

「你、你搞什麼，難道你根本就不在乎嗎？」

「我不懂妳的意思……妳平時不是也會牽我的手嗎？」

光太郎原本只是為了避免花戀會突然攬上來捉弄自己，才主動牽手作為「預防」……沒想到反倒是花戀敏感起來了。

「……唔，你可別忘了，你才是主動告白的那一方喔！」

「這、這有什麼好值得大聲宣揚的！真是的……」

這番對話在旁人眼中是情侶放閃，但光太郎只能無奈地苦笑。

遭受嘲笑的花戀有點不開心地回嘴。

「吼唷，你是在捉弄我嗎，快點道歉！」

「我沒有啊……抱歉。」

花戀看到光太郎一臉傷腦筋的樣子，覺得稍微占了上風，便恢復了平時淘氣的講話方式。

「不行～我不原諒你這種叛逆的態度……作為懲罰，陪我到車站前玩玩吧？」

「這樣算懲罰嗎，應該只是妳自己想玩吧？」

「你的回答呢？這種時候應該馬上點頭答應呀，若是在古代，無論是在伊賀還是甲賀還是佐賀，你早就人頭落地嘍！」

「怎麼又回到忍者了……是可以啦。」

光太郎發現自己又被牽著鼻子走，不禁露出困擾的表情。

看到他的反應，花戀深覺已奪回主導權，露出燦爛笑容。

「嗯嗯，就是這種表情，那我們也別浪費時間了，快走吧。」

花戀的行為與其說是情侶，更像是在和知心老友互動。

「……嗯。」

「怎麼了，光太郎？兵貴神速，還不快走？」

「這已經脫離忍者的範疇了吧……我馬上過去。」

光太郎追著走在前頭的花戀，心裡不禁懷疑……

（主動告白的人是我……沒錯吧？）

花戀積極的舉動，令人幾乎要忘記這個前提。

一般來說應該是主動告白那方才會這麼興奮吧……

（難道，其實遠山同學是想談戀愛的嗎？不不，這樣的話她應該會接受其他人的告白才對啊？）

光太郎的腦袋裡真的絲毫沒有花戀對自己有意思這個想法，想破頭也想不出答案，只能默默和花戀一起前往車站前。

桐鄉高中站——

這一站由於有桐鄉高中和桐鄉大學的學生，以及其他需要轉車的乘客使用，進出人數眾多，因此站前商圈也發展蓬勃，周遭的設施可說應有盡有。

加上不遠處有神社等受到外國旅客喜愛的旅遊景點，在旺季時還會更熱鬧。

附近還有新建的商業區，晚上能見到鄰里的守望相助隊在巡邏。

當地有著廣為人知的大地主「桑島家」，以及舊財團「御園生集團」的關係，這一帶在這兩大家族的支援下獲得莫大的開發成長。

居民間甚至還有只要得罪兩家其中一方，就別想在這一帶混下去的傳聞。

這兩大家族目前同時擔任電視台開台週年紀念電視劇的贊助商，路上的路燈和商店都貼著宣傳海報。

而光太郎正和那個據說要主演該電視劇女主角的花戀並肩而行，抵達他們的目的地——站前的電子遊樂場「Game Soldier桐鄉站前店」。

光太郎從國中開始就偶爾會和二郎、國立、仲村渠他們來這裡玩。

因此這裡對他可說是「主場」……但今天的氣氛卻截然不同。

（不是吧，這裡明明是我的主場，怎麼變成客場了！）

周遭投射過來的好奇視線讓他如芒刺在背。

這間電子遊樂場近年逐漸改得明亮開放，即使是女生也能輕鬆進出，照理來說不會因為有情侶光顧就引起注目。

會這樣的原因很簡單……真的非常單純。

「哇，這間電子遊樂場有好多可愛的娃娃喔……可是我沒信心夾到耶……」

就是看著夾娃娃機內的獎品，獨自興奮的花戀。

（雖說不意外，但沒想到會到這種程度。）

在熟門熟路的地方嘗到這種前所未有的體驗，光太郎不禁為遠山花戀的魅力感到佩服。

「若說在學餐是『美食節目』，這裡就是『地方旅遊節目』了吧……」

周遭的人與他們保持一段距離，並看著他們竊竊私語，讓他體驗到成為明星的氣氛。

光太郎只能無奈承受這些視線，一邊在心裡懷疑這樣到底要人怎麼玩。

「嗯？你怎麼了？哈哈……該不會是在找時機說出『妳比這些娃娃更可愛』這句話吧？」

「才、才沒有！」

「不是嗎？難道你想說『我比這些娃娃可愛多了』嗎？自我感覺良好也要適可而止耶，你以為自己是網美喔？」

「妳是看我和網美很不順眼嗎？」

「我對你當然不會呀～」

花戀一面酸溜溜地捉弄光太郎，轉頭又若無其事地打量夾娃娃機裡的娃娃。

「唔……好想要喔。」

花戀盯著一款長相厭世的貓咪玩偶。那是最近連在電視上都能看到的當紅角色。

光太郎覺得這和花戀平時使用的物品風格不太一樣，感覺不太適合，便不假思索地說：

「我以為妳比較喜歡風格獨特的東西，對這種時下流行沒什麼興趣耶，真意外。」

「你究竟把我當成什麼了呀，真的很抱歉讓你失望了。」

聽到花戀用政客般的語氣抱怨，光太郎急忙道歉。

「抱、抱歉，因為我看妳在雜誌上的風格不是走可愛風，而是主打引領風潮的路線才這麼說的……」

「原來如此，你事先預習過了呀，明明看起來就是對流行時尚沒興趣的模樣呢，真意外。」

花戀嘴上不饒人地反擊，不過對光太郎知道自己的工作內容而感到開心的情緒全寫在臉上。

「光太郎，你對讀者模特兒有興趣嗎？要不要加入我們公司呀？我覺得你應該可以靠可愛女裝讀模的路線闖出一番名堂喔。」

「那是什麼名堂！不是，我不是對讀模有興趣……」

「不是對讀模有興趣的話，就是對我有興趣嘍，原來如此。」

光太郎實在不知道該怎麼反應才好，只能苦笑忽略花戀的調侃。

「該怎麼說呢……我負責購買咖啡廳要擺的雜誌，所以經常會在雜誌販賣區看到妳登上封面，配著『引領時代風潮的穿搭！』這類浮誇的文案。」

光太郎老實回答自己去買週刊雜誌時，偶爾會看到花戀的事情。

「原來如此，一開始只是看看，不知不覺就愈來愈喜歡了啊～」

「咦，不是……算了，算是這樣吧。」

無法承認自己搞錯告白對象，在這種騎虎難下的狀況下，光太郎只能含糊地表示肯定。

「所以妳被譽為『讀模的ＩＣＯＮ』，主打利用當季流行和以前的單品搭出新感覺的高超品味路線，這些我還是知道的。」

除了當季最新流行服飾，還會利用以前的服裝單品混搭，這種享受自由穿搭的樂趣以外還能凸顯個人風格的路線，讓「遠山花戀」自成一格，廣受讀者歡迎。

花戀聽到「讀模的ＩＣＯＮ」之後忍不住噴笑出來。

「褒過頭了吧，其實那些都只是用我們老闆給的東西搭出來的啦。」

「什麼？老闆給的？」

於是花戀有些害羞地抓了抓臉，解釋自己是怎麼成為ＩＣＯＮ（笑）的——

「其實我們家經濟狀況不太好，我媽光是供我們溫飽就很吃力了，更別說要顧到衣服上頭。」

正值發育的青少年的衣服，基本上都無法穿太久，某方面來說比張羅食物還要傷腦筋，對此事略有耳聞的光太郎點了點頭。

「所以我們公司的老闆在這方面幫了我很多，我們老闆也是讀模出身的。」

「原來是這樣啊。」

光太郎一臉恍然大悟。

花戀一直以來給人擅長以最新流行和以前的服飾混搭的印象。

實際上這種新流行和過氣服飾混搭的風格，是因為她只有這些東西可用，令人大吃一驚。

「這樣還可以提倡舊物尋寶的樂趣，預算有限的讀者也很喜歡這種路線。當然也因為我們老闆本身品味就很好。」

花戀又補充了在二手衣商店尋寶的附加價值。

「我一開始只是因為可以收到衣服才當模特兒，後來就自然而然地做到現在了。既能賺錢又能拿到新衣服，對我們家的經濟情況大有幫助，所以我真的很感謝老闆。」

「原來有這樣的故事啊。」

「嗯，所以我才想說拓展路線，請公司也幫我接戲約等其他工作，當作是報答公司。」

花戀緩了一口氣之後又補充了這些資訊。

「如何，這樣有更了解我了嗎？你對喜歡的人應該會有興趣吧？」

花戀邊說邊用手肘戳了戳光太郎。

「嗯，我覺得為了報答公司而努力是很了不起的事。」

光太郎也老實說出自己的感受，並且對花戀的看法有了些許改變。

花戀為此開心不已，接著也小小抱怨了一下。

「其實我偶爾也會想穿看看那種浮誇的可愛服飾，但是這樣會違背公司和社會期待，也只能做罷嘍。」

花戀說到社會期待時，隱約散發一股無奈。

發現這點的光太郎則略顯同感地點頭。

「我懂，就像明明想走正統搞笑路線，卻只能靠裸體搞笑的一發屋搞笑藝人的煩惱對吧。」

「少女的煩惱可以這樣相提並論的嗎！我們公司可不接裸體的工作！」

看到花戀氣嘟嘟的反應，光太郎笑著賠罪。

「不如我來夾那隻娃娃，當作賠罪吧？」

「咦，不用勉強啦……」

「沒關係，其實也是因為我還沒玩過這種夾娃娃機，想要嘗試看看。」

光太郎投入硬幣，對花戀露出一個「沒問題」的微笑。這一方面是他溫柔的體現，一方面也是因為他想逃避一下周遭的視線以及和花戀獨處的壓力。

雖然是基於逃避壓力才做出的舉動……

「……你這點真的很狡猾耶。」

花戀卻將之解讀為體貼，還害羞地低下頭。這要是戀愛遊戲的話，肯定會出現好感度上升的音效。

「啊，嗯……」

如此不加掩飾的好感，令光太郎不禁心動了一下。

紅著臉低下頭的花戀……無論怎麼看都是戀愛中少女的模樣……

（不不，這只是為了預防告白騷擾的演技，振作點啊，光太郎！）

光太郎固執地想著，他真的壓根不覺得花戀可能是真的喜歡他。

不過在旁人眼中，這就是單純的情侶放閃，因此投向光太郎的視線有羨慕也有嫉妒。

接著光太郎為了掩飾自己的動搖，選了一台堆滿夾娃娃機限定的玩偶吊飾機台準備挑戰。

「我看看……」

光太郎一邊微調一邊控制爪子往右後方移動，接著按下夾取的按鈕。

沒想到當人沒有什麼特別的物慾時，事情反而會很順利……爪子勉強勾到一個玩偶吊飾，並順利地將它拉下來——

「喔喔？」

不過，那並不是花戀想要的貓咪吊飾，而是一隻有著死魚眼的狗狗吊飾。

光太郎抓了抓頭，笑著說：

「哈哈……抓到其他角色了，我再試一次喔。」

接著光太郎準備再度投入硬幣。

沒想到，花戀卻伸手阻止他。

「沒關係，給我這隻就好了。」

「可是，這不是妳要的耶？」

「這隻就可以了，仔細想想狗狗和貓咪也差不多呀？」

聽到花戀的發言，光太郎想了一下不禁反駁。

「不不，兩者完全不同吧？妳這樣小心會受到狗派和貓派兩邊同時撻伐喔。」

「因為光是你為我夾到娃娃，我就很高興了。所以這個就好……不是，是這個才好。就像有些人說的，即使一開始不喜歡，也會因為某些契機變得喜歡……」

「不，可是，那……」

光太郎才剛覺得似乎對花戀沒那麼反感了……此時聽到這句話，他又自卑地覺得這是不是在拐著彎酸他。

「的確，因為某些契機變得喜歡……這也是有可能發生的吧？」

比起光太郎有些陰暗的表情，花戀此時的注意力被其他事情吸引了。

「光太郎，你有發現嗎？」

「不是，我絕對沒有什麼不好的企圖……等等，妳說發現什麼？」

「嗯，就是……你看……」

花戀指著某處。

那裡站著一排像軍人一樣列隊稍息的高中男生。

他們每個人的眼睛都紅得像是要流出血淚一般。

這令光太郎聯想到從眼角噴血威嚇敵人的角蜥蜴。

「這麼說來，角蜥蜴要是從眼角噴太多血就會死掉呢……」

「雖然我很想吐槽你突然在胡說八道什麼……但是他們的眼睛看起來好像真的會噴出眼淚和血液……」

他們的模樣看起來完全不像是來電子遊樂場玩的青少年，倒像是抱著一決死戰的覺悟一樣。

甚至散發著像是有著強烈信念在背後驅使的革命家氣場。

「那是……神林學長？」
光太郎發現，早上在教室那些對他大放厥詞的一行人也在其中。
對方似乎也察覺到光太郎的視線，於是那三個人散發著殺氣走向他。
「唷，龍膽光太郎。」
「請問學長們有什麼事嗎，若沒有的話還請別這樣盯著我看。」
光太郎盡量在不刺激對方的前提下，提出「不要再看了」的請求。
但是，神林學長一行人反而扯著嗓門反駁他。
「我們才沒有盯著你看，是在瞪你。」
與其說反駁更像是狡辯。這番和早上一模一樣的找碴行為，令光太郎感到傻眼。
此時花戀再也看不下去，跳出來插話想袒護光太郎。
「我說學長，你們這是做什麼？聽說這間電子遊樂場是『御園生集團』經營的，要是在這裡引起混亂，被他們盯上，小心在這一帶混不下去喔。」
一聽到御園生集團的名號，學長們明顯動搖了。這顯示御園生集團有名到連一介學生都知道他們有多強大。
「妳是說那個和大地主桑島家分庭抗禮的御園生集團嗎？」
「要是得罪御園生集團，就別想在這個城鎮就業，這確實不是空穴來風。」
「可、可是，如果就這樣夾著尾巴逃跑就太遜了……」

學長們的氣焰一下子就弱掉了。

光太郎乘勝追擊，出聲試圖安撫學長們。

「我覺得這樣殺氣騰騰的，也會給遠山同學和其他顧客帶來困擾，所以還請學長們冷靜一點……」

此言一出造成反效果，神林學長們用比剛才更大的音量吼著：

「這種情況哪有辦法冷靜啊！龍膽光太郎，這都是你造成的！」

「竟敢對學長和人生輸家的我們大放厥詞！」

「誰是人生輸家！御園生集團算個屁！」

看來學長們因為太不受異性歡迎，導致成天只在乎這些事，還一點都不會看人臉色。

光太郎只能無奈地按著額頭。

「總之到電子遊樂場卻不玩太不自然了。」

「這點你自己不也一樣嗎，龍膽光太郎！居然在神聖的遊樂場課後約會！」

「不是，我在約會的同時也有在玩啊……約會……」

從自己口中說出約會兩字，光太郎不禁害羞地抓了抓臉。

而神林學長一行人看到他的反應後更加憤慨。

「你這傢伙，少在那邊炫耀！好啊，既然你說在電子遊樂場就要打電動，那有種和我們打一場決勝負啊，嗆你不敢！」

「咦，這……」

「你沒得拒絕，除非你當著她的面老實承認你輸不起，怕丟臉，這樣就放過你。」

聽到這句話，光太郎總算搞懂學長們的目的。

簡單來說，就是想讓他在花戀面前丟臉。從神林學長一行人的眼裡能明顯看出這個算計。

單方面且露骨的意圖。

但光太郎心裡又不免萌生愧疚。

（說不定本不該是我，而是學長們其中之一……）

要趕蒼蠅也不見得非得由他擔任，更何況其實自己不怎麼喜歡花戀，現在卻跟她交往實在太下流了——總之左想右想，光太郎就是沒往花戀喜歡他這個方向想。

於是，光太郎心懷愧疚地迅速答應神林一行人的挑戰。

「我接受。」

反倒是花戀為此感到不安了。

「咦？等等……」

就算平時再怎麼不懂得拒絕，也不至於在約會時接受決鬥吧……

光太郎看到花戀的表情似乎像在這麼說，他也回以嚴肅的眼神。

（抱歉，因為我真的太有罪惡感了，就讓我答應他們吧。）

花戀看到光太郎近乎悲壯的表情，便如此正面地解釋——

「原、原來～你是打算在女友面前展示帥氣的一面吧！」

「咦咦！」

所謂的火上加油正是如此吧。

「「「你說什麼？」」」

從對方火大的模樣看來，這已經不是「加油」，而是拿起加侖單位的汽油灌下去的程度了。

學長們的眼神燃著嫉妒的烈焰。

花戀則因為男友想要表現給她看而感到亢奮，其激動程度不亞於學長們。

「真是的，你什麼時候變得這麼老謀深算了？難道你是諸葛亮轉世嗎？害我又再度喜歡上你了……不對，我之前可沒喜歡過你喔！」

「不，我沒有這個意思……也拜託不要說什麼再度喜歡上這種玩笑了。」

然而這段對話在旁人眼中根本就是小情侶在放閃還裝害臊。託此之福，這下又有新的燃料丟進去了——

「「「你這混蛋！過來決鬥啦！」」」

結果反而無端讓學長們的鬥爭心更高昂了。

神林一行人張牙舞爪，彷彿下一刻就會脫掉衣服赤身搏鬥的模樣，讓光太郎感到窘迫。

「學、學長們請冷靜一點……」

然而花戀依然沒有進入狀況，因為心愛的光太郎「要讓自己看看帥氣的一面」這個錯覺，掩飾不住她的欣喜。

「真是的～你究竟是什麼時候變得這麼會炒氣氛了？難道有電視台的綜藝編劇在這裡嗎？還是有隱藏攝影機在拍，要上傳影片賺錢嗎？真貪心耶！簡直跟飢餓的牛蛙一樣貪心！你要是拿出真本事，一定兩三下就能拿下十萬訂閱的銀牌！」

花戀這段連珠砲一般的發言，讓原本就有誤會的神林學長一行人到達憤怒的頂點。

「龍膽！你想拿我們衝流量賺錢嗎！」

「除了讓我們這種戀愛金字塔底層的人出醜，還想吃乾抹淨嗎！」

「你說誰是戀愛金字塔底層的人啊！」

學長們已然陷入連對自己人的話都能生氣的「自助提油救火惡性循環」，讓光太郎覺得心累到臉頰都要凹陷了。

「我今天真的是踩到狗屎了……」

這說的不只是神林學長一行人，也包括了興奮地提油救火的花戀……光太郎不禁沮喪地懷疑起花戀是不是以他困擾的模樣為樂。

「好耶～光太郎加油！在女友面前好好表現喔！」

花戀仍然興奮到不行，完全不知道對方的心又被她推得更遠了。

「好吧，請問要用什麼遊戲決鬥呢？」

光太郎試圖以不會刺激到對方的語氣詢問。

神林學長聽到後嘴角上揚，馬上指向一台遊戲機台。

「就用那個如何？」

在擺著格鬥遊戲、射擊遊戲、問答遊戲以及麻將遊戲機台當中，神林學長選擇的是——某種需要用到全身的遊戲。

「拳擊遊戲……？」

那是一款類似運動健身的拳擊遊戲。

玩法是戴上拳擊手套，配合音樂節奏揮拳打擊冒出來的圖案，最後以合計分數分出高下，簡單來說就是一種音樂遊戲。

對於學長指定這款遊戲，光太郎不禁困惑。

「要、要玩拳擊嗎？」

「喂喂，你該不會要在女友面前說你沒自信吧？」

「啊，不……雖說我還真的沒什麼自信。」

面對示弱的光太郎，花戀拍拍他的肩膀。

「沒關係啦！ＹＯＵ的話一定沒問題ＹＯ！」

「真是討人厭的RAPPER……知道了，我上就是了。」

接著神林學長露出奸笑，脫掉制服外套。

看來他平時有在鍛鍊身體，即使隔著襯衫也能明顯看到他的肌肉。

相較之下，光太郎的身材單薄多了。

再加上他身上的衣服特意配合成長期，選擇了較大的尺寸，看起來就像小朋友穿著大人的衣服一樣。

學長們看他怯生生地戴上拳擊手套，以及瘦弱的手臂，不禁嘲笑並認為勝券在握。「這場比賽穩贏了……」

他指的不只是遊戲，也包含男人間的勝負。這個一看就沒打過架的一年級菜鳥，肯定是手忙腳亂地揮打圖案，連腳步都踩不穩吧……花戀看到他這個模樣肯定會幻滅。

「呵呵呵……相較之下，這款遊戲我有練過，他是絕對不可能打贏我的。」

滿心嫉妒而毫不猶豫地選了對自己有利的遊戲——

若是被花戀知道了，肯定會比遊戲打不好更令人幻滅，但神林眼下完全沒有多餘的心力想這麼多。

「那麼，就我先吧。難度就選……這個。」

神林學長不要臉地選了困難模式。可以看出他是抱著絕對要打贏光太郎這個新手才選的難度，遊戲也就此開始——

「哼！喝！咻咻咻！」

神林配合音樂的節拍出拳，展現出足以嚇唬對手的靈敏動作。

「呼……呼……雖然有漏掉幾個，但還算輕鬆啦。」

可能因為是在花戀面前，神林學長雖出現幾個小失誤，卻仍然得到頗高的分數。

「呵，怎麼樣啊，遠山同學？」

學長急著向花戀炫耀自己的表現，但她的視線卻看向光太郎的方向。

「如何，光太郎，你行嗎？」

花戀問他。

「沒什麼把握，但大概知道玩法了……」

光太郎瘦弱的手臂戴上拳套。

「應該能贏。」

光太郎簡短回答。

「「「什麼？」」」

遊戲開始後，光太郎便集中於音樂節奏上。

那威風凜凜的樣子和開始前完全不同，看得學長們不禁屏息。

「呼……喝！」

光太郎隨著呼吸和輕快的腳步揮拳，腳步移動的方式讓人以為他是在玩舞蹈遊戲。

揮拳速度也莫名俐落，頭部也很自然地搖擺，像是避免被打中一樣。

這很明顯不是外行人會有的動作，在場的學長、遊樂場其他客人和花戀都看得目不轉睛。

接著，遊戲結束，分出勝負的時刻到了。

神林學長有四次失誤。

光太郎則是三次失誤。

雖是險勝，但考量到是遊戲新手對上老手，以及剛才那令人目不轉睛的華麗步伐……無論怎麼看，光太郎是名副其實的勝利。

「好久沒打了，所以不太有把握，這樣還可以吧？」

「你說……好久沒打？難道你練過這個遊戲嗎？」

聽到這句話，神林逼近光太郎想討個說法。

但當他看見光太郎捲起袖子露出的手臂，不禁發出驚愕的叫聲。

光太郎手上的肌肉非常結實……那絕不是一雙瘦弱的手臂，而是經過充分鍛鍊的精壯手臂。

此時花戀像是在回答自己的事情一樣，回答了神林的問題。

「呼哼哼～我告訴你們，光太郎國中的時候，曾加入業餘拳擊社。」

「業、業餘拳擊社……！」

明明長得一臉不曾打過架的模樣，居然去打拳擊！學長們聽到如此驚人的經歷，眼神中充滿訝異。

光太郎則因為他們的視線，害羞地抓了抓臉。

「不是的，我只是被抓去湊人數，避免他們因為人數不足廢社……雖說沒參加過比賽，不過加入之後還是有乖乖跟著一起做訓練。自那之後我真的好久都沒碰拳套了，所以不太有自信……」

這項事實令學長們驚愕不已。

「不愧是『桐中不懂拒絕的男人』，明明不敢打人卻加入拳擊社。」

「老實說，比起揮拳，我更想要能拒絕別人的能力。」

沒想到光太郎還有這種技能，這下別說是讓他出洋相，反倒是無端替他加了許多分數……學長們恨得牙齒都要咬碎了。甚至彷彿能聽到板金工廠發出的聲音。

沒想到神林還不死心，看著光太郎稍嫌單薄的身材，腦袋裡開始盤算壞點子。

「你的移動確實有點功夫，但力量又如何呢？」

「力、力量嗎……？」

「沒錯，這裡應該有拳擊機吧，就用那個來決勝負！」

考慮到體型差異，儘管光太郎有經驗，但神林的塊頭顯然更有優勢，無論如何都想贏一次。

不過，拳擊機已經先有人光顧了。

「呼！」

磅！

站在那裡的大塊頭，伴隨一聲渾厚的聲響，打出一九〇公斤上下的成績。

「……沒問題的啦。」

那個大塊頭正是光太郎的同學，沖繩出身的仲村渠。

「仲、仲村渠……？」

「呃～仲村渠是最強的，請多加留意。」

「國立也在？」

模仿埼京線廣播，用鼻音說出「最強」的人，正是鐵道迷國立。

「嗨嗨，花戀，我也來嘍。」

「小丸……」

從一旁冒出來的，是和光太郎同班的女生領袖，丸山。

仔細一看，班上同學幾乎都在場。

「大家都在的話……肯定是那傢伙搞的鬼。」

接著出現在一臉不悅的光太郎面前的人……

「嗨。」

就是二郎。他嘻皮笑臉地揮了揮手，從光太郎身後出聲的模樣，像極了幕後黑手。

「哎呀～今天『碰巧』想說全班一起來電子遊樂場玩，真的是『碰巧』喔。」

光太郎聽到二郎一句一個「碰巧」，心裡的懷疑變成深信不疑，便開門見山地問他。

「……你跟蹤我們？」

「對（愛心）」

「愛心個屁！」

光太郎真的很生氣，二郎看他這麼生氣，又接著說道。

「因為……這是你們第一次的課後約會耶，我們當然會好奇啊。只是沒想到會這麼精……不是，我是說沒想到居然這麼不容易。」

「你剛才是想說『這麼精彩』嗎？」

「沒關係啦，也多虧於此才順利把那幾個煩人的學長趕跑了啊。」

或許是被仲村渠嚇到了吧，學長們不知何時消失得不見蹤影。

「我心中的西薩不小心暴走了。」

「不能放任守護神亂來喔，仲村渠。」

另外一邊，花戀也正對著丸山生氣。

「小丸！怎麼可以偷看！」

「抱歉啦，花戀，我下次會提前通知妳再光明正大地看的。」

「這不是通知不通知的問題！」

「別生氣嘛，反正我們來都來了，不如大家一起玩吧。龍膽，你和花戀去拍貼，這是班長的命令。」

「咦？為什麼？」

光太郎聽到這突如其來的命令慌張地反問，丸山則是挑起一邊的眉毛生氣地說：「這不是廢話嗎！」

「這可是正式交往後的第一次約會耶，當然要留下紀念吧！而且一般來說，不會接受神林學長他們的挑釁才對吧……」

丸山一邊對今天的約會做出評論，一邊將光太郎強行推進拍貼機。

照片上的光太郎，肉眼可見的尷尬。

另一方面，神林學長們如同殘兵敗將一般逃離電子遊樂場。

都特地選了自己擅長的遊戲了，沒想到還是慘敗。

再加上同班同學助陣，以及花戀又重新愛上光太郎的表情……

決鬥、人緣、戀愛三方皆輸，讓他們充滿挫敗感。

「可惡，怎麼會這樣。」

神林如此喃喃自語。

力壓光太郎，贏得花戀目光的企圖完全失敗——別說是力壓了，花戀眼中根本就沒有他們……學長們完全不想面對這點，只是自顧自地暴走。

「「「失敗的感覺太痛苦了。」」」

學長們心中充滿怨懟——

正當他們陷入迷茫，不知該如何是好，打算放棄一切時，突然有一名女性出現在他們面前。

「你們好。」

「「「……哪位？」」」

眼前是一名穿著套裝的二十多歲女性，站姿挺拔，銳利的眼神穿透長長的瀏海盯著他們看。

神林一行人對她的氣質頗有印象，小小地「啊」了一聲。

「我看過妳。」

對方聽到之後恭敬地鞠躬。

「是的，我是桑島深雪小姐的隨從，敝姓青木。三位分別是桐鄉高中二年級的神林、木村和大森同學對吧？」

青木保持鞠躬淡淡地回答他們。

學長們因為突然被認出而警戒起來，畢竟現在這個社會，不能隨便相信一個掌握自己個資的人，他們懷疑青木想詐騙或推銷。

但青木對他們警戒的態度似乎毫不在意，只是開門見山地傳達她的目的。

「有人想請求三位幫忙，我只是來傳話的，這對三位來說應該也是不錯的提議。」

「幫什麼忙？」

「希望各位能夠幫忙蒐集龍膽光太郎和遠山花戀的資訊，若方便的話，也請盡量妨礙那兩人交往。」

「「「妳……妳說什麼！」」」

聽到這個非同尋常的提議，三人難掩他們的驚訝，頓時不知該如何回答。

青木似乎已經料到會有這種反應，馬上接著說下去。

「當然，不會讓各位吃虧的，我方也準備了相當的報酬。」

青木說話的同時，豎起兩根手指。

「兩……兩萬日圓嗎？」

這對高中生來說算是大錢，三人聽到實際的數字後顯得有些畏縮。

正當他們一副猶豫是否該拒絕時，青木搖了搖頭。

「不是的，我方保證，在二月十四日情人節，一定會讓各位收到巧克力。」

「「「妳、妳說什麼！」」」

三人聽到報酬是情人節巧克力，彷彿被電到一樣激動。

每年情人節都抱持期待，也每年都鎩羽而歸的三人，如今有人保證能讓他們收到巧克力，可說極具誘惑。

終於能收到媽媽以外的人送的巧克力了。終於能跨過那道能收到和不能收到巧克力之間那堵高牆了。

「「「我們答應！」」」

沒有任何理由可以拒絕，因為，可以拿到情人節巧克力。

這是比任何禮物都還要有誠意的報酬。

讓我們看到另一邊，光太郎離開電子遊樂場回到家當天晚上——

「就是喜歡我這一點……嗎？」

光太郎躺在床上，茫茫地看著和花戀一起拍的大頭貼。

花戀的笑容非常自然，感覺不像裝出來的。

反倒是自己的笑容帶著一絲尷尬。

「……誰叫我真的不太喜歡她呢。」

被花戀耍得團團轉真的很疲憊，但是光太郎內心某個角落卻也神奇地不覺得反感。這個感覺和運動後滿身大汗但是渾身舒暢的疲勞感很相似。

「可是那都是演出來的……吧？」

遠山花戀是學校最受歡迎的女生，絕對不可能喜歡上自己。但是那個笑容又不像是裝出來的。

「難道除了趕蒼蠅之外，還有什麼隱情嗎……搞不懂。」

正當光太郎苦惱於摸不透這件事時，樓下傳來一個散漫的聲音。

「喂～～」

「喔喔，店裡需要幫忙嗎？」

光太郎一邊說著一邊坐起身來。

下樓之後，光太郎一打開廚房的門，便聞到撲鼻的咖啡豆烘焙香味。

廚房裡頭擺著虹吸式咖啡壺，和一罐一罐依照產地分門別類的咖啡豆。

櫥櫃裡擺著擦得亮亮的銅杯，在燈光下閃耀著柔和光芒。

廚房裡有個短髮男人，一臉疲憊地炒著咖啡豆。

男人穿著襯衫搭配牛仔褲，腳下踩著露趾拖鞋，散發著一股吊兒郎當的感覺，卻又神奇地很適合圍裙。

一臉睏倦的男人回頭看到光太郎，露出笑容。

「你今天比較晚回來耶，是『這個』嗎？」

調侃的語氣加上豎起的小指，讓光太郎小小翻了白眼。

「讓二叔叔，拜託別這樣。」

「真是的，你還是一樣這麼沒有幽默感～」

名喚讓二的男人不滿地回嘴，又將注意力轉回炒豆子的機器上頭。

讓二有著日曬過的深色肌膚，講話帶有其他地方的口音，聽起來有點木訥。

是個帶有海灘風情，短髮精悍的中年男子。

龍膽讓二——

他是光太郎的叔叔，同時也是監護人。

另一個身分是咖啡廳「Mariposa」的老闆。

「方便的話可以去幫我處理蔬菜嗎？最近主打健康路線的鮮蔬三明治賣得不錯。」

「當然可以，畢竟這是我住在這裡的條件嘛。」

「哈哈哈，你就是這麼死腦筋，這點和我大哥……和你爸爸一模一樣。」

光太郎走去大笑的讓二旁邊，俐落地切起蔬菜。

他從國中開始就住在這裡，時不時就會幫忙店裡的事務，現在已經可以獨自處理廚房的作業了。當然僅限於切菜這種比較單純的事情。

從兩人的對話中不難看出他們的感情很好。

彷彿年紀相差較多的兄弟，在假日時一起出去釣魚一樣的好交情。

而讓二也很疼愛光太郎這個晚輩。

「你是不是又自己悶著頭煩惱啊？不要太勉強自己嘍，這樣你爸媽會擔心的。」

「哈哈哈，不要緊的。」

被說中的光太郎只能打馬虎眼糊弄過去。

「真的嗎～你這個不懂拒絕，外界和自己都公認的不懂拒絕的男人？」

讓二故意調侃姪子不懂拒絕的個性。

對於讓二的壞心眼，光太郎也不甘示弱地回嘴。

「我就是想改變這一點，才會來跟您拜師學藝的嘛。」

「沒錯沒錯，你就好好看著我得過且過的模樣偷著學吧——誰准你說我得過且過！」

兩人之間你來我往的節奏恰到好處，一同爆笑出聲。

「哈哈哈，總之我在這裡學到很多，謝謝叔叔。」

「很好，你就儘管學吧，學生的本分就是學習嘛。不過……你還是偶爾回老家露個臉吧。」

「在我有辦法拒絕別人之前，我是不會回去的……否則只會為『家裡』帶來麻煩，叔叔應該懂吧，我這種個性就是致命的缺點。」

光太郎話中有話的回覆，讓二深有同感地點了點頭。

「的確，但也不需要太鑽牛角尖，無論人生還是戀愛都需要放輕鬆，好嗎？」

「好好向我學習吧」，聽見讓二這麼說，光太郎苦笑了一下。

「我可不想參考您的戀愛史，您老是見一個愛一個，根本不了解對方就直接陷進去……對了，您現在也有對象嗎？不要緊吧？」

讓二看到光太郎擔心的模樣，不禁鬧起彆扭。

「你放十萬個心！這次的對象確定單身！」

「這不是理所當然嗎，總之別再闖禍了喔。」

「呵呵，我去約會時就麻煩你顧店嘍，你現在泡的咖啡已經上得了檯面了。」

光太郎被讓二捧得害羞了起來。

眼見對話即將接不下去，讓二趕緊換個話題。

現狀。

「總之呢，你別擔心大人，先好好照顧自己吧。」

「說得也是，我最近真的好累……」

聽到讓二這麼說，光太郎想起自己深陷於因為「搞錯告白對象」進而和同屆第一紅人交往的現狀。

讓二看到光太郎切番茄的速度突然變慢，挑起一邊的眉毛問：

「怎麼了，是不是遇到什麼事了？被女生甩了？」

光太郎聽出叔叔的疑問裡除了擔心還帶有八卦心，不禁無奈反駁。

「完全相反……」

「什麼意思，新的腦筋急轉彎嗎？」

遠山花戀究竟為什麼會答應自己的告白？

該不會她真的喜歡我，不，這不可能，看她平時捉弄我的樣子……

這問題說不上是腦筋急轉彎，但也不到推理等級，光太郎對未來的發展感到一片迷茫。

「算了，等你準備好開口再說吧。差不多都弄好了吧，沖一杯現焙的咖啡吧。」

讓二察覺到光太郎的困窘，俐落地研磨起咖啡豆，用虹吸壺沖了杯咖啡。

但即使喝了叔叔的手工精品咖啡，光太郎仍然愁眉不展。

（萬一……萬一她是真的喜歡我，這樣的話，豈不是更不能說出自己搞錯告白對象了嗎……嗚嗚。）

淺焙的咖啡豆有著清爽的果香，同時也帶著苦味，簡直就像光太郎此刻的心情。

「好開心喔～」

當光太郎在房間看著大頭貼的同一時刻——

遠山花戀一邊沖澡一邊回想今天一天的事情。

她在腦海裡反芻著光太郎替自己抓娃娃，帥氣地打敗來找碴的學長……開心之情溢於言表。

「當時場面實在太混亂了，我本來都放棄拍貼了……得找機會好好感謝小丸才行。」

花戀心情極佳地一邊洗頭一邊哼歌，因為開心上揚的嘴角吃到泡沫，讓她大喊「好苦」，但還是難掩她飄飄然的心情。

「話說回來，光太郎拍貼的時候……嘿嘿嘿。」

花戀一邊把頭髮上的泡沫沖掉，一邊回想當下的情景。

「小……小丸？」

花戀和光太郎被丸山一起推進拍貼機。

雖說機台的空間還算寬闊，但空間裡仍然是兩人獨處，讓他們莫名地在意彼此，只能乾眨眼，明明臉像是要燒起來一樣，手指卻異常冰冷。兩人的模樣簡直就像年輕藝人第一次登上黃金時段的綜藝節目一樣。

為了化解這股緊張感，花戀率先出擊。

「是這樣啦，要是不拍貼的話就走不出去！所以一定要拍！」

「也對，要是空手出去肯定會被丸山同學罵慘……不過我還是第一次拍，要怎麼操作啊？」

花戀想要維持平常心讓對話不中斷，只能依照平時的人設，用有點白目的方式找光太郎的話碴，否則一定會緊張得說不出話來。

「第一次……是嗎是嗎，沒想到我就這樣奪走你的第一次啦。」

「這個說法有點奇怪？」

這個反應讓花戀覺得可愛，頓時化身邪惡官員說著「有什麼關係嘛」貼近光太郎。

「雖然嘴上這麼說，但這裡已經變得這麼大了呢。」

「等等，為什麼眼睛會這麼大啊！」

為了緩和氣氛，兩人不小心把濾鏡開太大……看著光太郎在螢幕上大得嚇人且閃閃發光的眼睛，花戀不禁噴笑出來。

「這沒什麼好大驚小怪的啦，很正常啦……噗哧！」

「妳這不是都笑場了嗎，這眼睛根本是外星人了耶！」

「噗……哈哈！」

一聽到外星人，花戀腦中不禁浮現小灰人的模樣，被打中笑穴的她抱著肚子笑到流眼淚。

「呼，真的好開心喔，要是能一直這樣下去就好了……」

不知是否太專注於操作機台，光太郎對花戀這句話沒有任何回應。

「調回正常的模樣……這樣就行了吧，遠山同學，要拍嘍。」

光太郎提醒花戀，並盯著拍貼機的鏡頭。

但是他的模樣彷彿在拍證件照一樣，站得直挺挺的，表情也很僵硬。

花戀打從心底覺得光太郎這副不知所措的模樣太可愛了。

「嘿！」

於是她藉機挽著光太郎的手臂，試圖緩解緊張情緒。

「什麼？為什麼？怎麼突然這樣？」

「因……因為情侶就是要黏在一起啊！」

「是、是這樣嗎？」

「就是這樣，法律有規定的！好了好了，快轉過頭。」

花戀的意思是叫他看鏡頭，但光太郎緊張得暈頭轉向，會錯意轉向花戀的方向。

「這、這樣嗎？」

「咦？不是啦，是正面，看鏡頭——」

在極度接近的狀態下面對面。

兩人之間的距離近到能感受到彼此的氣息。

喀嚓。

拍貼機就這樣拍下兩人臉紅心跳面對面的模樣——拍出來的照片彷彿電影的一幕……十分接近浪漫愛情片的氛圍。

「嗚哇……這……」

照片看起來好像兩人下一秒就會擁吻在一起一樣。

花戀看著照片，臉紅得像是要噴火了一樣。

「不、不如我們重拍吧？」

「說、說得也是……這個就丟了吧，免得招來誤會。」

光太郎抓了抓臉頰，打算將照片丟進垃圾桶。

但是花戀抓住他的手，非常用力地抓住。

「等……等等，丟在這裡萬一被別人撿走就糟了，交給我處理吧。」

花戀說完便一把搶走光太郎手上那張看似接吻前一秒的照片。

「啊，好……」

當然花戀絲毫沒有要把它處理掉的想法。

打算回家後好好欣賞的花戀，小心翼翼地將大頭貼收進包包裡頭。

從浴室出來後，花戀還是滿臉開心地擦著頭髮。

花戀回到房間，看著貼在軟木板上的戰利品——大頭貼，嘴角彷彿都要飛上天了。

「嘿嘿嘿……」

軟木板上貼著兩張大頭貼，一張是重拍的，兩人挽著手充滿青澀感的合照……另一張則是那張接吻前一秒的大頭貼。

「我怎麼可能會把它丟掉呢，這可是美夢成真呢。」

花戀拿起軟木板，倒在床上盡情反芻對光太郎的愛慕。

「他說他喜歡我，現在應該也在家裡看著大頭貼傻笑吧，那個悶騷鬼。」

花戀一邊看著接吻前一秒的大頭貼，一邊想像著「將來總有一天——」，又興奮又害羞地將臉埋進枕頭，腳踢來踢去的。

第3話 桑島同學為何如此積極？

翌日早晨——

光太郎因為腦袋亂成一團，昨晚根本沒睡好，只能拖著疲憊的身軀起床，他皺起眉頭吃著早餐，一臉心事重重的模樣。

（那到底是演出來的，還是真的呢……）

光太郎因為恍神，將手上的納豆攪拌過頭起了一堆泡沫，讓二不禁調侃他：「是偷喝自己的酒了嗎？」

就在他踏著沉重的腳步前往學校時，發現車站前莫名有點小騷動。

「…………嗯？」

光太郎好奇地想一窺究竟，接著出現在他視線前方的是——

看起來像站在那裡等了很久的遠山花戀。

神奇的是，光太郎昨天似乎也看過差不多的場景，內心不禁想著「不會吧」。

而他的猜測沒錯，花戀一看到他，就氣噗噗地嘟著嘴走過來。

接著她一臉不開心地向光太郎道早安。

「早安啊，光太郎。」

「早、早安……」

雖然用字上沒什麼異狀，但花戀的表情像是主管在訓斥下屬一樣。

接著她嘆了一口氣，指著光太郎的口袋問：

「你有看到我傳的訊息嗎？」

「什麼？」

花戀聽到後，一副「我就知道」的模樣搖了搖頭。

「看到還沒出現『已讀』，我就猜你一定沒看，還真的被我猜中了。」

光太郎因為腦袋亂哄哄的，所以直到剛才都沒看手機，只好趕緊拿出手機。

手機螢幕上有一則滿是表情符號的訊息，寫著「我在車站等你，一起去學校吧。」

可能是因為一直沒等到「已讀」，緊接在後又出現「你起床了嗎？」、「感冒了嗎？」等擔心的訊息……

光太郎看到之後急忙道歉和辯解。

「對、對不起，因為我一直在想其他事情……」

花戀聽到之後表情又籠罩了一層陰影。

「是嗎，那麼龍膽同學，跟我說說你在想什麼吧？」

「呃，這個……」

看到光太郎答不出來的模樣，花戀又繼續說：

「要是你說你滿腦子都是我的話，我就原諒你。」

「就是這樣！我就是想這樣說，遠山同學！」

「大騙子，既然這樣應該會看訊息吧，這可是女朋友傳給你的訊息耶。」

說到女朋友三個字時，花戀顯得有些難為情，但光太郎卻絲毫沒有察覺。

「先、先不管這件事了，我們是不是快遲到了？快點走吧？」

「你別想轉移話題，光太郎，這樣可無法成為正經的國會議員喔！」

「先不管正經與否，轉移話題不是國會議員的必備技能嗎？」

「哎唷，瞧你說這什麼大實話。」

花戀的表情緩和下來，沒有繼續生氣，回到了平時的模樣。

相對的，周遭的目光也從好奇與驚奇轉為溫柔守護，彷彿在說「真是一對恩愛的小情侶」……但是其中也多了一些嫉妒的眼光。

此時有一個熟悉的人物，從那群嫉妒的目光當中走近兩人。

「嗨。」

「你是……神林學長。」

出現的人正是窮追不捨的男人，神林。

「有何貴幹？」

就連一向開朗，和氣待人的花戀，經過他們一連串的行為之後也不禁皺眉警戒。

「不！遠山同學，昨天承蒙關照！」

神林鞠了個九十度……不，是一百二十度的躬，幾乎是前彎程度了。

接著神林又迅速站直身子，向花戀傳話。

「我剛才偷偷聽到學級主任鈴木老師在說遠山同學的學分不夠之類的……為了保險起見，我認為妳去了解一下狀況比較好。」

花戀聽到神林說的話，露出疑惑的表情。

「我的確會因為模特兒的工作請假，但從沒聽過鈴木老師說過這些事情啊？」

「我絕對不是想要將龍膽和遠山同學分開！那、那我就先走了！龍膽你別囂張了！」

神林就這樣拋出這句話，灰溜溜地離開了。

「遠山同學還是去確認一下比較保險吧？萬一事情真的有什麼差錯可就糟了。」

「說得也是，我充分感受到你害怕不能和我一起畢業，會寂寞得死掉的心情了。」

「我可沒說過這種像是小白兔一樣的事情。」

「我也不想成為你的學妹，還要被使喚『去買炒麵麵包，不要紅薑』，炒麵麵包和紅薑是密不可分的，就像我們倆一樣。」

雖然光太郎很想追問他們倆誰是紅薑，但還是催促花戀趕緊去找鈴木老師。

「好了別胡說八道了，快點去了解一下吧。」

「好啦好啦，我知道你很關心我……那我去去就回，別因為太想我而哭出來喔。」

光太郎看著花戀離開的背影苦笑了一下。

「才不會哭咧……嗯？」

此時，就像是計算過時機一樣，一台黑色轎車與花戀擦身而過，停在光太郎旁邊。

「什麼？」

「那個叫神林什麼的人幹得好……早安啊龍膽同學。」

從車上下來的人是桑島深雪。

「桑島同學，怎麼了嗎？」

光太郎看到突然登場的千金大小姐明顯吃了一驚。

「叫我深雪就好，我也直接叫你光太郎吧。」

「啊，好的……」

不懂拒絕他人的光太郎，即使突然有人要求直稱名諱，他也毫不猶豫地點頭答應了。

「呼呼，謝謝你。其實我有點事情想拜託光太郎。」

有事情要拜託自己……以及深雪不知為何突然拉近距離的態度，讓光太郎有些吃驚。

站在陽光下的深雪，全身上下都散發著恬靜的氣質。

緩和了上班、上學路上匆忙的氣氛……光太郎是這麼認為的。

隔了一段奇怪的沉默之後，桑島深雪開始說明來意。

「那個，光太郎，你知道美化股長嗎？」

「啊，我知道，桑……深雪同學。」

深雪有些扭捏地繼續說下去。

「其實……負責整理屋頂花園的男同學今天請病假了……」

「真的嗎？是生什麼病？」

「……」

這意料之外的問題讓深雪突然無話可說。

「咦？抱歉，不方便透露病情嗎？」

「……早知道就多準備一點了……真是沒用的低級失誤。」

深雪小聲地喃喃自責。她的臉上雖然掛著微笑，但整個人還是明顯散發出一股不安。

接著她馬上振作起來，再度用高雅的氣質掩飾方才的不安，重新和光太郎對話。

「事情就是這樣，光太郎，你願意幫忙美化股長的工作嗎？」

「我嗎？」

面對突如其來的指定，光太郎顯得驚訝。

深雪不疾不徐地點頭，同時用著明顯修飾過的措辭說服對方。

「只要一下子就好了，我知道光太郎從國中開始就深受業餘拳擊社、田徑社等各社團的歡迎，這麼有才幹的人，怎麼能不好好發揮呢。」

「啊，是的……那個，沒想到妳也知道這些事啊。」

「……」

深雪又陷入沉默，臉上帶著皮笑肉不笑的微笑。

「那、那個？」

「……要是被他知道我是先肉搜過就糟了……啊！沒事沒事，我今天想整理一下屋頂種的香草，想說光太郎的手很巧，應該很快就能學會種植的方式。」

光太郎總覺得深雪好像有些抱歉的樣子，但也就這樣被說服了。

「真不好意思，我想你應該『很忙』才是……」

很忙——

是指和遠山花戀交往一事嗎？

因為自己搞錯告白對象，害得旁人現在得顧慮他，這讓光太郎心裡感到非常愧疚，也就更加無法拒絕了。

「啊，嗯，這樣的話完全沒問題。」

光太郎非常爽快地答應了。

「謝謝你，光太郎真的人很好呢。」

「沒、沒有啦……不如說因為這樣發生很多事呢……」

「呵呵，那麼今天放學後就占用你一點時間嘍。我們只是稍微整理一下屋頂的花園，不會太久的。」

「啊，好的。」

「那麼就不見不散了……讚啦！」

深雪說完便離開了。

而光太郎則是愣愣地看著她離去的背影。

「……讚啦？」

光太郎愣了幾秒後，腦袋終於反應過來，剛才那小小的歡呼聲是深雪發出來的，讓他不禁瞪大了眼睛。

但馬上又恢復冷靜。

「……一定是我聽錯了，深雪同學是千金大小姐，不會用那種詞彙的。」

那一定是打噴嚏之類的聲音。

光太郎沒有繼續深究下去，簡單地一語帶過。

比起這件事，此時他的腦海裡浮現的是遠山花戀的模樣。

「我可沒有做什麼虧心事……」

只是幫忙美化股長的工作。

雖然光太郎心裡坦蕩，但花戀鬧脾氣的表情還是在他腦海裡停留了好一段時間。

學校屋頂的花園種了各種植物，綠意盎然，令人目不暇給。

每逢文化祭，連外來民眾都會特地過來參觀。

這裡是其他學生平常小憩一番的地方……但是光太郎曾在這鬧出搞錯告白對象的烏龍，對這裡多了一分苦澀情緒。

屋頂的一隅栽種著香草。

那裡就是光太郎和深雪要負責整理的區域。

「真厲害，種類很豐富耶。」

「呵呵，學校的花園美化除了是教育的一環之外，還能促進地方校園，各校的家長會還會互相比賽，算是地方之間的一種競技交流呢。」

「原來還有這麼深的學問啊，我還是第一次接觸園藝，有點緊張。」

「呵呵呵，不如讓我來簡單介紹一下吧？」

深雪的微笑彷彿幼兒園的老師一樣溫柔。光太郎沒有理由拒絕這個提議。

「那就麻煩妳了。」

光太郎的回覆就像棒球社員一樣。

對此，深雪並沒有特別在意，只是像教授一樣地回答：「嗯，很好。」

美化股長的工作非常單純，一邊聊天一邊動手，不知不覺就結束了。

「這樣就好了嗎？有沒有其他要幫忙的……」

「美化股長的工作大概就是這些，其他班級也會在放學後輪流打理一下，比較辛苦的工作似乎都是校長負責的。」

「原來，校長真是個如傳聞一般閒不下來的人呢。」

光太郎自入學以來完全沒見過校長，據說是業務繁忙，通常不在學校。

「與其說閒不下來，不如說是很自由奔放的一個人。例如之前，他還問我『桑島同學有想種什麼嗎，除了〇麻以外』，最近還為了要考重型機車駕照蹺班呢。」

一聽到〇麻這個敏感詞彙，光太郎馬上就體會到校長是多麼自由奔放了。

兩人就這樣閒聊著，此時深雪話鋒一轉。

「既然工作也告一段落了，我們稍微休息一下吧？」

深雪提出邀請，接著將光太郎帶到屋頂的一隅。

「要休息嗎，這樣好嗎……咦？」

眼前的景象讓光太郎不禁懷疑自己看錯了。

深雪帶他過去的地方，不知何時擺了鋪上白色桌巾的茶几、搭配成套的椅子，甚至連茶和茶點都準備好了。

「青木女士，準備得如何？」

「全部萬無一失。」

這些大概是趁兩人在整理香草的時候準備的，茶葉在透明的茶壺內舒展舞動，茶杯也已經溫過，無不顯示現在正是最佳飲用時刻。一旁的水果蛋糕也已切好，呈現隨時可以享用的狀態。

但有個可疑的薰香爐。

那裡散發出一股濃烈的甜香，竄進光太郎的鼻腔。

明明是來幫忙美化股長的工作，不知不覺變成像在參加外國茶會的情境，讓光太郎不禁緊張起來。

「那個……」

此時深雪露出微笑，像是要緩和他的緊張感一樣。

深雪的微笑就像天使一般，有著讓人忘卻塵間瑣事的魔力。

「光太郎，不用緊張。」

「啊，哈哈哈……沒有啦，因為突然準備一場這麼正式的下午茶，所以……」

張羅這一切的青木女士一臉嚴肅地自謙道：

「要是連這點小事都辦不好，是無法擔任桑島家管家的。」

「啊，是這樣嗎？」

搬椅子或是將桌子扛在肩上，不像是管家，更像是體力勞動者的工作。

深雪在青木旁邊行了一個禮。

「不好意思造成你的顧慮，但我以為你應該很習慣參加這種茶會了……是我猜錯了嗎？」

深雪像是套話似地詢問。

光太郎只是抓抓後腦，坦率地回答。

「確實，因為住在叔叔開的咖啡廳，滿常看到蛋糕甜點的，哈哈哈……」

「……這樣嗎，果然不會這麼輕易就說溜嘴呢。」

深雪沒有得到想要的答案，臉上保持著微笑，用手托住下巴。她的表情剎那間變得僵硬不自然，但馬上又恢復正常，趕忙轉換話題。

「那麼，請嚐嚐看我得意的香草茶，在屋頂的香草環繞之下品嚐，風味更佳呢。」

「啊，好的，那我不客氣了……嗯，很好喝！」

紅茶的風味和香草鮮明的香氣，在光太郎嘴裡擴散開來，讓他的表情放鬆下來。

「那太好了，接著也請體驗一下薰香吧。」

深雪打算順勢讓光太郎直接嗅聞薰香。

但這強勢的舉動讓光太郎忍不住質疑。

「咦，直接聞嗎？」

「是的，這絕對，絕對不是什麼奇怪的東西。」

深雪連說了兩次絕對。這樣反而顯得此地無銀三百兩，但她依然保持著微笑。

「其實有學會發表過，道地的英國下午茶時間，一定會有薰香。」

「咦？有這回事？」

「在品茶的同時也能享受薰香，藉由香氣達到療癒身心的效果……您要不要試著放輕鬆享受看看呢？」

「有道理，但是放鬆之後好像有點睏了……而且，總覺得薰香的方向是不是只對著我啊？」

青木從剛才就一直用扇子把薰香的香氣往光太郎的方向搧。那個動作簡直像對著炭火搧風的串烤師傅一樣俐落。

光太郎揉了揉眼，對青木的舉動提出質疑，但是——

「這是英國式服務，類似芬蘭式三溫暖的體驗，要是連這點小事都辦不好，是無法擔任桑島家管家的。」

青木用工作當擋箭牌結束了這個問題。

「原來如此，是整套的啊。」

光太郎對英國式這個說法沒有絲毫懷疑。

「青木女士……幹得好，距離催眠狀態只剩一步了。」

「什麼？催眠……什麼意思？」

深雪粗魯地比了個讚，接著往光太郎的方向稍微探出身子，似乎打算對他做點什麼。

「青木女士，那個。」

「遵命，馬上來。」

青木行禮之後拿出一個五圓硬幣。五圓硬幣中央的洞還穿了根繩子……那是說到催眠術就會想到的經典手法。

深雪接過東西之後拎起繩子，開始在光太郎面前擺動硬幣。

她正在光明正大地進行催眠，無論怎麼看都是在催眠。

這下即使是光太郎也忍不住要吐槽。

「那、那個，深雪同學？這該不會是催眠……」

「不是喔，這是英國式魔法。」

因為深雪實在是太理直氣壯，光太郎頓時不知道該怎麼反應才好。

「這是保持一定的節奏，祈求五穀豐收、多子多孫多福氣的新式下午茶時間。」

「可是，繩子上掛的是日幣耶？」

「因為英國現在很流行日本的五圓硬幣，就是……金色很吉祥的關係。」

「請保佑我們～」

青木順著深雪的說辭，在一旁合掌。這怎麼看都是佛教，跟英國八竿子打不著關係。

「總之呢，光太郎，請你看著硬幣……這是英國的魔法喔，然後你會愈來愈睏……」

這番台詞怎麼聽都是在催眠，但是老實的光太郎還是相信這是英國魔法，緊緊盯著五圓硬幣。

「英國的……魔法……」

「沒錯，接著聞一下薰香，VIVA、英國，Amore、Union Jack。」

雖然不重要，但VIVA和Amore都是義大利文。

是說下午茶根本不需要祈求五穀豐收，但光太郎還是毫不懷疑地照單全收了，接著——

「……嗯嗯。」

光太郎開始意識朦朧，打起盹來了。

眼見時機已到，深雪和青木交換了一個眼神，開始質問光太郎。

「光太郎，毫不保留地告訴我事實。」

「毫不……保留？」

「首先，可以親口告訴我，你的真實身分嗎？」

「我的真實身分……保密的事情……我是……」

「我是？」

「……龍膽是我叔叔的姓氏，我的本名是御園生光太郎……是御園生集團的長子，因為不想和大家有隔閡，也不想被利用……才保密的……」

「——萬歲！」

深雪揚起一邊的嘴角，握拳慶祝自己的勝利，這個動作不像個千金，倒像是跟人打架贏了的反應。

「青木女士，妳聽到了吧？他是御園生家的長子。」

「是的，確實聽到了。」

深雪一邊深呼吸，像是自言自語地向天空展開雙臂。

「他果然就是『那個人』本人沒錯，謝謝神讓我重新遇見他！」

「御園生和桑島兩家若是聯手，這個地方就掌握在深雪大小姐手中了，恭喜您。」

聽見青木的祝賀，深雪挑起一邊的眉毛，不屑地說道。

「掌握在我手中？青木女士，我的夢想可沒有這麼微不足道，雖然就結果而言，妳也沒說錯什麼就是了，那麼——」

深雪緩了口氣，將視線從天空移回光太郎身上。

光太郎眼神渙散，一副嗑藥嗑茫了的樣子。

「他現在陷入深度催眠狀態，連死命想隱瞞的身世都能說出口，這可是對他出手，讓他和那女人不得不分手的好機會，哈哈！」

深雪此刻的笑容距離天使甚遠，充滿邪惡，接著她伸手抬起光太郎的下巴。

「雖然我不懂背後的原因，但只要和我在一起，就不需要隱瞞自己身為御園生長子一事了。很抱歉這麼開放，但這也算是一種救贖吧，光太郎。不，我——」

此時，青木出聲打斷深雪的行動。

「很抱歉在您享受時掃興，但是時間到了。」

「什麼時間？」

青木只是冷冷地回答深雪的疑惑。

「『她』來了。」

接著屋頂的門用力地打開，發出碰撞的聲響。

「……」

登場的人正是遠山花戀。

平時總是活潑開朗的花戀，此時散發著劍拔弩張的氣息。

「——！妳對光太郎做了什麼！」

花戀咄咄逼人地質問。

但深雪對此不但毫無歉意，反而還悠閒地喝著茶。

「什麼……我們在喝英國式下午茶呀？」

可疑的薰香爐——

綁著繩子的五圓硬幣——

意識模糊的光太郎——

「這很明顯跟英國一點干係都沒有，怎麼看都有問題……不如說充滿了犯罪的味道？」

「妳想太多了，每個人吃到馬麥醬都會是這種反應。」

「妳這話對英國和英國傳統料理太沒禮貌了吧！」

補充一下，馬麥醬是一種褒貶兩極的醬料，其滋味和氣味都很獨特，是源於英國的一種發酵製品。

「廢話少說！看看妳現在對英國的形象和別人的男友幹了什麼好事！為什麼要這樣妨礙我！」

深雪聽到這句話，微微地動了一下。

「這和妳一點關係都沒有。」

「什麼意思……妳想找碴，針對我就好，別把他也拖下水。」

深雪喝了一口茶，接著開口問：

「妳才是，為何要如此執著在他身上呢？同屆第一的紅人『遠山花戀』同學？」

「這才跟妳一點關係都沒有，『桑島深雪』同學。」

「是嗎，是我多嘴了。」

兩人意有所指地連名帶姓稱呼彼此。

接著深雪閉著眼喝了一口紅茶。

「妳放心吧，他現在只是受了英國式的款待，因為副作用變得容易自白而已。」

「哪一國的款待會有自白的副作用啦！看也知道是催眠！光太郎，我們走！」

「唔……嗯……」

花戀非常憤怒，扶著恍惚的光太郎離開現場。

深雪留在原地，似乎有些落寞地將茶喝光之後，問了站在一旁的青木。

「抱歉，問了這麼多次，光太郎主動向遠山花戀告白……這件事是真的嗎？」

青木有些猶豫地回答了。

「很遺憾，但是……」

「妳說。」

「……也有傳聞說，遠山從國中開始就一直對他有意思，也有可能是周遭的人敲邊鼓，將他們硬湊成一對的。」

青木唸出從神木一行人口中問到的資訊。

「也就是說……有可能不是真心交往？」

「依小的拙見，光太郎總是對她帶著一絲尷尬，這個說法極有可能是真的。」

「……太好了！」

深雪聽到這句話打了一個響指，忍不住嘴角上揚。

「既然我們也從本人口中證實他是御園生的長子了，那麼唯一的妨礙就只有『遠山花戀』一個人，就依照說好的進行B計畫吧。」

「是！」

青木接受命令。

「桑島家和御園生集團……只要拿下這兩大家族，對桑島家和這個地區都意義非凡。不不，這點蠅頭小利……」

深雪閉起眼睛，沉浸在妄想當中，滿足地笑了出來。

「若光太郎不是出自真心和她交往，那我就用計畫B讓他們順理成章分手，這對光太郎也是一種救贖吧，我可真是善良，哈哈哈！」

對於深雪的發言，青木不置可否，只是保持沉默。

是因為紅茶的關係呢，還是催眠的關係呢……

花戀攙扶著享受了整套英國式（笑）款待的光太郎前往保健室。

「……嗯，嗯……」

「光太郎！你沒事吧？有沒有怎麼樣？」

「英、英國式……」

「你被英國怎麼了？」

花戀一面擔心光太郎是不是引發什麼國際問題，一面又因為和光太郎貼在一起感到臉紅害羞。

於是她決定以緩慢的腳步，慢慢地邊走邊享受這段時光，最後終於抵達保健室。

「老師，有急診！」

「那就叫救護車吧。」

理直氣壯地說出這番話的人，是學校的保健老師，飯田瑠偉。是個嘴上不饒人，但還是很照顧學生，很適合戴眼鏡的妙齡美女老師。

「現在不是開這種玩笑的時候啦！」

「那就更該送醫啦……哎呀是遠山花戀啊，怎麼了，有男生被妳拒絕之後休克了嗎？」

「不是啦！請快點過來看一下！」

飯田說著「真是開不起玩笑」，嘆了口氣之後讓花戀把光太郎攙扶到椅子上。

「哦……光太郎，他是因為不懂拒絕，扛了太多雜事把自己弄到過勞了嗎？我看看喔……」

飯田嚴肅地拿出手電筒照了一下光太郎的眼睛，並測量他的脈搏。

「嗯，應該是沒什麼大礙。」

「真的嗎，太好了……」

花戀摀著胸口，鬆了一口氣。

「不過他似乎在深度催眠狀態，簡單來說就類似於被餵了自白劑一樣，這樣能聽懂嗎？」

「一點都不好！」

才剛鬆了一口氣，下一秒又被告知某種程度上的嚴重情況，這個落差讓花戀嚇得下巴都快要掉下來了。

相當於被餵了自白劑的催眠狀態……花戀忍不住想著，這不就是色色的同人誌裡頭常見的，會被這樣那樣的節奏嗎。

花戀大吃一驚，在保健室緊張地繞圈圈，飯田看著她笑了出來。

「哈哈哈，他現在只是處於一個比較容易被暗示的狀態，應該不至於像妳想的那樣。要是真的那麼在意，不如脫了他的褲子自己觸診一下？」

「什、什麼觸診啦！」

接著飯田笑著從座位上起身。

「讓他休息一個小時左右應該就沒事了，我還有事情先離開一下……妳可別趁機解開光太郎的褲腰帶吃人家豆腐啊。」

「什麼？我、我才不會這麼做！」

飯田看到花戀慌張的模樣，露出滿意的笑容離開了保健室。

「嗯～」

保健室裡一下子安靜下來，只聽到光太郎發出呻吟。

「真是拿她沒辦法，因為她是美女醫師，大家才會睜一隻眼閉一隻眼，要是今天換成是一個長滿胸毛的保健室老師，看我還不讓他被拔光胸毛送去懲戒。」

即使胡說八道也沒人吐槽，花戀可能是無法忍受這種尷尬的氣氛，於是坐到光太郎面前盯著他的臉瞧。

「唔、唔嗯……」

「……笨蛋。」

居然輕易就被深雪拐走了。明明都已經有自己這個女友了……就算知道光太郎不懂拒絕，但這真的很令人生氣。

「明明就說了喜歡我，現在卻這副模樣，你這樣永遠都別想接到反詐欺海報的通告嘍。」

花戀忍不住抱怨。一想到光太郎在自己視線以外的地方，不知道被深雪做了什麼事，內心就充滿了不安和懷疑。

「嗯……英國式……」

「英國式到底是什麼東西啦……」

花戀又更靠近光太郎，盯著他的臉瞧。

「對了，他還在催眠狀態。」

於是花戀決定大膽地更靠近一步。

即使兩人的距離近到能感受到彼此的呼吸，光太郎卻依然沒有反應。

「哼～我靠這麼近也無所謂嗎？要是繼續靠近就大事不妙嘍？」

花戀一邊說著一邊繼續靠近，但內心似乎希望光太郎不要突然醒來。而光太郎依舊閉著眼睛。

「哼……哼哼……要這樣是嗎，你該不會其實是在裝睡，內心偷偷有所期待吧？嗯嗯……要比膽量的話我奉陪到底。」

但光太郎依然沒有睜開眼睛。

「呃……真的要親下去嘍？」

花戀自言自語一番之後，把臉湊得更近了。

光太郎就像小貓一樣，一邊睡一邊發出夢囈。

「……這可是你逼我的喔，誰叫你瞞著女朋友去赴其他女人的約……還偏偏是那個人……」

「唔嗯……嗯……」

光太郎發出像是在回應的聲音。

花戀不禁苦笑，接著把臉……不，是把嘴唇湊過去。

「這樣會害我很在意是不是發生什麼事了，女人的嫉妒心是很恐怖的，光太郎。」

兩人之間的距離只有幾公分，近到能感受到彼此的呼吸。

在如此接近，甚至都能聽到吞口水的聲音的狀態之下，花戀下定決心。

「既然這樣，也讓我『款待』你一下吧──」

款待──這個單字激發了光太郎潛意識當中的恐懼，讓他從恍惚狀態嚇得從床上跳起來。

「──款待就敬謝不敏了！」

「咦咦咦？」

叩！（柔軟的觸感）

放學後的保健室裡發出響亮的撞擊聲。

「好痛……唔唔……咦？」

額頭的疼痛讓光太郎清醒過來。

在他眼前的是充滿清爽感的蕾絲窗簾，以及鋪著白色床單的簡樸床鋪，環境當中還有微微的藥味……

光太郎頂著還有點茫的腦袋，確定自己現在位於保健室，但不知道是何時跑到這裡來的。

「這裡是保健室嗎……我怎麼會在這裡？」

光太郎摀著有點疼痛的額頭環視周圍——

「……」

接著他看到同樣摀著額頭，直勾勾地盯著自己看的花戀，嚇得從床上跳起來數公分。

「嗚哇！」

「…………」

花戀不發一語，而且臉頰還微微泛紅。

光太郎一頭霧水，加上花戀的反應和平時完全不同，讓他驚慌失措。

「遠……遠山同學？妳怎麼在這裡？」

但花戀只是摀著額頭，似乎沒有心情捉弄慌張的光太郎。

光太郎看她這副模樣，似乎也察覺到什麼。

「難道……我剛才突然起身撞到妳的頭了嗎？對……對不起！」

光太郎死命道歉。

花戀一臉尷尬地轉向別邊。

「沒關係啦，就只是時機正巧……是我咎由自取，還是自作自受呢……」

花戀心虛地喃喃自語。

「但我們怎麼會靠這麼近……啊，難道說——」

「咦？難道說什麼？不、不是，我絕對沒有想要偷親你的意思——」

「妳想在我臉上亂畫——咦？不是嗎？妳剛才說什麼？」

「哇啊啊！沒、沒錯！我正打算在你臉上亂畫！真可惜，我本來想把你白白淨淨的臉畫成熊貓眼，好好疼愛你一番的～」

「是這樣啊……要被這樣疼愛也是滿傷腦筋的。」

「別這樣嘛，琳琳……不，還是該叫你光光呢？」

「不用硬取一個熊貓名沒關係。」

藉著這樣的一來一往，光太郎逐漸恢復清醒，遂開口向花戀詢問自己是怎麼回事。

「那個，我怎麼會在這裡？發生什麼事了？」

「我才想問你。」

「還有……『深雪』同學呢？」

「什麼！你叫她深雪？」

「哇！怎、怎麼了！」

聽到男友說出那個現在最不想聽到的名字，花戀瞬間理智線斷裂，大發雷霆。

「你真的不知道我在氣什麼嗎！你竟敢這麼理所當然地直呼她的名字！那你也叫我花戀啊！」

「咦，啊，嗯……花戀同學？」

聽到光太郎也用一樣的方式叫她，讓花戀滿意地點頭。

「好吧……不對，才不好，在很多方面都不好！你還好嗎，起得來嗎？」

面對花戀的關心，光太郎大吃一驚。

「咦？」

「咦？」

而花戀看到光太郎驚訝的反應也感到很驚訝，便一臉疑惑地問他。

「為什麼這麼驚訝，難道你還很不舒服嗎？……還是要脫褲子檢查一下？」

「為什麼要脫褲子！」

「啊，抱歉，跟你沒關係啦。」

「就算妳這麼說，突然提到我的褲襠害我很在意耶……沒有啦，沒什麼大不了的，只是覺得從未看過妳這樣關心我而已。」

聽到光太郎這麼說，花戀害羞地撇過頭。

「啊，這個……是這樣嗎？」

花戀明顯的心虛了。而光太郎看到她的反應之後感到不對勁。

「嗯～妳不對勁喔──」

光太郎懷疑花戀是不是又在打什麼壞主意……他坐起身，往花戀撇過臉的方向探頭。

「呀啊！」

突然和光太郎對上眼，嚇得花戀從椅子上跳起來好幾公分。

這個反應讓光太郎更加懷疑了，他坐在床上開門見山地問道。

「妳從剛才開始就怪怪的，在我睡著的時候發生什麼事了嗎？」

「咩……沒油呀。」

「……瞧妳話都說不清楚了。」

花戀明顯的含糊，整個人呈現肉眼可見的心虛。

光太郎好奇地追問慌張的花戀。

「嗯～好在意，真的沒什麼事嗎？」

「您這樣問……我也不知道該怎麼回答呀，老爺。」

花戀試圖像平常一樣裝傻糊弄過去。

令人在意的是，花戀不但沒有生氣，還顯得有些害羞，甚至看起來還有點開心。

（唔～瞧她高興的模樣，反而令人毛骨悚然。）

光太郎不禁懷疑，花戀是因為又有新的話題可以拿來捉弄他才會這麼開心。

而花戀為了掩飾心虛，深吸一口氣之後試著表現出平時的模樣。

「先不說這個了，你再不起來，屁股就要黏在床上嘍，就像直尺上放太久的橡皮擦一樣。」

「別用這種文具常發生的狀況來比喻啦……」

「哈哈哈！看你還有力氣吐槽，我就安心了。來，抓住我。」

花戀一邊打哈哈一邊自然地借出自己的肩膀。

光太郎這次也坦率地接受了她的貼心。

「不好意思，謝謝妳。」

「沒事，放心交給我。」

夕陽映照在花戀身上，以致光太郎沒有發現她臉上的羞澀。

兩人之間瀰漫著一股難以言喻的氣氛。

（等等，這個氣氛是怎麼回事？難道我真的做了什麼嗎？剛才還提到我的褲襠……莫非我睡昏頭把褲子給脫了嗎！）

怎麼辦，該問清楚嗎？但要是我真的露了下半身，肯定沒臉見人了……正當光太郎在心裡如此掙扎時——

「你們倆好了嗎？」

「「哇！」」

兩人同時看向說話的方向。

站在那裡的是一手拿著罐裝咖啡，笑嘻嘻的飯田老師。

「老、老師……」

「看來你好像不要緊了，花戀就『多保重』嘍。」

飯田意有所指的說。

「妳、妳看到了嗎？從哪裡開始看的？」

飯田看著慌了手腳的花戀，微微地揚起嘴角。

「我才剛回來……妳就當作是這樣吧。」

飯田沒有直接回答，這讓花戀又開始驚慌。

「妳一定是看到了！」

面對花戀的追問，飯田一臉壞心眼的表情，故意搖頭回答。

「不不，我真的什麼都不知道。我倒希望妳能告訴我是不是有發生什麼酸酸甜甜的戀愛故事呢……好啦，雖然很可惜但我要關門嘍。」

看到飯田拎著保健室的鑰匙，光太郎連忙道歉。

「不好意思，謝謝您讓我在這裡休息，我們馬上離開。」

「不必多禮，這是我的工作。對了，要是頭還會痛，要不要開藥給你們？……哎呀，我是不是多嘴了？」

「沒……沒關係，我們先走了！」

大概是受不了飯田的捉弄，花戀連忙拉著光太郎迅速地離開保健室了。

「飯田老師為什麼叫妳多保重，妳身體不舒服嗎？老師剛才又在笑什麼啊？」

「嗚！不……不告訴你！」

回家路上，花戀對光太郎的疑問明顯地感到心虛。

接著她轉移話題，反問光太郎在屋頂發生了什麼事。

「比　起　這　個！你才要仔細交代在屋頂幹了哪些好事！」

「咦？不……我也記不清楚了，真的。」

光太郎誠實說出自己真的不記得，但花戀還是用質疑的眼神看著他……她現在的模樣和抓狂沒兩樣。

「是嗎？看來是做了讓你記不起來的事情呢……色色的同人誌那種？」

「妳想到哪裡去了，真是的……嗯？」

兩人一邊走一邊聊著這個話題，光太郎突然發現一道視線。

原本以為又是平時那些看八卦的人，但這次不一樣，是一道溫暖的目光。

順著視線回望過去，是一名陌生的女性。

對方是個妙齡女子，兩手提著購物袋，看起來很溫柔。

接著她慢慢地走過來，用親切的語氣打招呼。

「哎呀，花戀。」

聽到有人用溫柔的語氣叫她，花戀回頭之後嚇了一跳。

「媽媽？」

「咦？媽媽？」

沒想到眼前的人居然是花戀的媽媽，光太郎驚嚇之餘馬上挺直背部。

「哎呀哎呀。」

溫柔的語氣和溫暖的目光，花戀媽媽看著兩人，似乎察覺到了什麼，露出微笑。

「我女兒受你照顧了。」

花戀媽媽特地將手上的袋子放到地上，對光太郎行禮。

如此優雅細心的舉動顯示了花戀媽媽出身不凡，這讓光太郎更緊張了。

「我經常聽女兒提到你，我是花戀的媽媽，菜摘。」

「您好，我是龍膽光太郎。」

菜摘看到光太郎挺直腰桿行禮的模樣，對他印象很好，露出開心的微笑。

「哎呀，真有禮貌。我們花戀每次回到家就一直都在說你的事情，我們家也很高興有了聊天的話題，改天再來我們家坐坐喔，雖然只是一間在五金行後面的小公寓——」

菜摘語速不快，卻也沒給人插話的餘地。

此時花戀可能受不了了，趕緊拉住媽媽的手臂。

「媽媽，妳在胡說什麼啦！」

「哎呀哎呀，呵呵呵。」

即使被女兒拉著手臂搖搖晃晃的，菜摘依然保持著微笑。

「感覺是一位舉止溫柔但內心堅強的母親呢……和花戀同學很像。」

光太郎如此說著。

這個場面讓花戀害羞得受不了，她拎起地上的購物袋，催促媽媽快點走。

「真是的，妳是打算一直待在這裡嗎？我明天還要上學呢！」

「哎呀哎呀，那我女兒就麻煩你多多照顧嘍，光太郎。」

菜摘揮手道別，光太郎也揮手回應，一旁的花戀則是盯著他看。

「……光太郎，身體有好一點了嗎？」

「啊，嗯，沒事了。」

「那就明天見嘍！媽媽，走了啦！」

花戀一邊推著一臉微笑的媽媽往前走，一邊揮手道別回家了。

光太郎看著一同離去的母女，喃喃說道。

「花戀同學的媽媽相處起來很舒服耶……可是，總覺得有種不同於花戀同學的熟悉感……是誰呢？」

光太郎雖然覺得哪裡怪怪的，但也沒繼續深究就直接回家了。

光太郎回到咖啡廳「Mariposa」時，叔叔讓二正一邊抽菸，全神貫注地盯著賽馬報。

「嗨，今天比較晚喔。」

「抱歉，我今天去幫忙美化股長的工作。咦？今天沒客人嗎？」

「還可以，今天的都是熟客，所以比較輕鬆……既然你有碰到土記得趕快去洗手，餐飲業的衛生清潔最重要了。」

雖然外表看起來吊兒郎當，但這種做事認真負責的態度，或許就是他能長期經營店鋪的祕訣吧。

光太郎身體還沒完全恢復，便順著讓二的話說：

「既然不需要幫忙，我就先去休息嘍。」

「去吧去吧……對了，這事不急，等你有空時，可以幫我把現在拿來當作倉庫的房間清出來嗎？」

「好啊，怎麼了嗎？」

讓二將賽馬報折起來，露出有些害羞的表情。

「就是我之前提過的人，我們發展得不錯，為了日後發展，才想說先把房間清出來。」

這種對話似乎已經發生過很多次，光太郎懷疑地看著讓二，心想「又來了」。

「你又急著下結論了，再觀察看看比較好吧……」

「別多嘴，等發生才來準備就來不及了。」

他總是這麼急躁，不知道失敗過多少次了。常客們似乎很了解他的套路，都在一旁偷笑。

「是是是，叔叔也終於要結婚啦……爸爸應該會嚇歪吧。」

光太郎雖然只是開開玩笑，但讓二好像想起了什麼，他抓了抓頭，表情變得認真起來。

「……說到結婚，我想起來一件事，等等再跟你說。」

「咦？除了清房間之外還有別的事嗎？」

看讓二沒有正面回答，光太郎心裡不禁浮現不好的預感。

咖啡廳打烊後是兩人的晚餐時間。

明天店裡公休，因此讓二也早早就開喝了。兩人用事先煮好的義大利麵條簡單做了拿坡里義大利麵，開啟了晚餐時刻。

「別那麼緊張，不是什麼大事，放輕鬆一點。」

飯後，讓二看到正襟危坐的光太郎，讓他別那麼緊張。

光太郎原本不自覺地挺直了腰桿，聽到之後便放鬆了下來。

「不是什麼大事嗎？」

讓二慢慢地喝完日本酒後，說了聲「算是吧」，並抓了抓脖子，欲言又止。

「就在不久前……我收到你的相親通知。」

「這完全就是大事啊！」

聽到讓二輕描淡寫地說出沉重的話題，光太郎嚇得魂飛魄散。

「真、真的假的？我要去相親？」

光太郎無法掩飾心中的動搖，聲音也因為過於突然而變得上揚。

「是真的，我騙你幹嘛。」

讓二看著困惑的光太郎，喝了一口酒，露出了狡黠的笑容。

「跟我那時相比，你現在已經算晚了。聽說你父親小學的時候就開始相親了。」

「聽了還以為我們家活在古代……」

讓二拿起酒壺一邊往杯裡倒酒，一邊嘆息著說了起來。

「比起相親，不如說是政治聯姻，那個年代露骨的逢迎拍馬是司空見慣的事……不過，這次應該也是你父母很擔心你吧。」

「這也擔心過頭了。」

「這也難免，誰叫你是御園生家的長子。」

讓二點了根菸，打開窗戶讓煙往外飄散。

「對了對了，你爸媽還說你隨時都可以回去，兩老應該是寂寞了吧。」

聽到這番溫情喊話，光太郎煩惱地抓著頭髮。

「我還不能回去，因為還沒把不懂拒絕的個性改掉。」

這就是光太郎離家，借住在叔叔家的理由。

——為了改掉不懂拒絕的個性。

大財團「御園生集團」的人脈甚至擴及政治圈，而光太郎是集團長子。

將來有一天，這些權財人脈全部都會繼承到他手上，這事一點也不誇張。

據說擔任現任會長的爺爺和爸爸都認為，做事能力、決策能力和人品都很好的光太郎是無可挑剔的。

唯有一點。光太郎最大的問題就是——

他的個性太溫柔，也就是「不懂拒絕」這件事。

對一般的家庭來說，只要品行好就足夠了，但對於御園生家這樣擁有龐大財富和權力的家族繼承人來說，卻不能如此。這一點甚至可說是致命的缺點。

不懂拒絕的光太郎，萬一被不好的人纏上……

再加上御園生家出事，代表這個區域也會跟著衰落。

正因如此，光太郎擔心自己的性格，主動提出要到叔叔的咖啡店「Mariposa」學習進退應對。也就是所謂的「逆帝王學」。

這就是御園生光太郎要改名為龍膽光太郎的來龍去脈。

讓二酒氣熏天地笑著。

「放心吧，我知道你不會拒絕別人，所以我會替你拒絕。但還是要先問問你的意見，如果你答應相親的話就是另一回事了。」

「謝謝……老實說，我現在沒辦法。」

光太郎已經和花戀交往了，要是再去相親，腦袋肯定會燒壞。

因此光太郎聽到讓二會替他拒絕不禁鬆了一口氣。

「嗯，忘了相親的事吧，畢竟太突然了。代替無法拒絕的你，我會好好地代為拒絕對方。」

「你可以嗎？」

讓二不理會擔心的光太郎，又倒了一杯日本酒，並開始談論對相親的看法。

大概是對方家想要攀上御園生家，才提出相親吧。只要好好拒絕，對方就會放棄了。為了找個藉口，你下個星期天先隨便安排一下行程吧。

「不是啦，因為叔叔太健忘了，我擔心的是這個。」

「對方也是有頭有臉的人物，要是忘記就慘了，你放心啦。」

面對光太郎的堅持，讓二只是揮揮手讓他安心。

面對這樣的叔叔，光太郎故意問他。

「那你記得對方是誰嗎？」

「……」

讓二撇著嘴沒有回答。

「看吧，這不是忘了嗎！」

「才沒有！是因為酒喝太少了！再喝幾杯一定就想起來了！」

「反過來了吧，你只是想找藉口喝酒而已吧，真是的。」

讓二爽快地大笑出聲。

「就是這樣，這個話題結束了。你幫我煮加了很多生薑的味噌湯，解酒用的那種。」

「健康是最重要的資本，你自己多注意一下啦……我把生薑收到哪了？」

光太郎聽到要求之後打開冰箱尋找生薑的蹤影。

在這期間，讓二滿臉通紅，盯著天花板喃喃自語。

「我想說橫豎都要拒絕，就沒認真聽對方的資訊了，記得對方姓……」

把日本酒一口喝乾之後，讓二接著喝起罐裝啤酒。

罐子在開罐的瞬間突然發出愉快的聲音，讓二馬上喝了起來，避免泡沫溢出。

「咕嚕、咕嚕……噗哈！對方到底姓什麼來著，梨？稗？粟？」

接著讓二終於想起對方的姓氏。

「對了，是桑啦！桑島！就是這一區的大地主……不過反正都要拒絕了，現在想起來好像也沒用。」

要是光太郎知道了，事情會變成什麼樣呢？

但光太郎對這件事絲毫不知情，還說著「啊，找到了」，並從冰箱裡拿出生薑。

第❹話 無法承認要去相親！

翌日，光太郎像往常一樣來到學校。

他最近因為花戀的關係一直沒睡好，但是今天卻顯得神清氣爽。

「嗯～昨天睡得真好，是英國式薰香的功勞嗎？」

但實際上，他是因為那個神祕的薰香和五圓硬幣，陷入深度催眠狀態⋯⋯

「居然能發現我睡眠不足，真不愧是深雪同學。」

光太郎完全沒有發現深雪懷抱著的黑暗野心，只是連連讚嘆著「果然跟我不一樣」，接著走進教室。

「大家早啊⋯⋯嗯？怎麼了嗎？」

光太郎一進教室，就看到班上同學們正在討論什麼的樣子。

看大家討論得一臉嚴肅，是發生什麼事情了嗎？

在光太郎一臉疑惑地走進教室的當下，全班的視線瞬間集中到他身上。

接著他看到二郎一臉奸笑，他就知道「啊，不是什麼正經的事」了。

「你們⋯⋯是在討論什麼壞主意嗎？」

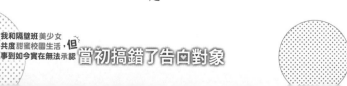

「欸，一大早的別說話這麼難聽，不能先跟我們道聲早嗎？」
「好好好，早安。所以，你們在幹嘛？」
「喔，我們在擬定你和遠山同學的約會計畫。」
「完全就是壞主意啊！」
只有當事人不知道的約會計畫，就算光太郎脾氣再怎麼好也會覺得不爽。
此時丸山翹起二郎腿，開始教訓光太郎不懂女人心。
「龍膽同學，我問你，你和花戀約會幾次了？」
「嗯……一次。」
回想起來，只有放學後在電子遊樂場約會過一次，光太郎也老實承認。
「但我們每天在學校都會碰面，所以我覺得這種頻率反而剛好……」
接著丸山代表班上女生回答光太郎……準確來說是對這番話感到不可思議。
「別找藉口了，你們這些臭男生就是這樣。」
「等等，別一竿子打翻一船男生。」
丸山無視二郎的反駁，只是嘆了口氣，其他女生也一臉「真是沒救了」的表情面面相覷。
「也就是說，你還沒有主動開口約過她……這可是很重要的，龍膽同學。」
丸山咄咄逼人地逼近，國立君拋出「請在白線內側等候」的鐵道笑話緩和氣氛。
「總之就是這樣，大家才在討論下一次約會該去哪裡才好。」

「二郎啊，這種事情至少該在當事人在場的時候討論才對吧？」

光太郎原本恍然大悟，又立即反應過來皺起眉頭無奈地說著。

然後在當事人的參與之下，討論飛快地進行著……甚至可說是快到脫軌了。既有動物園、逛街的提議，甚至有鐵道博物館這種一看就知道是國立才提得出來的方案，大家你一言我一句地好不熱鬧。

此時，和花戀私交甚篤的丸山提出了「水族館約會」的意見。

「花戀應該對水族館會有興趣，我常聽她提到，就是車站大樓附近的水族館。」

「妳說那裡啊，雖說不是什麼大規模的水族館，但我爸媽也對那裡很有好感，門票也不貴，確實是不錯的提議。」

在班上的海洋大師，仲村渠的背書之下，下一次約會就決定去水族館了。

「所以我們決定選水族館，恭喜你，光太郎。」

「恭喜個屁！你們把當事人的意見……等等？」

光太郎正要發作，但突然想起叔叔昨晚的話。

（這麼說來，叔叔叫我「在星期日安排幾個行程」……這下豈不剛好？）

這樣就有正當理由拒絕相親，只要說是出門約會，也不會再有後續發展了吧？

（還可以盡到趕蒼蠅的義務，算是一箭雙鵰？）

光太郎收回怒火，盤算著這些事情。

接著說人人到，遠山花戀出現在教室。

「那、那個……光太郎在嗎？」

丸山注意到略顯害羞地出聲的花戀。

「早啊，花戀……妳是不是有哪裡和平時不太一樣啊？」

「咦？嘿嘿，沒有啦。」

花戀當然不敢說是因為自己趁著光太郎睡著時打算偷親他，搞得自己很尷尬，只能打哈哈蒙混過去。

同一時間，二郎他們正想著該怎麼自然地提出約會的邀請。

「反正光太郎不會主動說出口，就由我們……」

正當他們做好準備，光太郎卻顛覆他們的預期。

「──那個，花戀同學，星期天要不要去約會？」

「什麼？」

花戀嚇了一跳，光太郎的積極轉變也讓全班同學啞口無言。

光太郎這番積極行動當然自有目的，他無視周遭的反應，繼續說下去。

「我聽說妳很想去水族館，要不要一起去呢？」

「──！」

這種感覺就像是，平時總是投慢速變化球的投手突然投了一顆直球一樣，又快又猛。

光太郎不經意的直球邀約，似乎直搗花戀的心窩，她就像被真的被打中一樣踉蹌了一下……彷彿被狙擊般幾乎暈厥過去。

「當、當然嘍……噗哈！」

花戀不知道是感動還是超過負荷，也可能是兩種都有，只能勉強擠出回答，便匆匆離開教室。

然而光太郎只是為了拒絕相親才會安排約會……總之，這個星期天就決定去水族館約會了。

水族館「亞特蘭提斯」——從桐鄉高中站轉乘十幾分鐘，就能抵達車站前的鬧區，而水族館更是其中的約會聖地之一。

水族館位於大樓內，其展出方式兼具展覽、活動和美術館般的觀賞體驗，深受家庭客人喜愛。

在這個充滿了家庭客和情侶的聖地，光太郎勇敢地決定在此約會。

他站在車站前，表情透露了他的緊張。

不，他的表情與其說是緊張，更像是愧疚的表情，為了「拒絕相親」這種私人理由，才約花戀出來，讓光太郎的臉上充滿了歉意。

這種歉意也體現在光太郎的衣著上，他平時都是穿帽T和牛仔褲這類比較休閒的打扮，但今天卻穿了更正式一點的西裝外套和西裝褲，偏向商務休閒風。

雖說光太郎長得算好看，但因為他的氣質給人一種不夠成熟的感覺，所以今天的打扮有點像「七五三節」，也就是小孩穿大人衣的感覺……當然他本人毫無自覺。

接著，今天的女主角也登場了。

看到花戀跑來，光太郎挺直腰杆向她揮了揮手。

「在這裡！」

一看到光太郎，花戀露出燦爛的笑容跑過去。

「抱歉，你等很久了嗎？」

「沒有，我也才剛到。」

兩人聽到彼此說出超老套的台詞，忍不住笑了出來。

花戀一邊笑著用手搧了搧汗濕的胸口，這個舉動和打扮讓光太郎不禁臉紅心跳。

花戀今天走的是運動風。

她戴著一頂有LOGO裝飾的黑色鴨舌帽，穿著一件無袖上衣，外頭罩了一件薄襯衫。

下半身則是熱褲和彩色襪子，腳下是一雙美式休閒風的紅色老爹鞋。

花戀不愧是模特兒，這種普通人難以駕馭的穿搭在她身上一切都顯得很合理，讓光太郎不禁讚嘆。

「真不愧是讀者模特兒的ICON，就連我這種門外漢也看得出來妳真的很會穿衣服。」

光太郎發自內心真誠地稱讚花戀的穿搭。

「謝、謝謝……」

「我不太懂時尚，但是妳今天的打扮真的很好看。」

花戀被光太郎誇得害羞起來，謙虛地笑著回答。

「我不是說過了嗎，這些說穿了都只是些舊衣服罷了。」

「這有什麼關係，能夠將自己的特長發揚光大，甚至被譽為ＩＣＯＮ，我覺得很憧憬耶。」

「好了好了，不要開口閉口ＩＣＯＮ的……怎麼，難道你是在捉弄我嗎？那就別怪我反擊嘍～看我的。」

接著花戀朝光太郎背後搔癢，在旁人看來完全就是情侶在放閃。

「等等，直接肢體接觸犯規。」

「哼哼，我們都認識這麼久了，你的弱點可瞞不過我。如果希望我停手，就對我說『花戀長得也很漂亮』這類具體一點的稱讚來聽聽。」

「真是的……好啦好啦，妳很漂亮。我們快點進去吧。」

「哎呀，就像肥皂泡沫一樣被輕易帶過了……是在暗示我要更加嫵媚地表達嗎？」

「千萬不要，這樣會嚇到別的家庭和海洋生物們。」

光太郎一邊開玩笑，一邊抬頭看向目的地所在的大樓。

（真沒想到我居然會和女朋友一起來這裡……雖說是臨時女友。）

就連對戀愛一竅不通的光太郎，也知道這裡是「學生憧憬的約會聖地」。

如今他卻和不太喜歡的花戀以「情侶」的身分一同前來……奇妙的是他並不覺得反感，不禁自嘲地笑了起來。

「光太郎，怎麼啦？怎麼突然一臉哭笑不得的樣子……啊，難道說！你居然趁這個時機模仿勞勃○尼洛？沒想到你又有新段子啦～」

「別胡說八道了，我們走吧。」

「要模仿的話就該好好研究黑幫電影《教○》才行啊，真拿你沒辦法。」

花戀自然地靠向光太郎，與他一起走進去。就在那一瞬間，光太郎好像從背後感覺到一股與水族館不同的寒意若隱若現……

那股寒意是由躲在柱子後方、正咬牙切齒的人所散發出來的。

「「「可惡……」」」

用「不受歡迎的化身」來形容神林學長等人簡直是恰如其分。

這三個人和青木簽訂了「阻撓兩人戀情」的契約，在得知約會資訊後，喬裝打扮前往水族館。

目睹兩人卿卿我我的模樣，他們心中充滿了憤怒和無奈，表情十分痛苦。

「雖說是來阻撓他們的，但親眼看到約會過程真的好痛苦啊……」

「沒錯，但我們不能逃避，這都是為了拯救花戀學妹……」

「更重要的是，能保證獲得情人節巧克力。」

情人節巧克力協議——

對不受歡迎的男生來說，這是足以一整年都沉浸在優越感當中，享受勝利的時刻。

尤其在他們心裡，一年只有三百六十三天，沒有聖誕節和情人節，這對他們來說無異於重獲新生。

就在他們談論這些的時候，光太郎和花戀走進水族館了。

「目標移動了！」

「神林，快追上去！」

大森和木村氣勢洶洶，神林卻制止了兩人。

「別著急，你們還記得作戰計畫嗎？」

「「當然！」」

大森和木村異口同聲回答，並指著自己身上的衣服。他們穿著嘻哈風格的衣服，打扮得像是饒舌歌手或街舞男孩，給人一種不良少年的感覺。

「當然記得，我們要用這個打扮去找碴，妨礙他們約會。」

「龍膽參加過業餘拳擊社，學過格鬥的人是不會對一般人出手的……這就是我們要採取的作戰策略。」

神林點頭表示同意。

他們策劃了一個破壞約會的行動，那就是由兩名喬裝打扮的人在約會進行到氣氛融洽時出現，故意破壞氣氛……但也只僅於此。

這個計畫雖然老套且沒有新意，但光太郎曾經學過業餘拳擊，因此想利用他不會對一般人出手這一點，去騷擾他們約會。

神林等人在人潮中揮舞著拳頭，熱情高漲。

「做好覺悟吧，龍膽光太郎……我要讓你知道對約會沒有美好回憶的情侶是不會長久的！雖然我羨慕得要死！」

神林在最後說出了真心話，他們這些年齡＝單身年資的人們，眼中泛起淚光。

另一方面，試圖干涉光太郎他們約會的，可不只神林學長等人。

「大家都買票了嗎？」

「請小心不要遺失車票～」

另外一批人就是二郎和丸山等……光太郎班上的同學們。

「話說回來，二郎，我們為什麼要跟蹤啊？」

面對仲村渠單純的疑問，二郎露出奸詐的笑容。

「畢竟光太郎那傢伙，就算我們準備好了，他大概連手都沒牽就結束約會了。所以我們就稍微幫他一把，讓事情有所進展。」

「說得好聽，你只是想在日後拿來取笑他吧？」

「被妳發現了，嘿嘿嘿。」

面對丸山精準的吐槽，二郎也只是笑著回答。

「算了算了，那你有什麼好辦法能讓他們迅速拉近關係嗎？」

「當然有，我都規劃好了。」

面對丸山不斷追問，二郎拿出一個鼓鼓的包包。

包裡塞了滿滿的衣服，有寬鬆的T恤和太陽眼鏡等典型街舞男孩風格的服飾。

「仲村渠和沃夫先換上這些衣服。」

「沒問題～」

「我，馬上，去換衣服。」

魁梧的仲村渠和高大的山本・沃夫查欽・雅弘乖乖地換了衣服。

接著兩人搖身一變成為痞痞的饒舌歌手，或街舞男孩的打扮，似乎準備要來一段即興表演。

「太猛了，很適合你們。」

聽到丸山的驚歎，仲村渠用他粗壯的手指抓了抓自己的臉頰。

「哈哈哈！所以要我們穿這身混混風格的打扮要幹什麼？」

「我覺得自己就像令和時代的傾奇者，彷彿前田先生。」

聽到沃夫將前田慶次喚為前田先生，二郎苦笑著向他們說明這次的作戰。

「雖然有點老套……就是讓他們穿成這樣去找碴，正如大家所知，光太郎其實是個很有膽量的人，所以應該會保護遠山同學。我們的任務就是引導他說出『別碰我的女人』這類的帥氣台詞或是態度。」

「原來如此。」

「成功後，馬上撤退，速戰速決，不宜久留。」

——沒想到神林等人和二郎他們居然想出幾乎一模一樣的計畫，而光太郎和花戀對此渾然不知，就這樣踏進水族館。

首先出現在兩人面前的是一整片迷人的藍色景象。

那是以深海為意象的淡藍色ＬＥＤ造景。

接著迎接遊客的是在玻璃另一端游來游去的水母群，光線穿透牠們的身體，形成一幅夢幻的情景。

看到如此生機勃勃的大海景象，兩人不約而同發出了驚歎聲。

「哇啊……」

眼前難以言喻的景象，讓花戀深受感動。

這一點，光太郎也是一樣的。

在彷如林蔭間灑下的微光照耀下，他突然看向一旁的花戀。

她的側臉在淡藍色的燈光照耀下更顯夢幻……令光太郎不自覺地感到心動。

這裡不愧是約會聖地，確實有它的特殊魔力。

再來他們還看到躲在珊瑚礁的小丑魚，以及扭來扭去鑽出沙子見客的花園鰻。

以及在巨大的水族箱中，由沙丁魚群形成的餌球（小型魚類群聚集結的球體群），令人嘆為觀止。

這些展示讓人猶如置身於國〇地理頻道的紀錄片世界，且館內四處可見詳細解說，更加激發遊客的求知慾。

館內各種貼心的安排，讓光太郎徹底忘記現在在約會，只是沉浸在這樣的體驗當中。

「彩色的水母啊……感覺好像洗臉台的汙漬喔。這個是水母寶寶嗎？咦，原來是用滴管餵食的啊！」

光太郎對水母感到著迷，幾乎整個人都貼在玻璃上了。

花戀則是在一旁靜靜地盯著他看。

「……」

「水母真是太神奇了……啊……」

正當他回歸童心時，突然發現有人正目不轉睛地盯著自己看，光太郎不禁害羞地低下頭。

「你總算發現啦，因為你完全沒朝我這邊看過一眼，我正打算要戳你的臉頰呢。」

花戀在說話的同時戳了光太郎的臉頰，光太郎猝不及防，一下子滿臉通紅。

「哪有人戳了才說的啦！」

光太郎實在太害羞了，急忙制止花戀。

而花戀只是壞壞地笑著。

「有什麼關係，沒關係啦～」

「為什麼又在扮演惡代官！」

此時，有兩個疑似混混的人從人群中竄出來，彷彿算準了時機一樣。

「喲，這位小哥。」

「看起來玩得很開心嘛。」

和這些老套台詞一起登場的人，是大森和木村這對搭檔。

兩人穿著鬆垮的襯衫，是很典型的嘻哈風格打扮……只是在水族館顯得有些突兀，令人很想吐槽你們是想來和海獅來場饒舌對決嗎。

兩人看起來不但沒有威脅性，反倒是很莫名其妙，光太郎頓時看傻了眼。

「我問你，他們是在針對我們嗎？」

花戀如此問道，光太郎卻一臉滿不在乎。

「是嗎？他們只是在練習RAP吧？」

光太郎完全沒想到對方真的是在針對他們。

「這傢伙真有種……我要纏著他，讓他嘗到苦頭。」

「我要讓他對水族館約會只剩下自己被嘻哈男糾纏的回憶。」

大森和木村興致勃勃地準備搗亂。

但此時光太郎的視線卻看著其他地方。

「看來他們不是來找我們的，妳看那邊。」

「什麼？」

花戀順著光太郎說的方向看過去，大森和木村也跟著回頭看過去。

在那邊出現的是——

「喲，小哥。」

「你們玩得開心嗎……不是，跟馬子約會很爽嘛？」

就是光太郎班上的同學們派出的打手，仲村渠和山本．沃夫查欽．雅弘兩人。

他們的任務是藉由對光太郎找碴，進而引導他展現帥氣的一面，沒想到……

「「咦？」」

「「咦？」」

沒想到會發生這種事，有兩組人穿著同樣風格的衣服，在同一個時間點跑出來對光太郎他們找碴。

在這種情況下——

（（（他們是真正的不良少年嗎！）））

四人同時在心裡出現一模一樣的想法。

眼前這個情況無論怎麼看都是不良少年彼此之間有所爭執，所以光太郎想著，啊，這件事果然跟我沒有關係。

「果然跟我們沒有關係，我們走吧，花戀同學。」

「喔，好……可是這個體格總覺得好眼熟耶……？」

光太郎帶著花戀離開現場。

讓我們回頭看看留在現場的四人……

（（（（怎麼辦，萬一說錯話會引起糾紛！））））

四個穿著嘻哈打扮的人，此時內心卻像合唱團一樣完美合拍。就連周遭的人也紛紛覺得「怎麼了，要開始饒舌對決嗎？」對他們產生了錯誤的期待。

最後是水族館的保全出場，以「請勿在館內進行饒舌對決」為由驅散人潮，四人才得以安全下莊。

「抱歉，我沒想到居然會遇到真的混混……」

大森和木村在水族館休息區向神林道歉。

「沒關係，我也沒想到會有混混跑來這種都是家庭遊客的景點，是吃飽沒事幹嗎？」

接著神林重新振作，並提出新的計畫。

「你們倆好好休息，下一輪換我了。」

大森問他：「你有其他計畫嗎？」

神林緩緩地點了點頭。

「當然，我猜他們接下來其中一個行程就是水族館的熱門項目『企鵝餵食體驗』，他們一定會參加。」

神林邊說邊拿出館內簡介。上頭貼滿了標記還用紅筆仔細地做了筆記，由此可知他為這次的計畫……不，是為了得到情人節巧克力，真的做出了非同小可的覺悟。

「我會在那裡騷擾他們……雖然對企鵝們很抱歉，但我會盡力不讓企鵝受到太大的驚嚇去妨礙約會。」

「「神林……」」

神林充滿了妨礙約會的堅定決心和對企鵝的體貼。知道內情的人，肯定會這麼認為——「搞錯該盡力的方向了吧」。

與此同時，另外一邊也在進行同樣的檢討大會。

「抱歉了，大家。」

「對不起，我，失敗了，月底，切腹謝罪。」

仲村渠垂頭喪氣地道歉，山本・沃夫查欽・雅弘也結結巴巴地表示要切腹謝罪。

二郎出聲安慰沮喪的兩人。

「這也沒辦法，誰會想到這種大多是家庭遊客的地方會有小混混跑來，是說混混來這裡幹嘛，吃飽沒事幹嗎？」

「小混混的思維不是我們猜得透的，要是真的那麼閒，不如在山手線搭一整天的電車還比較有意義……」

「……你說的對。」

鐵道迷國立舉的例子讓人完全無法產生共鳴，二郎敷衍過去之後提出下一個計畫。

「接下來輪到我和丸山出場。」

「什麼，我嗎？要做什麼？」丸山反問。

二郎以「就是個簡單的計畫」開始說明計畫內容。

「簡單來說就是我們變裝之後接近他們，在人多的地方分別從他們左右夾擊，強迫他們近距離接觸。這樣再怎麼不情願也該有感覺了吧。」

「原來如此，你負責龍膽同學，我負責花戀那一邊，對吧？」

如此簡單直接的計畫，令丸山打了個響指。

國立聽完說明之後也表示「這個計畫不錯」。

「若要為這個計畫取名，就是『請各位旅客盡量往車廂內移動』吧。」

「嗯，好像比剛才好懂一點……總之其他人就保持距離觀察光太郎他們，要拍照或拍影片都歡迎，這樣之後才有東西好好虧他一番……對吧？」

二郎奸笑著，1年A班的同學們也都跟著揚起嘴角。

但他們不知道的是，想要妨礙的人們和想要促進發展的人們，又神奇地在同一個時間點開始行動。

以及，還有另外一個神祕勢力潛藏在暗處……

此時，光太郎和花戀根本不知道背地裡正上演這些事情，只是悠閒地參觀水獺區域。

水池內仿造了潮濕的岩石和小溪，一旁有一堆碎冰塊充當零食，還有用毛毯做成的吊床。

「水獺在吊床裡面動來動去的。」

「哼哼哼，為什麼在床上動來動去呢，是不是有什麼事情瞞著媽媽呀？」

花戀看著水獺的行為露出了邪惡的笑容。

身為男性的光太郎，在聽到這番話之後替水獺感到同情。

「拜託不要說這種會對青春期男生造成心裡陰影的話啦……」

「怎麼，你把自己和水獺重疊了嗎，所以你也會在床上動來動去嗎……喔喔，光太郎，你看那邊！」

花戀拉了拉光太郎的袖子。

她指著「企鵝餵食體驗」的牌子。

「光太郎，是企鵝耶企鵝，你知道企鵝吧？」

「我當然知道。」

「是那個會把同伴先推下去測試大海安不安全的企鵝耶！」

「重點是這個嗎？」

花戀說的似乎是阿德利企鵝的習性，牠們有著可愛的白色眼圈，但是在下水捕魚之前，牠們會先把一隻同伴踢下去確認這片海域是安全的，以免因虎鯨等天敵導致滅群。

花戀興奮地說著這些小知識，看來是已經等不及要體驗餵食了。

光太郎看著興奮得像個孩子一樣的花戀，不自覺露出微笑。

「那我們就去參加餵食體驗活動吧？」

花戀聽到這個提議，表情一下子亮了起來，拉著光太郎的手臂。

「就是說呀，你是不是也想看看牠們將同伴踢下水確認安全的樣子？這樣即使海裡有虎鯨，也只會折損一名成員，這就是生命的奧祕，大自然的智慧吧。」

「老實說我沒有想看，也沒有想知道這種知識……」

「看來我們很合拍呢，對吧？」

「是是是，總之我們走吧，得趕快去排隊才行。」

光太郎發現，以前自己明明很不喜歡她這種強硬的態度，如今卻覺得也沒那麼反感了……

「真是不可思議……」

光太郎被花戀拉著走的同時如此自嘲。

花戀沒有察覺光太郎的心境變化，只是為了眼前難得的體驗感到雀躍，並用眼神催促著光太郎走快點。

「你看你看，可以在這麼近的距離餵牠們吃魚耶！」

「看起來很有趣，我們走吧。」

「嗯！」

兩人的對話就像是一對正在排隊等待餵食企鵝的恩愛情侶……就在此時——

咻咻。

某個一直跟在他們身後的人影，像是算準時機一樣地冒出來。

那個人就是喬裝後的神林，他一直遮遮掩掩，避免被光太郎他們發現，並跟著他們一起排隊。

除了神林，還有另外一組看似情侶的搭檔跟著他們。

就如同各位猜想的，這兩個人是喬裝後的二郎和丸山。

他們在遠處觀察光太郎和花戀的行動，直到兩人走去餵食體驗區排隊時，二郎和丸山便抓緊時機起身跟蹤他們。

（撞到）

因為過於匆忙，二郎的手肘不小心撞到神林一下。

「啊，不好意思。」

「啊，沒關係。」

大概是因為喬裝的關係，雙方互相都沒認出彼此，簡單地和解了。

接著三人同時看著光太郎他們。

「總覺得好像有誰在看我們，而且不只一個……」

「應該是你想太多了吧？搞不好是企鵝們的視線呢，畢竟仔細一看，你跟青魚也是挺像的。」

「我哪裡像青魚了！」

「嗯……感覺很容易流汗，但不是油膩的那種。對了，你知道嗎，青魚的油脂富含ＥＰＡ，是健康的油脂喔，你就趁今天記起來吧～」

「好好好，是我孤陋寡聞。」

光太郎不認為會有人盯上自己，便以「只是錯覺」說服自己不去在意。

接著他換了個話題，問了一個他很好奇的問題……就是電視劇的最新情況。

「對了，妳的電視劇試鏡怎麼樣了？一直有傳言說，妳要演地方電視台週年紀念電視劇的女主角耶。」

學校裡盛傳花戀被選為電視劇女主角的消息，光太郎平時不太提到這件事，今天純粹是出於好奇才問起。

「啊～你說那個啊。」

不知道是不是發生什麼事，花戀的回答感覺有些提不起勁。

「聽說試鏡過程好像會在電視上播出……」

「在電視上播出？那很厲害耶！」

「才沒有，我身為參賽者緊張得要命好嗎。電視台願意給我機會，我當然很高興，但一想到萬一在試鏡時表現不好，還被播出去……」

據說試鏡過程除了電視，還會在網路上播出，就連花戀公司的人也都說「萬一失敗就會跟著一輩子了」，為此花戀非常緊張。

「而且其他還有很多有經驗的參賽者，所以我壓力真的很大。我真的想拜託別再繼續亂說我『確定當選女主角』了……真希望第一個傳出這個謠言的人可以道歉。」

「……對不起。」

偷聽到這段對話的神林，壓低帽子低聲道歉，看來他就是第一個散播謠言的人。

光太郎輕輕一笑，試圖安撫苦惱的花戀。

「哈哈哈，這就是所謂的名人稅吧。」

根據花戀所說，她必須與一群經驗豐富的年輕演員們爭奪女主角這個唯一名額，但如果她得到了這個角色，說是能翻轉她的人生也不為過，就是這麼重要的工作。

她對此顯得有些怯懦，不安地用手指捲著自己的頭髮。

「我當然也想選上女主角……可是……」

「不如我們換個角度想想，若在公開試鏡表現好的話，即使沒有選上女主角，也可以打開知名度啊。」

聽到光太郎的安慰，花戀微笑了一下。

「你說得對，謝謝你。就算最後沒有選上，也能讓業界人員留下印象，進而拓展人脈……這樣就可以向公司報恩，媽媽也會很開心。」

花戀感謝光太郎的安慰，並調適自己的心態。

「別把自己逼太緊了。」

光太郎並沒有說「加油」或「沒關係的」這種積極的字眼，而是選擇了更貼心的用字。

花戀也許是感受到了他的貼心，害羞地笑了起來。

「……嘿嘿嘿。」

向公司報恩，以及為了媽媽——

光太郎知道花戀毅然決然挑戰演戲這個高難度領域的原因之後，對她欽佩不已。

「啊，快輪到我們了。」

就在他們聊天的過程中，隊伍也逐漸消化，終於輪到光太郎等人抵達體驗區。

為了讓遊客便於餵食，館方將企鵝圍在一個小區域。

企鵝們可能也很習慣和遊客互動了，牠們大方地盯著遊客，絲毫不怕人。

這副模樣非常可愛。

「哇～好可愛喔！」（小聲）

「我懂，但是拜託小聲點。」（小聲）

二郎阻止丸山發出興奮的尖叫。

「各位請用這些小魚餵企鵝們吧，一條三百元。」

體驗的方式是在現場買餌餵企鵝。

企鵝們大概也知道遊客會餵牠們吃東西，因此毫無警戒地朝遊客走去。

這副模樣也非常可愛。

看牠們抬頭張嘴討食的模樣，讓遊客彷彿有化身母鳥的感受。

這是平時看不到的角度，所以孩子們都開心地又笑又叫的。

花戀似乎也回到了童年，一樣興奮到不行。

——此時發生了一點意外。

二郎和丸山開始行動了。

「丸山，那邊交給妳了。」（小聲）

「沒問題，交給我。」（小聲）

接著他們依照計畫，分別繞到光太郎和花戀身邊，試圖將他們推到一起。

（推擠）

「等等，光太郎，你是不是靠太近了？」

「咦？我……我沒有啊，擠過來的是妳才對吧？」

「這裡人太多了，我被你的呼吸弄得好癢。」

「啊……對……對不起。」

兩人害羞得面紅耳赤。

這下總該意識到彼此了吧……二郎和丸山彼此交換了一下眼神。

雖說計畫順利進行，但又發生了一個令二郎他們意想不到的意外。

沒錯，就是那個「想妨礙約會的男人」神林出手了。

「請問，我可以再買一點魚嗎？」

神林的計畫，就是買下大量的魚，試圖霸占企鵝。

這樣既可以妨礙約會，也能好好地和企鵝玩耍，可說是一石二鳥。

別看神林這樣，他其實非常喜歡企鵝，因此這對他來說簡直是最完美的計畫。

不過，飼養員也不是吃素的，對方很有禮貌地回絕了這個要求。

「不好意思，館方規定每人限購一份……」

但神林開始死纏爛打，因為他想購買大量的魚，藉此毀了光太郎的約會，同時又能滿足自己霸占企鵝的願望。當人類利欲薰心的時候，是無敵的。

「求求您……請實現我的願望。」

神林直盯著飼育員看，而對方也被他的真誠態度打動了。

「這麼真摯的眼神……看來你真的很喜歡企鵝呢。我明白了，因為這樣對其他遊客不公平，原本是不能這樣的，就破例多賣你一條吧。」

「不，我全都要。」

「你有在聽我說話嗎？這樣對其他遊客不公平！」

「我知道！」

神林很明白這樣對其他遊客不公平……但他原本的目的就是要妨礙光太郎的約會，所以這樣反而稱了他的心。

「拜託您！請您實現我的願望吧！拯救我在戀愛上的自尊心，滿足我對企鵝的愛，還有讓我得到情人節巧克力吧！」

「都五月份了，還說什麼情人節巧克力！」

飼育員忍不住吐槽，同時將裝著魚的水桶高高舉起，明確表達不會賣給神林的態度。

但因為水桶遭到劇烈搖晃的關係，裡頭的水和魚一起灑了出來。

「呀啊！」

花戀運氣很差，剛好就站在他們附近，被淋得一身濕。

「對、對不起！這位客人您還好嗎？」

飼育員慌張地詢問。

花戀則是笑著回應。

「我不要緊，沒有淋到太多水。」

花戀表現出不太在意的模樣。

然而飼育員似乎察覺到異樣，變得更加慌張。

「可、可是……這位客人，請您稍等一下，我馬上去拿毛巾……」

「沒關係的，不用麻煩了——」

光太郎看到飼育員的視線往花戀的胸口飄過去，他也跟著往相同的方向看了一下。

接著他看到的是花戀的無袖上衣因為被淋濕而變得透明。

花戀是一名時髦的讀者模特兒，沒想到會穿儉樸的綠色內衣。

是因為花戀性格節儉的關係，才會至今仍在使用國中時購買的東西嗎……那件內衣令人不禁產生遐想。

由於光太郎腦袋裡在想這些問題，導致兩人之間突然出現一段奇怪的沉默。

雖說只是不到幾秒的停頓，卻足以讓花戀逮到話柄捉弄他。

「對、對不起。」

光太郎率先低頭道歉。

「～～～？等、等一下！」

花戀頓時發出含糊的怪聲並馬上蹲下，急忙從飼育員手中接過毛巾，跑去廁所擦乾。

這個情況就是所謂的幸運色狼事件吧。

只是，對光太郎來說來得太突然了。

「可、可惡……只能先撤退了。」

另一邊，神林意識到自己闖下大禍，狼狽地逃離現場。

丸山也因此發現到神林形跡可疑的模樣。

「那該不會是神林學長吧？」

「什麼？難道說這起騷動是他搞出來的嗎！」

於是兩人急忙追在逃跑的學長身後跟著離開了。

一陣混亂之後，光太郎坐在長椅上等花戀回來。

花戀胸口的模樣歷歷在目，光太郎只能拚命想辦法讓自己冷靜下來。

他茫然地看著人來人往，看著那些幸福洋溢的家庭遊客和情侶們，他不禁喃喃說道。

「要是我……」

要是自己真的喜歡遠山花戀，並且「告白成功」，今天一定會是人生中最美好的一天吧……

光太郎發覺自己「好像會喜歡上」天真無邪，大方直率的花戀，並為此感到自我厭惡，甚至數度想責備自己有什麼資格這麼做。

光太郎滿心愧疚地抬頭，陽光透過天花板灑落，顯得更加耀眼燦爛。

此時，一個意想不到的人出現在他面前。

「啊，花戀同學妳回來——咦？」

一名女性俐落地穿梭在遊客人潮中，走到光太郎面前。

光太郎因為逆光，看不清對方的長相，只好眯起眼睛仔細端詳。

隨著視線逐漸清晰，眼前的人名字也呼之欲出。

「您好。」

——居然是深雪的隨從，青木管家。

「啊，妳是……青木女士，對嗎？」

因為款待（笑）的經驗，光太郎顯得有些防備。

她怎麼會在這裡？是私人行程嗎？難道她喜歡魚嗎？深雪同學也有一起來嗎……光太郎的腦海瞬間浮現許多想法，而青木只是盯著他看。

「我聽到神林同學回報這件事時，還心存懷疑……」

不等光太郎開口，青木就湊近他，仔細打量他的臉。

「……御園生光太郎少爺，恕我踰矩。」

「咦……什麼！」

光太郎還來不及問青木怎麼知道他的本名，整個人在眨眼間被青木扛了起來。

「失禮了。」

「怎麼回事？為什麼突然把我扛起來？」

「要是連這點小事都辦不好，是無法擔任桑島家管家的。」

「桑島家需要做這種違法的事情嗎？」

本名暴露和眼前意外的發展，讓光太郎完全跟不上。

「咦咦？現在到底是……」

青木的動作非常迅速，甚至讓光太郎的吐槽只能消失在風聲當中。

他們在路上遇到換好衣服的花戀，她撞見這個神祕的情景不禁驚訝地瞪大眼睛。

「妳、妳是青木女士？妳想做什麼？」

「借用一下您的男朋友，請放心，我不會傷害他的。」

青木停下腳步轉向花戀，冷冷地回答她。但是青木強硬的態度和扛著光太郎的模樣，完全無法說服花戀放心。

「借……借什麼借！妳想對光太郎做什麼！」

「恕我無法回答，畢竟我不能自作主張說出光太郎少爺的祕密。那個祕密，若由我說出來是非常……」

「什麼，祕密？什麼意思？」

花戀雖然驚訝，但聽到這種吊人胃口、故弄玄虛的說法，還是忍不住上鉤了。

（拜託別用這種吊人胃口的說法！）

眼前這個人究竟掌握自己的底細到何種程度，又為什麼要把自己扛走……

光太郎正要開口，青木卻突然像武士一樣地鞠躬道歉，然後像風一樣跑開了。

她飛快的速度，華麗的腳步，更重要的是那光明正大的態度讓旁人不敢阻止她。

（被天狗綁架可能就是這種感覺吧……）

無力抵抗的光太郎，最終放棄掙扎，呈現「船到橋頭自然直」的狀態，並在腦袋裡想著這種不重要的事。

最後，他們來到了水族館旁邊的一座大型商場。

這棟大樓的低樓層與車站相連，設有以年輕人為客群的生活雜貨舖、多媒體複合展覽的主題咖啡廳和流行服飾店等店家，有許多家庭客和學生會來這裡逛街。

光太郎被帶到一家位於頂樓的高級餐廳，那裡可以俯瞰整個城市，還有專人服務，這裡是隨便一杯咖啡就超過一千日圓，喝個下午茶就可以花掉一萬日圓的地方。

順帶一提，讓二總是批評這裡「一個漂亮妹子都沒有還敢收這麼多錢」。

在光太郎回想著這些無關緊要的事情時，青木徑直往餐廳裡走去。

在抵達某間包廂之後，青木用類似雪崩式垂直落下的原理讓光太郎坐在椅子上。

「這到底是怎麼回事啊？」

不管光太郎提出抗議，青木只是冷冷地拿出梳子幫他整理亂掉的頭髮。

「請安靜，否則會梳壞的。」

「啊，好的……不對，重點不是這個！」

「接下來要幫您繫領帶，請抬起下巴。」

「啊，好的……至少告訴我是什麼情況吧？」

「最後要幫您分線分好，請稍安勿躁。」

「啊，好的——」

青木面不改色地開始用梳子的尾端幫光太郎的頭髮分線。

光太郎不愧是「不懂拒絕的男人」，即使多次試圖插話詢問青木，最終還是任憑她擺布。

接著將領帶繫好之後，一個美男子就誕生了，雖說看起來也愈來愈像七五三節的打扮，這點就請大家睜隻眼閉隻眼吧。

「那個……差不多可以跟我說明來由了吧？」

光太郎見青木告一個段落，又開口問了一次。

此時青木皺起眉頭，這是她第一次出現表情變化。

「您真的不知道嗎，我以為應該有人通知您才是。」

青木看起來有點訝異，但沒過幾秒鐘，她又說「唉，算了」，自顧自地作結。

「您不知道的話我反而放心，若是知情還跑去約會就太可悲了。」

「可悲？這到底是怎麼回事？」

「這就麻煩您直接去問當事人吧。」

青木說話的同時，包廂的門也應聲開啟。

「等等……」

光太郎被強制推進包廂，接著他看到的是——

「光太郎同學？」

「深、深雪同學？」

出現在光太郎眼前的人居然是桑島深雪。

她盛裝打扮，不同於平時的模樣，髮型也梳得很漂亮，整個人散發著像是要去參加上流階級舞會的高貴氣息。

就連因為搞不清楚狀況而感到焦慮的光太郎，在看到的瞬間就忘乎所以，目不轉睛地看著。

接著深雪紅著臉飛快地說著。

「哎呀，怎麼會這麼巧，我是來和御園生家的長子相親的，沒想到來的人居然是光太郎同學，嚇得我心臟都要跳出來了呢。」

生硬的口條和明顯裝出來的驚訝態度，相信她的心臟肯定不會跳出來。

「等等……深雪同學，現在究竟是什麼情況……」

光太郎看到深雪彷彿照本宣科的生硬言行，愈發困惑。

青木應該是發現到深雪太過不自然，馬上加入對話救場。

「今天是桑島家長女深雪，和御園生家長子光太郎相親的日子。」

「相親？」

看到光太郎如此驚訝，深雪也驚訝得瞪大眼睛。

「咦？你不知道嗎？」

「啊，這……說來話長……」

叔叔根本就沒有替我回絕嘛！光太郎在心裡吶喊。

接著光太郎滿懷愧疚，小聲地開始解釋。

「其實是我叔叔忘記相親對象的姓名……還說我現在就去相親還太早了，會幫我回絕，如今看來他應該也忘記回絕了吧……」

「這這這……也忘得太徹底了吧！」

青木故作震驚，可能是顧慮到深雪的感受才這麼做吧……但是她甚至還嚇得四腳朝天，就連現在的電視購物都不會做這麼誇張的效果。

深雪知道來龍去脈之後安心地笑了出來。

「光太郎同學的叔叔就如傳聞一樣呢。」

「是啊，但他還是個很好的叔叔。不過認為現在就相親還太早，沒把這件事放在心上的我也有錯。」

深雪聽了之後直搖頭。

「不是的，其實我們彼此並不是陌生人。」

「什麼，這是什麼意思……」

「你不記得了嗎？你以前曾經來桑島家作客。」

深雪緊緊握住光太郎的手，並將臉湊上來說著，這讓光太郎回想起小時候父母曾帶他去桑島家作客的模糊記憶。

「這麼說來的確是有一個體弱多病的女孩子……」

深雪聽到這句話激動地舉手。

「那就是我！我之前就覺得光太郎同學和之前看到的御園生長子很像，還想著如果是同一個人該有多好，這一定是命中註定，太幸福了，沒想到真的就是你！」

「咦，那個女孩子就是妳嗎？難怪我總覺得似曾相識，原來是這麼一回事啊。」

這下光太郎總算知道，自己為什麼只和桑島深雪說過兩次話，就一直忘不了對方。

但是，他依然對這次的相親感到不對勁。

「可是，妳只是因為這樣就要求相親嗎？是不是有什麼其他原因……」

深雪意識到事態不妙，便開始拋出疑問試圖糊弄過去。

「對了，你為什麼會改姓龍膽呢？難道說是和家裡斷絕關係了嗎？」

「啊，這……龍膽是我叔叔的姓氏，他是御園生家的遠親，和我爸媽交情不錯……我這麼做算是在磨練自己吧。」

深雪大概是身為「桑島」這個大家族的一員，對此也有所感觸，彷彿深感認同地點頭。

「我懂你的感受，我也因為背負著『桑島』這個姓氏，經歷過不少事情。」

接著她夾雜著對家族的抱怨，說著一旦報上桑島家的名號，就會和大家產生隔閡，還有家族繼承問題等等……訴說家世顯赫帶來的壓力。

看到深雪也有自己的難處，光太郎不禁笑了。此時兩個有著相似立場的人之間產生同感，而光太郎心中的一絲疑慮也在深雪的妙語如珠下煙消雲散。

「原來是這樣啊。」

「呵呵，不覺得我們很合得來嗎？」

兩人都情不自禁地笑了。他們之間的氣氛非常融洽，就像情侶一般。

但是當情侶這個字眼浮現在腦海時，光太郎終於想起一件重要的事情。

（情侶！對了，我把花戀同學一個人丟在水族館！）

因為一下子發生太多事情，被搞得暈頭轉向的光太郎，急著想回去水族館。

「那個，對不起，我還有急事要先走——」

沒想到青木卻緊緊按住他的肩膀，讓他動彈不得。

「別急，蛋糕和茶點馬上就要送來了，若有需要，我也可以點薰香。」
「那個，我很高興妳關心我的健康，但是……」
「還是說您現在不餓呢？沒關係，若點心有剩，我會負責處理的，這就是ＳＤＧｓ。」
「不，我不是擔心浪費糧食……」
青木一臉嚴肅地押著光太郎的肩膀，似乎是不想讓他離開。
「請您不要客氣，只要留下馬卡龍和蒙布朗就好了。」
「妳這是在暗示什麼嗎，我真的得趕緊離開了……」
「好吧，那麼請您先給出結論。」
「什麼結論？」
青木面不改色地點頭。
「就是今天的相親成功與否，換句話說，您是否願意以結婚為前提和大小姐交往呢？」
光太郎聽到「以結婚為前提」嚇了一大跳，因為他完全忘了自己現在是在相親。
「咦，這……有點太誇張了，更何況我正和花戀同學交往當中。」
光太郎還無法想像自己要結婚，於是打算用自己和花戀交往一事當理由回絕。
青木聽了之後挑了挑眉毛，扭過頭去。
「您說您和遠山小姐在交往是嗎……但是我怎麼看都覺得不像呢。」
「咦？為什麼？」

「兩位之間還是頗有隔閡，因此我想通了。」

「想通了什麼……」

這話實在太過莫名其妙，光太郎也無從反駁起，接著青木繼續大放厥詞。

「當然這只是我的猜測，不過有沒有一種可能……是光太郎少爺把深雪大小姐和遠山小姐搞錯了呢？」

「咦，妳怎麼……」

妳怎麼會知道——光太郎差點脫口說出這句話，警覺地閉上嘴巴。

青木的這番話殺得他措手不及。

但她無視光太郎內心的動搖，準備繼續說下去……此時深雪出聲制止。

「青木女士，別再讓光太郎同學更混亂了。」

「但是，大小姐，如果我的假設是正確的，您豈不是太可憐了嗎……」

「說到底，這也只是妳的猜測……我不認為光太郎同學有『糊塗』到會搞錯告白對象。」

（對不起，我就是有這麼糊塗……）

光太郎頓時充滿想要懺悔的愧疚感，在心裡如此道歉。

但是他的腦海中卻也浮現一個問題。

（話說回來，她為什麼會認為我可能是搞錯告白對象了呢……）

光太郎自認應該完全沒有表現出任何跡象，那麼究竟是什麼讓她們這樣認為呢？

正當光太郎因為謎團重重而深感不解的時候，一旁的千金小姐和她的隨從正在談論著什麼。

「另外，大小姐，如果他真的是搞錯人……例如誤以為遠山花戀小姐就是以前的您，才會非自願地和她交往，我們也可以利用桑島家的勢力強行讓他們分手。」

「這是最不得已的手段。」

（最不得已的手段？）

雖說是不得已，但光太郎聽到她們一派輕鬆地說著在走到這一步之前，還有多少荒唐的手段，嚇得瑟瑟發抖。

還是高中生的光太郎，加上對象是桑島深雪，又提到結婚……讓他明顯地感到不安。

（桑島同學確實是很好，但是像我這種沒有主見、「不懂拒絕的男人」是配不上她的。）

對方的確是自己曾經想要告白的人，但是光太郎也認為深雪遠比自己更加獨立自主，且對此感到欽佩，不禁膽怯——

（不，我會對此感到膽怯還有其他原因……）

遠山花戀。

「她」悲傷的模樣在光太郎心裡揮之不去——

為什麼會這樣？光太郎在想出答案之前，就被打斷了思緒——「她」登場了。

磅！

包廂門被用力打開，出現的人是氣喘吁吁的遠山花戀。

「——這是怎麼回事？」

花戀第一句話的語氣非常冰冷，讓人不寒而慄。

她像是踏進案件現場的刑警，更準確來說是彷彿趕來抓姦的人妻……她銳利的眼神讓光太郎嚇得不敢動彈。

就在花戀氣勢磅礡地登場後——

嘶……

桑島深雪毫不在意，優雅地抿了一口茶。

花戀的存在根本不足為懼——她的態度就像在這麼說。

「怎麼了，『遠山』同學？」

她刻意強調了遠山兩個字。

深雪一下子一百八十度大轉變，現在這副冷冰冰的態度，與不久前親切的模樣完全不同。

她現在的態度就像「最終魔王」或「背後真凶」一樣……光太郎對兩人之間明顯可見的嫌隙感到疑惑。

花戀對深雪這種背後搞手段的作風非常不滿。

「還敢問我怎麼了？為什麼在我約會的時候把我男朋友綁走！」

「……哦？有這回事嗎？」

深雪從未聽說過約會這件事，她看著青木。

而青木只是面不改色地淡淡回答。

「畢竟我們的時間緊迫，所以我就自作主張將人帶來了。」

「這樣啊，妳做得很好。」

「謝謝您的讚美，我深感榮幸。」

說著業界術語的青木，以及面不改色地喝茶的深雪……兩人的模樣就像時代劇當中的惡代官和越後屋。（註：惡代官和越後屋為日本歷史劇中的壞官僚和奸商。）

深雪輕輕地點頭，表示她知道花戀為什麼會跑來這裡。

「原來如此，所以妳才會在光天化日之下，不知羞恥地闖了進來。」

「光天化日之下擄人的一方居然有臉說別人不知羞恥！」

花戀邏輯清晰地反駁，接著將話題拉回來質問深雪。

「這場相親是怎麼回事？光太郎只是一個咖啡廳的房客，和妳們不當戶不對的，如果只是想找我的碴——」

這句話讓深雪露出了得意的微笑。

「怎麼，妳不知道嗎？光太郎同學是御園生家的長子。」

「什麼？不會吧……妳是說那個『御園生集團』嗎？」

花戀難以置信地看向光太郎。

而光太郎也意識到這件事瞞不下去了，只是愧疚地低下頭。

「對不起，我並不想隱瞞，但……因為有諸多考量……」

「喔，這不重要啦。」

「不重要嗎！我可是傷透腦筋，最後才決定改成叔叔的姓氏，還搬去他家住耶？」

自己苦惱許久的事情被人用「不重要」一語帶過，光太郎不禁深受打擊。

比起家世背景，花戀更在意自己的男朋友在約會中被人擄走，她死死地瞪著深雪。

兩人水火不容的模樣……以及怎麼看都像是從以前就認識的互動。

「說到底，妳之前還在學生餐廳跟蹤我們對吧！而且還故意坐在我們旁邊！」

深雪聽到這句話，有些惱羞成怒地反駁。

「誰叫妳那麼招搖，明擺著一副叫別人去妨礙你們的態度！」

「再來，說什麼喜歡咖哩所以很合得來？這樣的話，妳跟附近所有咖哩專賣店的員工都很合得來吧？別在這裡喝茶了，去跟志趣相投的印度人一起喝印度奶茶吧！」

「居然為了這點小事嫉妒，沒想到遠山同學這麼脆弱。另外，咖哩專賣店的員工大多是巴基斯坦人，不是印度人。」

兩人你一言我一語，旁若無人地吵了起來。

「總之我們正在約會，而妳把別人的男友擄過來相親！」

「是不是男友還不好說呢。」

「他就是我男友！光太郎就是我男友，他選擇跟我交往！」

深雪舉起手，半瞇著眼睛，對「男朋友」這個詞提出異議。

「那應該是妳用了什麼卑鄙的手段吧？是用催眠術誘導光太郎同學告白嗎？真是卑鄙！快教我那種催眠術！」

「教什麼教，況且妳才沒資格說這種話吧！」

「還是說……是模特兒的淫威嗎！利用公司的力量讓光太郎同學向妳告白！太卑鄙了！」

深雪愈說愈幼稚，簡直就是無理取鬧了。

「真是太遺憾了！我們這種小公司可沒有那種力量～！」

「居然如此坦言不諱，但不是有人說妳要演電視劇女主角嗎，明明演技就很爛！」

「那都是別人亂傳的啦～我根本沒那個實力演女主角～」

花戀吐著舌頭反駁，但由自己說自己演技爛，也忍不住有點眼眶泛淚。

深雪則鼓著腮幫子，看起來非常幼稚。

「深雪同學很了解花戀同學耶……」

光太郎不禁坦誠地發表了自己的意見。

聽見這句話，深雪和花戀都大聲反駁。

「我、我才沒有關注她呢！是她很在意我才對！」

「才、才沒有呢！我只是因為好不容易同校，妳卻一直無視我，所以才覺得生氣而已！」

從花戀幾近自白的發言當中，讓人隱約感受到兩人之間似乎發生過什麼。

花戀的語氣彷彿兩人曾經見過面，這讓光太郎更加困惑，因為他早就從兩人的互動之間察覺到蛛絲馬跡，因此更加不能理解。

於是他下定決心，向兩人詢問真相。

「那個，妳們兩位是不是從很久以前就認識了？」

深雪輕描淡寫地回答了這個問題。

「是的。我們從小就……從出生起就認識了。」

「……什麼？」

光太郎被搞糊塗了，他來回看著深雪和花戀。

花戀低著頭，代替深雪回答。

「我和桑島深雪是親戚……」

「妳說什麼！」

這讓光太郎大吃一驚。

桑島家是與御園生家齊名的當地名門，是上流社會的富豪。

而花戀家看起來經濟狀況不是很好，怎麼看都不像是親戚。

花戀補充深雪的話，像是在坦承什麼一樣。

「我也不是刻意要隱瞞，而是我們家已經被當作斷絕關係了。」

光太郎聽見「斷絕關係」這個詞很驚訝。他心想是不是有什麼原因，但又不知道該不該問，露出一副困惑的表情。

為了安撫慌張的光太郎，花戀開始說明事情的經過。

「我媽媽出身豪門，但是和我爸爸私奔離家，也因為這樣被當作斷絕關係，深雪似乎也因此不喜歡我們家。」

「並不是因為這樣。」

深雪面無表情地說，她的口氣讓花戀感到生氣。

「那妳為什麼突然疏遠我！以前我們——」

「我沒有義務也沒必要解釋。」

深雪斬釘截鐵地說，花戀忍不住怒火中燒。

「那究竟是為什麼？如果不是為了折磨我……難道是因為家世嗎？妳想利用光太郎，同時掌握御園生家和桑島家兩家的權力，鞏固自己的地位？我絕對不會允許妳利用他！」

深雪此時第一次直視花戀……不，應該說是瞪著她。

「妳剛才說什麼？」

「我說我絕不會允許妳利用——」

喀啷！

深雪第一次表現出情緒，猛地把杯子放在桌子上。

「利用？妳說我利用他？」

深雪怒火中燒，然後——

「何等無禮之言！我豈敢利用我的『神』！這是何等狂妄之舉！」

「「什麼？神？」」

深雪突如其來說出「神」這個詞彙，讓光太郎和花戀大感困惑。

「什麼？神？狂妄？」

「這是突然發生什麼了……」

兩人面面相覷，而深雪則與之前聖女般的沉穩判若兩人，彷彿化身為惡魔一般。

「沒錯，光太郎同學……不，光太郎大人在我桑島深雪心目中就是神！在我只能暗自祈禱時，給我降下神諭，只屬於我的神！然而妳竟然……咳咳！咳！」

深雪氣勢洶洶，名媛的氣質蕩然無存，還因為太激動開始咳嗽——花戀後來形容她就像個失控的奧客。

這時，青木面不改色地遞給她一杯東西。

「請您喝下這杯冷靜一下，大小姐。這是無酒精葡萄酒。」

「咳咳咳……謝謝妳，青木女士。」

咕嚕咕嚕咕嚕……

深雪慢慢地品嚐著葡萄酒，在口中感受著香氣和味道。

「——嗯，這個酸味，是二〇一三年加州產的吧。」

深雪一語道破，青木接著從口袋裡拿出另一件東西。

「真不愧是大小姐。這是幫光太郎少爺擦過汗的手帕。」

「謝謝您，青木女士——呼……哈啊啊啊啊！呀哈啊啊啊！呼呼……呼呼……殺！喔啦！哈哈！」

深雪像是在吸氧氣瓶一樣把手帕壓在嘴邊深呼吸，展現了令人嘆為觀止的樣貌。

「呼呼……呼！哈啊啊！呼啊啊！這個香氣、這酸味！是入學典禮一週後的那條手帕吧！高中生釀成的新酒一般的逸品！真是沁人心脾！讓人心靈平靜！」

深雪完全沒有平靜下來，而是瞪大眼睛看著天空。令人不禁懷疑手帕上是否有什麼危險的東西。名媛的優雅也早已不見蹤影。

「深雪同學，妳剛才在說什麼？妳說得太快，我沒聽清楚。」

「嗯，我也沒聽清楚，但直覺告訴我還是不要聽得好。」

青木面無表情地將深雪手上的手帕裝進夾鏈袋裡，然後用她一貫的語氣對光太郎和花戀說。

「請兩位不要介意，這很常見。」

老實說這根本不可能當作沒看到，但是他們還是決定不再深究，以免打開潘朵拉的盒子。

© Tantan

深雪終於冷靜下來，光太郎鼓起勇氣問道。

「那個……我為什麼是神啊？我們以前只見過一次面而已……是在開玩笑嗎？」

原本失控的深雪整理了一下衣服，恢復了若無其事的神情。

「我知道了，為了讓遠山同學也能理解，我來解釋一下。我的神，光太郎大人降臨在我面前並賜予我神諭的那一天——」

接著深雪站起來，彷彿抱著一本無形的《聖經》，開始像傳教士一樣說話。

「那時候我體弱多病，不能正常上學，也沒有什麼朋友……」

青木回想著當時的情景，點了點頭。

「大小姐當時只能待在房間裡看著外面的風景，和家庭教師在固定的時間學習，這樣的生活，連籠中鳥都比她好。」

光太郎和花戀在心中吐槽青木的說法未免過分了，但深雪本人卻毫不在意，淡然地接著自言自語。

「就在那時，一位化身為少年的神出現在我面前。」

「那個人就是光太郎？」

深雪瞪了向她提問的花戀一眼。

「請不要隨意打斷我的回憶！我正沉浸在其中呢！」

深雪回過神來，意識到自己面前的是光太郎，於是清了清嗓子，重新整理思緒。

「咳咳……御園生家的人來我家拜訪的時候，和我同齡的光太郎大人來到了我的房間。」

花戀翻了個白眼，心想不就是小孩子之間玩耍嗎，深雪竟然把這件事稱為「神降臨」。

「我天生內向，幾乎沒有和同齡男孩聊過天，而光太郎大人卻主動和我攀談……那真是一段美好的時光。」

但是，僅僅憑藉這一點就稱他為「神」似乎有些過於牽強了……

就在兩人心中浮現這樣的疑問時，深雪繼續發表演說，似乎是在回答他們的疑問。

「話題自然而然地轉到了我的健康狀況上。我對光太郎大人說，雖然我經常生病，但希望能正常上學、擁有健康的身體……你們猜光太郎大人是怎麼回答的？」

「哎呀，我很好奇呢。」

青木在絕妙的時機插話，這表示她已經聽過這番「高談闊論」很多次了。

「光太郎大人說——只要不挑食，多吃點，並且適當運動就行了……」

光太郎聽到深雪把自己說過的，再普通不過的話說得像「子曰」一樣……失望地苦笑了一下。

「沒什麼大不了的嘛……」

「什麼？就這樣？真是白期待了。」

花戀有些失望地說道，深雪則面露嚴肅的表情。

「是的，就只是這樣……但對當時的我來說，這番話卻像醍醐灌頂。要知道，我在那之前看過的醫生都對我的病情半放棄了。」

深雪瞪大了眼睛。

「這是我第一次聽到如此正面的鼓勵，從那天起我就改變了，無論是納豆、梅乾還是紅蘿蔔，我都會吃完，也開始每天服用維他命和青汁，還到處尋找適合自己的保健食品，持續攝取……」

「那段時間的大小姐彷彿變了一個人，成為了健康狂熱分子，也開始積極運動。以前連伏地挺身都做不好的她，現在已經可以輕鬆自如地……」

青木裝作感動落淚的模樣……但臉上卻毫無表情。

「然後我終於戰勝了病魔！醫生也驚訝地說『這簡直是神的奇蹟……』」

「然後妳就把那個誇張的反應當真了嗎……」

聽了醫生誇張的話，深雪就完全相信了，認為光太郎就是神。

深雪簡直就是崇拜型病嬌的完全體。

花戀被這個表姊妹的妄想症嚇傻了。

演說告一段落之後，青木開始總結。

「總而言之，大小姐只是無腦執行了他人的建議，再加上安慰劑效應，恢復了健康……說到底，她的病其實是心理性的，所以需要的不是藥物，而是一個契機。」

「哈哈哈……真是口無遮攔的結論。」

「您的讚美令我深感榮幸。」

青木一臉無所謂地說自己的雇主「無腦」……光太郎和花戀不禁覺得說不定這個人才是最恐怖的。

「怎麼會因為醫生的一句話就就如此執著啊，又不是小孩子了。」

深雪對花戀的勸說充耳不聞，反而瞪著她，像一隻剛剛被抓起來的野貓一樣，發出威嚇的聲音。

「閉嘴！無論光太郎大人怎麼掙扎，他就是我心目中的神！」

「掙扎這個詞是這樣用的嗎，妳這個崇拜型病嬌女！」

花戀吐槽到累了，開始喘粗氣，深雪見狀開始反擊。

「總而言之，我崇拜光太郎大人是有明確理由的！但是妳……妳才沒有理由吧？難道妳是發現了光太郎大人是御園生集團的長子，所以才想利用他嗎！」

對此，花戀直接否認。

「我是真的不知道！而且……是光太郎主動向我告白的。」

花戀強勢地以正確主張回答，深雪則是以強詞奪理與她對抗。

「Shut up and No comment!」

「妳的意思是『我無法反駁，給我閉嘴』嗎？明明是自己挑起的爭論卻中途認輸，這也太丟臉了吧？」

「哼！就算是事實我也不會承認的！老實說，我至今仍認為那應該是有什麼誤會！」

「什麼誤會，怎麼可以把別人的告白當成誤會啊？光太郎，你也說點什麼啊！」

「啊，嗯，這個……」

然而，光太郎真的是「搞錯告白對象」，所以只能含糊帶過。

看到光太郎含糊其詞，深雪開始做出對自己有利的解釋。

「果然如此！如今回想起我們的過往，光太郎大人的心一定會偏向我的！」

「從他忘記那件往事那一刻起，妳就已經沒望了啦！就像毫無反應的心電圖一樣！」

「我說什麼妳都能辯解……真是不要臉！」

「妳說誰不要臉！妳才不要臉！」

花戀被深雪的無理取鬧氣得大吼大叫。

深雪卻無視她的怒火，繼續自顧自地說個不停。

「總而言之，是因為他心裡有我，加上妳跟我是親戚，他在妳身上看見我的形象，才會搞錯告白對象……否則他才沒有理由跟妳告白呢！」

「才不是呢，當然是因為我很有魅力啊……對吧，光太郎？」

「啊，這……」

「你怎麼可以在這時候含糊其詞！」

花戀忍不住使出斷頭台掐住了光太郎的脖子。這一招威力十足，光太郎瞬間感到呼吸困難，眼前發黑。

「至少這招斷頭台用得很有魅力呢。」

青木在一旁平靜地評價花戀的摔角技巧，深雪則怒氣沖沖地將兩人拉開。

「快放開他！不准在我面前……不對，不管在哪裡都不准有親密接觸！」

「很遺憾～我們今天約會的時候一直都很親密～」

花戀吐舌回嘴，就像是小孩子故意惹怒對方一樣，深雪的怒氣也更加沸騰。

「混蛋……妳明明拒絕了那麼多追求者，為什麼偏偏要接受光太郎大人？你們根本沒有理由交往吧！」

花戀聽了不好意思地抓頭。

「這……因為他實在靠不住，我不能不管他嘛。」

「如果妳是出自這種無奈的心態，就把那個位置讓給我！而且光太郎大人很可靠的！」

「這種事我當然知道啊！」

這次換成深雪傻眼地看著馬上自打嘴巴的花戀。

「該說妳真的很不會說謊，還是真的很不會演戲呢……說不定我比妳更適合當演員呢。」

「像妳這種外行人說得簡單，實際要你們上場時又會緊張得渾身僵硬、同手同腳！」

「啊啊，妳是說妳剛出道的時候嗎？」

「妳閉嘴！很抱歉，演戲的學問可是很深的，跟平時擅長裝乖完全是兩回事！」

兩人一來一往，互不相讓。

深雪抓著自己的頭髮，毫不掩飾自己的煩躁。

「妳真的是很會找藉口，要是再這樣繼續纏著光太郎大人，造成無法挽回的後果，我可不會饒過妳！」

「什麼無法挽回？」

光太郎忍不住發出疑問，深雪則是羞紅著臉回答。

「例、例如接吻……你們該不會已經親過了吧！」

「這、當然是沒有……對吧，花戀同學？」

然而，當聽到「接吻」兩個字時，花戀突然滿臉通紅。

「…………對、對啊。」

花戀停頓了一下，彷彿像是在掩飾什麼一樣。

深雪似乎察覺到什麼，怒目而視，站了起來。

「你現在馬上轉過去，把雙手放在牆上！」

「為什麼突然叫我做美國警察逮捕犯人的姿勢！花戀同學妳說話啊！」

「那時候，好像輕輕碰到了一下……肯定是這樣吧……」

「不要唱誦奇怪的咒語，快點否定啊！」

花戀用只有自己聽得到的音量喃喃自語。

深雪似乎再也無法忍受，她說了聲「不可原諒」並大力地敲了桌子。

「我不能饒過妳，來跟我對決吧，賭上光太郎大人！」

「對決？」

深雪向著滿臉疑惑的花戀展露了得意的笑容。

「嗯……其實我早就這麼認為了。妳接到的都是些跑龍套或配角，連拍廣告都沒幾句台詞，只是充人數的臨演而已。我覺得我比妳更適合當演員……」

光太郎心想「果然很關注對方嘛」，但沒有把話說出口。

「嗯……我從剛開始就想問了，妳是我的粉絲嗎？既然這樣，我可以幫妳簽名喔。」

「……我只是覺得身為妳的親戚實在是『太丟臉了』，總之——」

深雪一邊強調著丟臉，一邊靠近花戀。

「這可是個絕佳的機會，我可以證明我比妳強，也能照顧好光太郎大人。妳想參加的本地電視台開台周年紀念電視劇，我也要參加那場試鏡。」

「「「什麼！」」」

這突如其來的提議讓花戀和光太郎，甚至連青木都大吃一驚。

「這……大小姐，這是不是有點太……」

「我一定要跟遠山花戀分個高下，看看誰更優秀、更有才華！」

為什麼她這麼執著於勝負呢……即使沒有賭上光太郎，也能感受到深雪那非比尋常的執著。

「妳花了這麼多年努力，如果輸給只練習了一陣子的我，那麼妳根本不配當光太郎的戀人。」

「這是兩回事——」

花戀雖然慌張，但深雪卻用銳利的目光盯著她。深雪的眼神不像是宣戰，更像是挑釁決鬥的武士。

「我對自己的自卑和妳的停滯不前感到有些惱火。」

面對如此真誠的話語，花戀沉默了一會兒才回答。

「如果妳是在我和光太郎交往之後開始討厭我，我可以理解。但妳在這之前就開始討厭我了對吧？我們以前明明很要好的……」

「……那都是過去的事了。」

「我想不通妳為什麼突然疏遠我，如果我贏了，妳就告訴我原因吧，我真的很想知道。」

這是花戀對於深雪提出對決的回應。

接著花戀轉向光太郎。

「對不起喔，光太郎，我們擅自決定拿你打賭……」

「啊，這……」

其實光太郎覺得自己在這件事裡頭好像無關緊要。

與此同時，深雪在花戀接受比賽後開始興奮起來。

「妳有留底吧，青木女士！」

「是的，我用錄音筆清楚錄下了『分手』兩個字。」

「我、我們只有說是否合適而已，可沒有說要分手！」

「——好的，謝謝妳。接下來我只要把剛才的『分手』兩個字剪輯到前面的對話就行了。」

「居然這麼光明正大地造假！」

青木的作為簡直就像一位分手專家，讓人不禁懷疑桑島家是不是很努力阻止她進入那個行業。

深雪在確認到自己掌握了確鑿證據後，便擅自開始進行總結。

「儘管經歷了許多曲折，最終似乎一切都會回到正軌。歸根結柢，都怪我沒有早點坦白身分，否則的話那個告白就是屬於我桑島深雪，如今只能悔不當初。」

深雪幾乎不再掩飾自己是個崇拜型病嬌女，她用雙手遮住臉龐，露出喜悅的表情。

面對她那如惡魔般的笑容，花戀開口反駁。

「但他終究還是選擇我，無論他記不記得當時的事情，他就是向我告白，現在是我的男友！但是妳卻在別人約會途中，把人抓來和妳相親！」

「自己做是浪漫，別人做就是出軌，我討厭這種只許自己州官放火，不許百姓點燈的雙標心態。」

「妳……！」

「妳就是因為只看對自己有利的一面，所以演技才會一直沒有進步！」

「妳說什麼！」

深雪不斷拿過去說嘴，花戀則是強調著現在。

這時，店裡有人聽到動靜走了過來。

「桑島小姐，御園生先生，請問還好嗎？」

深雪向店員微笑了一下，像什麼事都沒發生一樣開始喝茶。

「沒事，謝謝關心。」

這不僅僅是針對當下的局勢，更彰顯出她早已預料會和花戀發生爭執的自信姿態。

光太郎意識到繼續下去會把事情鬧大，於是出聲安撫憤怒的花戀。

「花戀同學，我們先——」

（抓住。）

花戀緊緊地摟住他的手臂，不知道是想要向眾人宣示主權，還是出於恐懼……

光太郎發現可能兩者都有，於是他向深雪和青木鞠躬之後，便讓花戀繼續摟著他的手臂，一起離開現場。

桑島深雪緊閉雙眼，像是要嚥下湧上心頭的情緒般，抿了一口茶。

同一時間，水族館的兒童區。

在光太郎被擄走之後——

「唔唔……」

有三名男性被一群學生圍在兒童區。

就如同各位猜想的，是1年A班的同學將神林等人包圍起來。

他們之間和充滿兒童歡笑的空間一點都不符合，卻是劍拔弩張的緊張氣氛。

「媽媽～他們在幹嘛？」「噓，不可以看他們！」聽到這個經典的台詞，二郎尷尬地開始質問神林學長等人。

「為什麼要妨礙他們兩人，幾個大男人嫉妒的樣子真是令人看不下去。」

其他同學們也這麼認為，在一旁默默地對神林等人施加壓力。

神林等人也意識到自己可能有些過頭了，因此不好意思地低下了頭。

丸山說：「別不說話，快點回答呀！」

神林等人像被逼到絕境的罪犯一樣，開始供出一切。

「我們也別無選擇，發生太多事情了，我們也覺得做過頭了。」

「既然有自覺的話就更不該這麼做啊。」

「不……因為有人答應會給我們報酬。」

二郎看到大森面露愧色這麼說道。

「報酬？你們居然為了錢妨礙別人談戀愛嗎！」

木村面對瞠目結舌的1年A班同學搖頭解釋。

「不不，不是因為錢。」

「不然是什麼？」

「……對方答應會給我們情人節巧克力！沒有哪個男生會拒絕這種報酬吧！」

神林等人含淚哭訴，但包括丸山在內的女性們都用鄙夷的眼神看著他們。

「什麼？巧克力？這是什麼莫名其妙的理由？」

女生們聽到之後，皺起眉頭，露骨地展現出她們的鄙夷。

但是，二郎和其他男生彷彿能夠體會神林學長等人的心情，一副「我懂這種心情」地表示同情。

「「「既然是這樣，也情有可原。」」」

「什麼意思，情有可原個屁喔！」

聽到丸山嚴厲的吐槽，二郎只好咳了一聲蒙混過去，把話題接回來。

「總之這次就暫時不追究，但是今後請別再妨礙光太郎他們了。」

「唔……」

「我們也是真心覺得他們倆很適合彼此，拜託學長們了。」

二郎和丸山低頭懇求。

面對學弟妹如此真摯的請求，神林一行人身為學長也無從反對，只是以一個疑問代替他們的回答。

「為什麼……」

「什麼？」

「你們為什麼這麼袒護龍膽光太郎？」

大森接著神林的話說下去。

「就是說啊！你們只是單純的同班同學吧！」

「他到底有什麼魅力，難道是他塞錢給你們嗎？」

神林等人一直不明白為什麼光太郎會受到全班同學幫助，不禁說出心裡的疑惑。

他們將自己的失敗遷怒到龍膽光太郎身上，質疑他到底憑什麼能讓別人如此愛戴。

「他一定也是塞錢給遠山學妹——」

「才不是，閉上你的臭嘴。」

一瞬間，二郎露出前所未有的凶狠表情，瞪著神林學長一行人，其他同學們也一樣狠瞪著學長們，讓他們瑟瑟發抖。

「呃，那、那個……對不起。」

「我們才不是因為被錢收買，是因為在場所有人都受過光太郎的幫助，打從心底喜歡他……更準確地說，是因為我們想報恩。」

「報恩？」

此時，身材魁梧的仲村渠走到一臉困惑的神林等人面前。

「我國中的時候，業餘拳擊社因為人數不足而面臨廢社……」

「業餘拳擊……難道是……」

神林等人回想起光太郎那個從未出賽過的業餘拳擊社經驗，驚訝地瞪大了眼睛。

「他當時二話不說就加入社團，儘管他同時也加入了其他社團，卻還是配合我們社團一起參加訓練……他真的是我見過最好的人。」

國立也點頭表示同意，接在仲村渠後面說道。

「我參加的鐵路研究會也受到他的幫助，就算是文化祭那種忙翻天的時期，他也從未抱怨過……他是鐵路研究的名譽會員。」

接著輪到丸山。

「光太郎同學真的很不會拒絕別人呢～他在田徑社的時候甚至差點要成為全國高中綜合體育大會的競走選手了。」

「我，日語不好……但是光太郎教了我很多。」

這次是成績優秀，但口說很弱的山本・沃夫查欽・雅弘，他雙手合十，真誠地唸著「南無阿彌陀佛」感謝光太郎。

其他同學也接二連三地說著自己對光太郎的感謝。

「他幫了我這個大忙」「他也救了我一命」的意見不絕於耳，二郎則高興得像是自己的事情一樣，欣慰地說著「真是個不懂拒絕的男人啊」。

接著他苦笑著轉向神林學長等人。

「神林學長，其實你也曾經被光太郎幫過喔。」

「我……我嗎？」

「是啊，你們家是商店街的蕎麥麵店吧？那麼你應該有印象，之前有一段時期，商店街因為工會幹部中飽私囊的關係，經營得非常辛苦吧？」

「沒錯，因為工會的不作為，幾乎都沒有客人，我們周遭的店也幾乎快撐不下去了。」

但神林不懂這和光太郎有什麼關係？

於是二郎露出狡黠的微笑回答他。

「揭發那個缺德工會幹部的人，就是光太郎。」

「什麼！」

神林不禁大聲驚呼，二郎則是一臉「也難怪你會驚訝」地苦笑著。

「我們家是賣和菓子的，我對工會中飽私囊卻毫無作為感到非常憤怒。於是向光太郎求助，沒想到他苦笑著說他會想想辦法……」

神林學長等人聽到這個故事，驚訝得目瞪口呆。

「真的嗎？一介國中生怎麼辦得到這種事？一個不久前還只是揹著小學書包的國中生耶？」

「我可沒有騙你，他就像幫忙社團活動一樣自然，找出並蒐集證據，成功阻止工會繼續為非作歹……」

二郎接著訴說光太郎是如何悄悄地將裝有碎紙機垃圾的垃圾袋掉包，並挑出那些碎紙一一拼湊起來，最終成為工會違法的鐵證一事。彷彿這些都是自己的豐功偉業一般宣揚著。

「把碎紙機的紙屑……！」

「沒錯，這必須要將整個垃圾袋的紙屑都檢查過才能拼湊，總共有滿滿四大袋的紙屑，你知道他做這些事情的感想是什麼嗎？」

「是什麼？」

「感覺好像在考古，好好玩喔……一般人三天沒睡哪說得出這種話？」

不知道該說他擁有超乎常人的耐力，還是已經精神錯亂了……神林等人只覺得恐怖。

即使只是聽人轉述，在場眾人也為他那令人不寒而慄的耐力屏息。

「順帶一提，桐鄉湖的水怪騷動也是他一手搞出來的，是我當時拜託他一起想想當地特產的點子，沒想到他居然拿垃圾場撿來的黑色地毯包在保麗龍上，再把後製過的照片寄給報社——」

「他的後製技術真是不得了。」

「那個成品簡直可以媲美深偽技術。」

「我知道，那張照片，還在恐龍學會引起大騷動。」

一提到光太郎，1年A班的同學們就有說不完的話。

「這可不是什麼小事耶？」

神林等人已經知道光太郎的厲害，連吐槽的力氣都沒有了。

「於是我們利用報紙的報導，將水怪炒作成當作名產……我家也因為水怪饅頭，從倒閉邊緣重新振作起來，學長家的生意應該也有因為水怪的關係變好吧？」

商店街和城鎮都因為某天突然來襲的水怪風潮重振……還因為這個次文化的衍生商品，生意反而比以前更好了。

「那都是龍膽……一個人……」

神林的語氣聽起來既驚愕又欽佩。

「他就是這種人，彷彿讓別人的生活變好的精靈一樣，先不說跟他認識很久的人，就連高中才認識的人也有很多人被他的人品感動，和他成為朋友。」

「如果這樣還不具吸引力，怎麼樣才算有吸引力？在女生眼裡看來，他簡直就是理想型。」

二郎和丸山以誠摯的眼神向學長們訴說著光太郎的好。

這些話語和眼神，終於突破神林等人的心防，讓他們低頭不語。

「所以，請不要再妨礙光太郎了。」

語畢，二郎和同學們將神林等人留在原地離開了。

「原來他是這麼厲害的人啊……」

商店街工會的幹部們經常以活絡地區發展的名義，舉辦無意義的聚會，飲酒作樂，在商店街惡名昭彰。

神林也和二郎一樣，礙於自己還只是孩子，只能暗暗想著總有一天要教訓他們。但在這天到來之前，那些幹部就被剷除了。如今神林知道這一切都是多虧光太郎，至今對他抱持的敵意也煙消雲散，內心只剩下一片空虛。

「神林……」

原來拯救自家生意的人是光太郎。

知道商店街這段往事的木村和大森，頓時也不知道該說什麼才好。

「對不起，我們走吧。」

神林學長等人被莫大的失敗感壓垮，失落地離開水族館。

一段時間後，場景轉到Mariposa咖啡廳。

可能是快要打烊了，店裡沒什麼客人。

花戀和光太郎面對面地坐在店裡一隅。

「……」

也許是因為剛才的事情，兩人間的氣氛有些凝重。

叔叔讓二也裝作在看賽馬報紙，時不時地偷瞄兩人的情況。

「——光太郎，我沖了咖啡，你來端一下吧。」

最後，讓二實在受不了這個氣氛，以咖啡為藉口把光太郎叫了過來。

「……我問你，發生什麼事了？」

讓二遞上咖啡和熱壓三明治，同時偷偷地詢問。

而光太郎只是露出一個困擾的笑臉。

「這……一言難盡。」

「要我告訴你怎麼平安度過修羅場嗎？什麼都別管，下跪道歉就對了。」

「謝謝您的寶貴建議喔。」

光太郎說完之後，就端著現沖的咖啡和熱壓三明治回到座位上。

「久等了，這是我叔叔做的熱壓三明治，很好吃喔。」

「喔喔，雞蛋看起來好好吃喔，謝嘍，我開動了！」

為了緩解尷尬的氣氛，花戀故作誇張，迫不及待地拿起熱壓三明治。她大口咬下去，半熟的雞蛋從三明治中流出來，看起來非常可口。

「好好吃喔！抱歉打擾你們做生意了……」

花戀的臉頰塞得鼓鼓地向光太郎道歉，光太郎只是揮揮手要她別介意。

「沒關係，這個時間沒什麼客人，我自己也偶爾會在店裡讀書。」

「啊啊，健康教育嗎？」

「我還是第一次遇到這種讓人無從吐槽的裝傻。」

光太郎無言以對，只好做出用手指揉著太陽穴的模樣。

「哈哈哈，你就儘管煩惱吧……嗯，真的好好吃。」

看到光太郎傷腦筋的模樣，花戀似乎也打起精神，露出笑容。

氣氛緩和下來後，光太郎提起從剛才開始他就很好奇的話題。

「原來妳和深雪同學是親戚啊……」

花戀微微地點了點頭。

「嗯，我媽媽原本是桑島家的人，和深雪的媽媽是姊妹……但這件事不能大聲宣揚，因為她和家裡斷絕關係了。」

「原來如此，如果不方便的話，我就不問了。」

對於光太郎的顧慮，花戀說「沒關係，我希望你能聽我說」，並緩緩地繼續說下去。

「別擔心，不是因為發生案件或意外事故，只是因為我媽媽喜歡上一個門不當戶不對的對象，所以就以類似私奔的方式離家了。」

花戀就像是個憧憬浪漫故事的女孩子一樣，說著雙親的戀愛故事。

「可是……我爸爸為了能讓媽媽過上好一點的生活，工作太拚命卻把身體搞壞了……然後就……」

「原來是這樣啊……」

花戀發現氣氛又開始變得沉重，又馬上裝出開朗的模樣，想改變氣氛。

「啊哈哈，但是現在媽媽她和本家關係很好，所以你別擔心，本家甚至還想叫她回去呢。這就是我和『桑島深雪』認識的來龍去脈。」

花戀如今還是連名帶姓地叫她「桑島深雪」。

「我們在上幼兒園之前都還很要好，因為她身體不好，所以只有我這個同齡朋友，每當有什麼事情，她都會跟我說……但是她突然就開始疏遠我了。」

那時候真的好快樂——

光太郎察覺花戀這番話隱藏著這樣的情緒。

兩人之所以把彼此當成陌生人，可能是因為必須築起這座高牆，才能讓自己不至於崩潰吧。

「原來妳們以前感情很好啊。」

「大概是國中的時候，本家打算叫我們回去，所以我和媽媽被叫去桑島家宅邸。我就是在那時和桑島深雪久別重逢。」

不知道是因為想起不愉快的回憶，還是因為口渴，花戀喝了一口水潤潤喉嚨。

接著她用一臉既痛苦又傷心的表情繼續說下去。

「那時我們見到面，她卻毫不掩飾對我的敵意。當我為她身體變好一事高興時，她卻爆發了……」

「爆發是指……」

想起深雪剛才的模樣，讓光太郎瞬間理解，打了個寒顫。

「她說妳怎麼可能會懂，背負桑島的名號有多辛苦——自那之後我們就決裂了。」

接著花戀眺望著咖啡廳外頭，繼續說下去。

「沒想到幾年後，我們會在桐鄉高中再次相遇，也沒想到我們要在試鏡中競爭。對了，真的很抱歉擅自拿你當賭注。」

花戀用自嘲的語氣笑著向光太郎道歉，說自己是打腫臉充胖子，硬著頭皮答應的。

「沒關係，別在意。」

光太郎說得溫柔，反而是花戀一臉不開心。

「哎唷，你這個反應讓我很介意，要是我輸了，我們就得分手耶，這種時候就算是裝的也該哭鬧著說不想跟我分手吧？」

「這還是我有生以來第一次被人說我應該要哭鬧……」

「這是當然的吧，唉，光是想像你哭泣的模樣就能讓我吃下三碗飯。」

透過捉弄光太郎，花戀似乎真的重新打起精神，又回到可愛的笑臉。

短暫的嬉鬧過後，話題轉向光太郎身上。

「對了，那件事是真的嗎？」

「……是指我是『御園生』家的人這件事嗎？」

光太郎壓低聲音，御園生的名號在這一帶可說和桑島家並駕齊驅……不，由於「御園生集團」跨足許多產業，比起大地主桑島家，或許御園生對地方的影響力更大。

光太郎抓了抓頭，開始講述自己的背景。

「其實龍膽是我叔叔的姓氏，我的本名是『御園生光太郎』。」

「咦，那麼你叔叔也是御園生家的人嘍？」

比起光太郎的本名，那個假裝在看賽馬報紙，時不時偷看他們，即使常客點餐，也只是說「我現在沒空」的小平頭居然也是御園生家的人，這件事更令花戀驚訝，她不禁用懷疑的眼神看向讓二。

「我懂妳的驚訝，他真的是御園生家的怪人……」

「先不管這個……那你為什麼要隱姓埋名呢，是有什麼不可告人的祕密嗎？」

花戀想知道光太郎是否有跟她相同的遭遇。

但光太郎只是輕輕地笑著回答「不是什麼大事啦」，並開始闡述其中的原因。

「妳應該知道我很不會拒絕別人吧？」

「算是吧，不僅同時參加四個社團，還幫忙商店街的事務，甚至連祭典也理所當然地衝鋒陷陣……」

光太郎聽著這句話，害羞地喝了一口咖啡。

「這種不懂拒絕的個性，總有一天會把整個家族搞垮，這樣是不能繼承家族的。而我為了改掉這一點，便搬來這裡向『吊兒郎當』的讓二叔叔學習。」

「原來如此，這就是所謂的以毒攻毒嗎……雖說吊兒郎當有點那個，不過對『不懂拒絕』的你來說，或許很需要沒錯。」

明明是做生意的人，卻能理直氣壯拒絕客人點餐……花戀看著讓二不禁露出苦笑。

「總之我現在得以不用擔心家裡的名號，和叔叔也處得很好，算是撈盡了好處吧。」

確定光太郎真的是御園生家族的人之後，花戀一臉略帶失望的模樣。

「不過我是真沒想到你和她曾有過交集呢……還有，那個，呃……該怎麼說呢，沒想到她居然會變成那樣……」

比起光太郎是御園生家族的人，花戀對於深雪拿著有光太郎汗水的手帕當成安定劑狂吸這件事更加震撼，壓根兒沒想到深雪現在會是這樣的性格。

但是光太郎對此卻有自己的看法。

「我當時也被她突然變了個人的模樣嚇了一跳……但我認為那是在演戲。」

「什麼……演戲？」

花戀一臉疑惑，光太郎則繼續說下去。

「因為那樣未免也變得太誇張了，一定是演的吧？」

「聽說人類會把超乎自己想像和理解範圍的東西當成是虛構的……這樣看來這個說法是真的呢。」

花戀不禁拐著彎諷刺光太郎真的很單純。

「我想她一定是為了激勵妳，才會做出那種舉動，因為她是一個抱持信念獨立自主的人嘛。」

一旦決定就絕不會動搖的信念——光太郎相信深雪是這樣的人。

他之所以這麼認為，很可能是因為自己「不懂拒絕」，才對深雪產生這樣的投射。

「信念……算了，無知便是福。」

花戀不忍心戳破，那是出於把光太郎神化，以及對光太郎的情慾交織而成的黑暗產物。

光太郎對深雪是個「抱持信念獨立自主的人」深信不疑，還繼續說個不停。

「我想她會參加試鏡，一定也是抱持『讓我們一起加油』的心態吧，拿分手當賭注……應該是在開玩笑啦。」

光太郎喝了一口咖啡，滿腦子樂觀想法。

但花戀的表情卻籠罩著一層陰影，她看著自己倒映在空水杯的模樣，緩緩開口說道。

「如果那不是開玩笑，你會跟我分手嗎？」

「什麼？」

面對突如其來的質問，光太郎頓時無法回答。

要是能分手，對光太郎來說應該再好不過，這樣就能回到搞錯告白對象前的日子了。尤其，藉由「花戀和深雪的恩怨情仇」俐落分手，更可說是水到渠成。

但是——

（我心中某個角落，卻也覺得這段關係並不如想像中糟糕……）

因錯誤而開始的男女朋友關係。

『我保證你絕對不會有所損失。』

二郎當時充滿自信的保證，如今光太郎似乎能夠體會，不禁自嘲地笑了笑。

接著他認真地看著花戀說道。

「我是花戀同學的男朋友。」

「咦？怎、怎麼這麼突然？」

光太郎輕輕一笑。

（嗯，雖然是基於誤會，但我現在是花戀的男朋友。既然這樣，我就應該擔負起男朋友的責任，為她傾盡全力……對吧？）

自己是否喜歡上花戀了？這種若隱若現的感覺是戀愛嗎？光太郎也搞不懂自己此刻的心情。

但現在無論如何，他都是遠山花戀的男朋友。所以他決定不再迷惘，要全力支持花戀。

即使當初是搞錯告白對象，但現在他是真心想要支持花戀。

「總之我會全力支持妳，在妳缺乏自信的時候打妳屁股。」

「……還真敢說，小心我告你性騷擾喔。」

光太郎體貼入微的話語和真摯的目光。

花戀在那包容一切的目光下，原本凝重的表情逐漸放鬆下來。

遠遠觀看的讓二，臉上掛著欣慰的笑容，彷彿在見證兒子的成長。

「啊哈哈，妳好好加油，我就用不著這麼做了……嗯？」

此時，光太郎感到窗外有奇怪的視線，於是轉過身來。

在那裡的是——

「呵呵……」

露出姨母笑的二郎和其他同學們。

「——噗！二、二郎！」

「做得很好，我的好友。」

接著在窗外看熱鬧的同學們也徑直走進了咖啡廳。

「你……你們怎麼都在！」

花戀也同樣感到驚訝。

接著丸山硬是擠到她旁邊。

「在水族館玩得很開心吧？」

看到好友狡黠的笑容，花戀瞬間明白了一切。

「難道……你們跟蹤我們！」

「正確答案！因為我們實在太擔心了嘛～」

丸山不僅沒有絲毫愧疚，甚至還認為自己做得好，一臉開心的模樣。

「哎呀，好久沒看到海洋生物了，今天真的好開心。」

沖繩出身的仲村渠也晃動著魁梧的身軀，顯得很高興。

「咦咦，我完全沒發現……等等，你們一直跟到現在嗎？」

「半路發生很多事情啦，等我回過神來才發現你不見了，真是急死我了。」

看二郎一臉疲憊的樣子，光太郎出於擔心，不經意地問道。

「很多事情，怎麼了嗎？」

「是的，大概就是稍微清潔了一下車廂，順帶檢查了一下是否有奇怪的人事物。」

為了避免節外生枝，眾人決定隱瞞神林學長等人跟蹤他們一事，國立也趕緊用拿手的鐵路哏糊弄過去。

「怎麼樣？花戀請發表約會的感想。」

「什麼感想，這種事情能在男朋友面前說嗎，小丸？」

「我是在製造機會，讓妳可以趁機暗示哪裡需要改善耶，花戀，所以妳感想如何？」

丸山突如其來的主角採訪，弄得花戀頓時不知該如何反應。

眼見班級同學們蜂擁而至，讓二趕緊掐熄菸頭，站起身來。

「喔，怎麼？這不是和菓子店的少爺和光太郎的朋友嗎？」

「叔叔，好久不見了。」二郎趕緊打招呼。

「他是龍膽同學的爸爸嗎？」「不是啦，我記得是他叔叔。」「一點都不像耶～」

看到初次見面的同學們各異的反應，讓二不好意思地摸了摸自己的小平頭，尷尬地笑了笑。

「大家別站著說話，我現在馬上騰位子出來給你們，等一下喔。」

接著讓二便去請常客們換個座位。

不一會兒，禁菸區就成了包場的狀態，讓二也開始俐落地準備起餐點，就像孩子帶朋友回家，想露一手的家長一樣。

「請問……我，可以吃這個嗎？」

沃夫吞吞吐吐地問道，讓二笑得很開心，把盤子遞給他。

「當然可以，這是叔叔請你們吃的。」

「謝謝龍膽同學的叔叔！」

丸山馬上大口吃著擠上大量鮮奶油的鬆餅。

讓二被誇獎得受寵若驚，哈哈大笑起來。

「哈哈哈，姑娘們可別愛上我喔！我現在滿心只愛著一個人——」

「讓他說下去會沒完沒了的，別搭理他。」

「你和你叔叔真是性格迴異。」

雖然同學們的出現打斷了光太郎和花戀的談話，但光太郎決定要為花戀加油打氣，也發現自己在不知不覺間，從不喜歡對方，變成總是能在對方身上發現新的魅力，並樂在其中。

光太郎轉身面對花戀，鄭重地再次宣告。

「無論如何，我會全力支持妳，盡我所能幫助妳，因為我是妳的男朋友。」

花戀聽著這些話，害羞地低下頭。

「謝謝你『再次』拯救我。」

「嗯?再次?」

光太郎對這意味深長的話感到一頭霧水,花戀則是用力打哈哈試圖糊弄過去。

「……沒事啦,是說這個三明治真的好好吃喔!祕訣應該就是那個吧?在做好的時候施加『變好吃吧,萌萌Q~』的咒語?」

「妳說我叔叔嗎?光用想的就倒胃口,拜託快住口。」

二郎看著兩人的互動,臉上浮現微笑。

「怎麼了,二郎,瞧你一臉開心的。」

「沒有啦,國立,因為一切都如同我的猜測,真的太開心了。」

「你是說,就像電車一秒不差地準時進站,會讓人自然地浮現微笑一樣嗎?」

「雖然我聽不是很懂,但應該是吧。」

二郎聽到國立這番鐵道迷才說得出來的比喻,不禁苦笑。一方面也為光太郎和花戀的感情升溫打從心底感到高興。

第5話 身為男友豈能不盡全力！

我一開始成為讀者模特兒，是為了多少貼補家用，但這份工作受到了許多關注，於是我在年僅十三歲時就成為了廣受歡迎的模特兒。

沒想到我在貧乏生活中練就的「利用少量款式重複穿搭」的技巧居然會派上用場，真是世事難料。

將我簽下的經紀公司社長，也為這個大成功的現象感到開心。據社員所說，社長「每天都像二次會一樣開心」。（註：二次會是在正式聚會後，轉移陣地所展開的酒聚。）

「哎呀～我就知道小花戀妳一定會發光發熱！現在妳真是一飛沖天，就趁著這個氣勢進軍演藝圈吧！我會幫妳接洽工作，就好好期待吧！」

「真的嗎！謝謝社長！」

但是，就在隔天——

「對不起，妳的工作全部都被取消了……」

「真的假的？……咦？不會吧？」

原以為會順風順水，卻突然遭遇這種意想不到的狀況，讓我陷入混亂之中。一飛沖天一個晚上就跌落谷底，事情來得太過突然，讓我難以接受事實。

「怎麼會突然這樣呢？昨天不是還說著要涉足演藝圈嗎……咦？是在整人嗎？」

「我也希望這一切都是整人就好了……本想趁著模特兒當紅的勢頭，順勢跨足演藝圈的。」

據社長所說，似乎是我們這個舉動，踩到這一帶的缺德工會的底線了。

因為實在太莫名其妙，氣得我話都說不好了。

「什麼工會！為什麼！」

聽說工會幹部與其他經紀公司關係密切，正利用人脈對各方施壓，全力想要打壓我這位新興的後起之秀。而且工會幹部據說與黑社會有勾結，是個不容得罪的存在。

「……我的天啊。」

因此，一切順風順水的情況突然一百八十度轉變，我將失去收入。

唉唉，這下我又得回到吃半價即期雞蛋的水煮蛋當午餐的日子了嗎……就在我如此憂慮了幾天之後，這個煩惱又一下子解決了。

某天半夜，我在結束公司訓練課程後，從工會門前經過時——

「這群混蛋……！」

我當時憤恨不平地瞪著那棟燈火通明的屋子，接著聽到一旁的垃圾場傳出窸窸窣窣的聲音。

發出聲音的是一個打著手電筒，在一堆垃圾袋裡頭尋找東西的男生。

「光太郎，我們還是放棄吧？」

從遠處又傳來另一個男生的聲音。

對方的頭髮因為過多的髮蠟顯得扁塌黏膩，像坊間的「二郎系拉麵」一樣又油又粗，因此我認出來，他是綽號「二郎」的家中長子，我的同班同學。

「再等一下，我覺得好像快找到他們違法的證據了。」

名喚光太郎的男生如此回答，從他的長相看不出來是這麼頑固的人。而他像是在鑑識一樣，非常認真仔細地看著垃圾袋裡的東西。

「可是……那些資料都用碎紙機處理過了，真的找得到嗎？」

「只要一個字一個字檢查就好啦，我一定會找出來的。」

接著，光太郎似乎找到什麼了，他招手要二郎過去。

「重要項目、收取人、安居……就是這個！二郎，快點拿假的垃圾袋過來！」

「喔……喔喔！你太厲害了。」

光太郎甚至為了避免垃圾袋數量不對而引起對方的疑心，甚至準備了假的垃圾頂替。接著他拎起裝有證據的垃圾袋，催促二郎趕快離開現場。

「這樣就行了，我們快離開吧。」

「你真的是我們一夥人裡面最瘋的耶……等等我啊！」

那個男生就像一陣風一樣迅速離開了現場，我的目光則一直追著他。

不久之後，工會幹部原本是黑道一事流傳開來，並證實了他們長久以來中飽私囊等違法行為。而施加在我們公司的壓力也解除了，拜此所賜，我的工作也都拿回來了，太好了。

有傳言說，背後功臣是某個男生，他將碎紙機處理過的違法證據一一拼湊出來，總共幾十張的文件成了這件事的決定性證據。

雖說只是傳聞……但我當時親眼目睹了一切經過，所以我知道「那個男生＝同屆的龍膽光太郎」。

不知不覺間，我開始會故意靠近他並捉弄他……當時的我還需要一段時間才能明白，自己對他抱持超過感激的感情，我喜歡上他了。

某日，御園生本家。

某個位於郊外壯麗山腳下的城鎮。

那裡有一間占地廣大，充滿歷史的宅邸，可謂名副其實的「權貴豪宅」。

那是一棟古老而洋溢歷史氣息的洋房。在這裡打個岔，由於屋子的裝潢和外觀很有氣氛，曾多次被借來拍攝電視劇，尤其是懸疑劇。因此在客廳中也能看見一些例如某位總是在懸崖邊勸說犯人的警察，又或者是飾演在暗中觀察有錢人家問題的女傭人等知名演員的簽名或照片。

這棟充滿豪華氣息，甚至可以拿來拍攝電視劇的宅邸……就是光太郎的老家。

而他現在正站在老家門前。

© Tantan

「好久沒回來了，不知道已經多少年了呢。」

光太郎在小學校高年級時，就離家搬去與讓二同住，因為擔心被發現，幾乎都沒回家。

「總覺得宅邸好像變小了……啊，應該是我長大了吧。」

他看著高聳的老家房屋，笑容裡充滿感慨，緊接著管家們慌張地跑出來迎接他。

「「「光太郎少爺，歡迎回來。」」」

被叫做少爺，讓光太郎害羞地抓了抓脖子，接著他開口詢問管家們。

「不好意思突然跑回來，爺爺在嗎？」

「他在，正在客廳等候您。」

「謝謝。」

確認完之後，光太郎迅速地走進屋子。

他走在古董地毯上，在地毯的另一端……也就是客廳裡，有一位看上去很頑固的老人坐在椅子上迎接他。

「好久不見了，光太郎。」

——御園生鐵平太。

他是「御園生集團」的創始者，擁有非凡的商業手腕，並以此聲名大噪的傑出人物。

鐵平太整理了一下身上的苔綠色和服，接著用嚴肅的態度看著光太郎。

雖然他在檯面上已經退休，但仍然擁有龐大權力，甚至有人說他動動一根手指就能影響整個城鎮。

鐵平太散發著任何高壓面試都無法比擬的壓迫感和光太郎交談。

「怎麼了，難道是缺錢想來找我討零用錢嗎……應該不可能吧。」

「當然不是。」

面對光太郎的態度，鐵平太頗為不滿地大力拍桌。

「為什麼不要！讓我給孫子一點零用錢嘛！」

「……就是這樣。」

鐵平太說的話和他嚴肅的外表完全相反，是個寵孫魔人。

不，看他現在嚷嚷著「跟我要零用錢嘛」的模樣，都不知道哪邊才是小孩子了。要是放著不管，說不定還會在地上打滾。

別看鐵平太平時充滿威嚴，其實他就是個寵孫魔人。

曾經被譽為經濟鬼才，不擇手段重振御園生聲望的狠角色……如今退休後，那股狠勁和資源全都用在寵孫上頭了。

例如他在光太郎小學一年級時就破例成為學校代表，為了光太郎的合唱比賽，甚至包下一整個專業場館等……由鐵平太主導的特權，簡直多不勝數。

（這也是我離家的原因之一……但不能讓爺爺知道，他絕對會大哭大鬧。）

光太郎表情複雜，試圖在不刺激鐵平太的「寵孫慾」前提下進行對話。

「爺爺，我才不會因為沒錢就跑回家呢，這樣未免太沒用了。」

「是我孫子的話就可以原諒！不是嗎，光太郎！」

光太郎無言以對，因為鐵平太根本就無法對話。以他現在的狀態，感覺如果繼續保持沉默，他就會隨便找個理由把一百萬現金塞給光太郎的樣子。

「對了，爺爺，拜託別再突然安排我去相親了，那真的很煩耶。」

光太郎重振旗鼓，決定先換個話題。

但是鐵平太卻對此事不置可否。

「那不是我的問題，是對方主動提出的，而且我也想抱曾孫啊，這樣很正常吧。」

「才不正常，我才十五歲耶。先不說這個——」

鐵平太像個小孩一樣噘嘴說著「不是我的問題」。

光太郎見狀趕緊從包包裡拿出一本雜誌塞到鐵平太面前。

「這是什麼？」

光太郎打開雜誌，指著刊載著電視劇公開試鏡資訊的頁面。

「其實呢，爺爺，今天有一件小事想拜託您……」

鐵平太把手托著下巴，一臉認真的表情。

「喔喔，我想起來了，是電視台開台周年的紀念電視劇。電視台的人一直來找我……怎麼了，光太郎你想參與嗎？我可以用我的力量讓你當上主角。」

「我才不會做這麼不要臉的要求！」

光太郎真的低估鐵平太的寵孫慾了，但他慢慢地開始解釋。

「有一個人，我希望可以讓她通過試鏡，我想請您介紹能在兩週內有效提升演技的老師給我。爺爺您不是認識名導演，也有電影發行商的人脈嗎？」

光太郎的目的，就是利用鐵平太廣泛的人脈，替花戀找一個可以指導演技的老師。

若是想要贏過前幾天在相親時展現「危險人物」演技的深雪，光太郎認為這是唯一的辦法了。只是他似乎完全不認為那也有可能是深雪的本性。

（老實說，若是以前的我絕對不會想要藉助老家的力量。）

因為不想造成困擾，不想出醜被抓到把柄，想要獨立等等……他就這樣固執地堅持著，甚至好幾年都沒有回老家——

然而現在，他卻可以拉下臉回來拜託爺爺，光太郎不禁笑了起來。

（畢竟，如果是真正的男友，一定會毫不猶豫地這麼做吧，這就是我支持她的方式。）

另一方面，光太郎也因為自己搞錯告白對象，害花戀因此和自己交往一事感到抱歉，想要藉此賠罪。光太郎誠摯地凝視著祖父。

接著鐵平太用試探的態度詢問光太郎。

「你真的要這樣嗎？可以不用這麼麻煩，直接靠我的力量讓那個人當上主角啊。」
「靠走後門得到的東西就沒有那個價值了。」
鐵平太聽到光太郎的回答，展露出和藹可親的笑容。
「自己親手取得的勝利才是真正的勝利，真不愧是我的孫子，若是在那個時代必定能稱霸天下。」
聽到祖父把自己和織田信長以及德川家康等偉人並列，令光太郎一時語塞。
而鐵平太並未在意光太郎的反應，陷入思考。
「我現在是有想到一個人選……但是你何必要做到這個地步？」
「也不是什麼大不了的理由，只是想要支持一個女孩子而已。」
無法拒絕別人的要求……鐵平太深知光太郎的性格，因此擔心地問了一句。
「你是因為無法拒絕對方的請託嗎？」
「不，這是我自己的想法……算是一種多管閒事吧。」
這在鐵平太聽來似乎是滿分答案，他滿意地笑了。
「我知道了，我不會再繼續追問，否則就太不識趣了。但是對方居然能讓你以『自己的想法』做到這種地步，想必也是個好人吧。」
光太郎抓了抓臉掩飾害臊，重新對祖父表達感謝之意。
「謝謝爺爺，突然這樣拜託你真是不好意思。」

「這點小事不用介意，但是我有一個條件，就是年底回來家裡露個臉，順便帶讓二那個傻瓜一起來。對了，我們改天一起吃個飯吧，到義大利吃道地的義大利菜，去個三天兩夜剛剛好。我可不是因為想和孫子一起旅行——」

「我會好好考慮，先告辭嘍。」

這樣下去會沒完沒了……因此光太郎像政客一樣含糊其詞，趕忙離開宅邸。

「不過要指導演技的會是怎麼樣的人呢？希望不會是太嚴厲的人。」

此時的光太郎完全想不到，對方是個出乎意料的人物。

幾天後——

我替你找了個一流的演技指導——光太郎在收到鐵平太的消息之後，帶著花戀前往指定的地點。

「——如此這般，我爺爺說他幫我們找了一個厲害的演技指導。」

「爺爺是……御園生家的……？」

「啊……對，就是御園生的會長。」

光太郎一直以來都隱瞞著這件事，所以顯得有些尷尬。

而花戀不知道是受到影響還是出自貼心，跟著一臉抱歉的表情。

「抱歉，感覺好像把事情鬧大了。」

「別這麼說，我這麼做是因為想支持妳。」

「我知道……謝謝你，嘿嘿……」

接著花戀在「指定的地點」左顧右盼，掩飾自己的害臊。

「話說回來，厲害的演技指導真的會在這種地方嗎？」

鐵平太告訴光太郎的指定地點——居然是桐鄉高中的屋頂。

屋頂庭院依然帶著香草的香氣。對花戀來說，那天在這裡發生的不快還記憶猶新。

「難道是學校的人嗎？」兩個人疑惑地歪著頭。

「嗯～可是我們學校好像沒有話劇社……」

兩人四處張望，但是找不到看起來像是那樣的人。

看來看去，屋頂只有一個人，來吸菸的保健老師飯田。

「啊，飯田老師。」

「嗯？喔喔，是你們啊。」

「老師，您有在屋頂看到其他人嗎？聽說要來指導我演技的人在這裡……」

接著飯田撩起瀏海，一派輕鬆地回答。

「啊，那個人就是我。」

「「什麼？」」

飯田不管兩人有多驚訝，只是用溫柔的眼神看著花戀。

「嗯，我的恩人說有個『急診』需要幫忙，我才過來看看……果然是妳呢，花戀同學。」

「飯、飯田老師就是要指導演技的人嗎？我還是頭一回知道老師有相關經驗。」

飯田眺望遠方，大口地吸了一口電子菸。

「都是以前的事了。」

這句略顯哀傷的話語，隨著煙霧一同飄散。加熱後的電子菸味，和屋頂的香草氣味混合在一起，令人無法捉摸飯田的想法。

抽完一顆菸彈後，飯田把電子菸收進白袍前胸的口袋，然後認真地看著花戀。

「我聽說妳為了要通過電視台的電視劇試鏡，需要我來指導……我大概可以猜到妳的瓶頸是什麼。」

「您、您看得出來嗎？」

對這方面完全不懂的光太郎大吃一驚。

接著飯田緩緩地點了點頭，開門見山地指出問題所在。

「無論妳做什麼，演什麼角色，都會變成『遠山花戀』對吧？」

「這……您說得沒錯。」

飯田一語中的，花戀一臉無法反駁的表情，略帶放棄地開始述說自己的煩惱。

「我表現不出自然的演技，總是無法跳脫自己平時的舉止和說話習慣，所以每次試鏡都會落選。」

花戀沮喪地說，即使通過試鏡，好一點能拿到個小配角，其他幾乎都只是臨時演員的工作。

「繼續說。」

「我很努力想讓自己融入角色，把角色演好，但總是不順利。」

我不會演戲——

從自己口中說出這種話真的很難受，花戀頓時失去平時的開朗，無力地抓了抓頭。

光太郎看到後出聲為她打氣。

「但、但是，飯田老師是我爺爺推薦的人，一定能在兩個星期內就讓妳進步的！」

「這是不可能的。」

「咦咦？」

下不了台的光太郎大聲驚呼。

飯田則是嘆了口氣，開始解釋。

「演戲這種事情，可沒有簡單到只用一兩週就能脫胎換骨。就算勉強學了些皮毛，在專業人士面前也會馬上被看穿……這點花戀本人應該最清楚吧？」

「是的，所以我真的不知道該怎麼辦才好了……」

「那、那麼，飯田老師今天就是來說這件事的嗎？要她放棄？」

飯田又嘆了口氣，她一邊嘆氣一邊搖頭，像是故意做給他們看的。

「我可沒有這麼說，這是兩碼子事。」

飯田背靠著屋頂的欄杆，看著隨風搖曳的花草，她出聲詢問光太郎。

「光太郎同學，你覺得花戀同學怎麼樣，有魅力嗎？」

「啊，是的，她很開朗，總是能帶動周圍的氣氛……有時候太過頭算是缺點吧。」

「…………唔！」

這突如其來的評語讓花戀羞紅了臉。

飯田不但沒有拿這個取笑她，反而是一臉嚴肅。

「這份魅力就是妳的武器，但妳在演戲時卻刻意壓抑這種魅力，所以才會演不好吧。」

根據飯田的說法，花戀不是讓角色滲透自己的「附身型」演員。

「我在圈子裡看過好幾個為此苦惱的人，但也看過跨越這個障礙，轉型成『個性派』演員受到歡迎的例子。」

「所以，我也必須成為個性派嘍？」

「這算是一種賭博，但我認為妳的魅力值得一搏。只要能跨越這個障礙，就能跳脫負面循環，也可以更加放大妳與生俱來的優點。」

或許是這番話奏效了，花戀從原本的垂頭喪氣回到平時滿臉笑容的模樣。

「所以我一直沒辦法通過試鏡，是因為我把自己的武器都丟了，雙手空空上戰場的關係嘍？」

「呵呵呵，如果妳在電視劇試鏡時也能保持這種活力，或許會有機會喔？」

飯田看著重新振作起來的花戀，笑著繼續給她建議。

「記住，不是讓自己去追角色，而是讓角色跟著妳走。接著妳必須知道，矇騙他人並不能算是演戲，相對的，對自己說謊、矇騙自己的人是無法把戲演好的。」

「對自己說謊……」

這句話似乎刺中了光太郎，他不禁重複了一次。

在長篇大論之後，飯田似乎覺得有點不好意思，她吐了一口電子菸，試圖掩飾過去。

「我好像說得太多了。」

此時，花戀對飯田提出一個單純的疑問。

「請問，飯田老師究竟是什麼人啊？」

「嗯？被捧成天才童星之後又重重摔下來的人嘍。」

說出自虐般的告白後，飯田又一臉自嘲地笑著說。

「我無法繼續欺騙自己，最後決定捨棄這些經歷，選擇了為自己的人生作主這個『角色』。就是在那個時期，我欠了你爺爺很多人情。」

「沒想到飯田老師還滿浪漫的耶。」

光太郎不禁把心裡的想法脫口而出。

「……」

飯田可能對此也有自覺，用銳利的目光瞪著光太郎。

「光太郎同學，最好不要想到什麼就說出口喔，這樣很容易被人抓住話柄的。」

「花戀同學，妳也一樣……」

飯田稍微威嚇他們之後，從腳邊的包包裡拿出一大堆紙本。

「我本想教妳試鏡的訣竅，但我想還是讓活潑的妳先練習這個吧。」

剛才那一大堆紙本，其實是給花戀練習用的劇本。因為實在太多，花戀不禁看傻了眼。

「咦？這麼多嗎……？」

「別傻了，這不是妳一個人的，裡面還包含了光太郎同學，以及——」

磅！（吵雜）

飯田說到一半，屋頂的門打開了，接著傳來一陣吵雜的聲音。

「嗨嗨，我們來嘍！」

「咦，小丸？」

以丸山為首，光太郎班上的同學們一一出現在屋頂。

「怎麼連二郎都在？為什麼？」

「這個嘛，沒有男生可以拒絕飯田老師的請託。」

二郎一臉色瞇瞇地點頭。一看就是不受歡迎的男生才會有的反應。

「這、這是……？」

看到花戀一頭霧水的樣子，飯田開始說明她的用意。

「我要妳一邊看著劇本，和這些互相認識，志同道合的朋友一起開心地演出，先不要去管演得好或不好……好嗎？」

「原、原來如此！」

光太郎聽懂了。接著飯田塞了一本劇本給他。

「光太郎同學，當然也有你的分。」

「我、我也要演嗎？」

飯田故做凶狠地拿劇本往光太郎身上戳。

「這是當然的啊，要引導她發揮自然的演技，就得讓她放下偽裝，你是不可或缺的條件。」

「放下偽裝……在我面前嗎？」

「……？你自己都沒感覺嗎？算了，你們就盡情享受吧。」

當作在玩就好了，不要太在意——飯田說完之後推了光太郎一把。

此時，光太郎卻在心裡不斷反芻某些話。

「在我面前，不欺騙自己，放下偽裝……」

也就是說，自那次告白之後發生的事情，自己只是預防告白騷擾的假男友這個假設已不復存在。

「所以花戀同學是……不，這怎麼可能呢。」

就在光太郎喃喃自語時，二郎出聲叫他。

「喂，光太郎，快點來選角色！」

「不然就要讓你演女生角色嘍！」

「光太郎一定沒問題啦。」

「怎麼會沒問題！大有問題好嗎！」

其實光太郎也知道自己的長相和身型有點偏向女生，但還是死命拒絕穿女裝。

接著他決定先不考慮這些複雜的問題，伸手拿起劇本——

過了幾天，花戀雖然順利通過試鏡的書面審查，但是她的臉上卻不見開心的表情。

據花戀所說，「書面審查事小，二次審查才是難關」。

今天就是二次審查——也就是面試的日子。

這兩週以來，花戀有飯田的指導並和光太郎等人在屋頂做了紮實的練習——與其說是練習，比較像是大家開心地一起讀劇本，更接近充電的感覺……

因此花戀現在倒也不覺得緊張，甚至顯得有些神清氣爽。

「以前參加試鏡，我都會自己嚇自己，反而無法好好發揮。這次真的多虧有飯田老師，真不愧是前天才童星——哎呀，這樣說會被罵的。」

在面試會場，花戀一個人在後台喃喃自語，不禁苦笑出來。

會場位於車站附近的租賃空間，主辦單位包下一整層樓，要進行團體面試。

花戀周圍都是來爭取同一個角色的對手……她們的臉上都寫滿了不自在。

其中一個原因當然是試鏡前的緊張感，但眾人還因為其他原因感到更緊張。

而這個原因很明顯。

「攝影機要經過了。」「ＡＤ！線材不夠！」「馬上來！」

電視台攝影機、收音、照明等……電視台的工作人員忙得到處穿梭，在走廊疲於奔命。

這次除了要進行地方電視台開台週年紀念電視劇的試鏡，電視台為了吸引更多關注，於是想趁著最近選秀節目的熱潮，推出了類似的節目企畫。

因此，配置了好幾台攝影機拍攝每一位參加試鏡的人，且必須在這樣的情況下面試。

加上這次試鏡過程也會在網路上公開，因此現場的壓力不是一般試鏡可以比擬的。

走廊的另一頭，可以看見一些先結束面試的參賽者。有些人垂頭喪氣，有些人覺得自己有希望，這些悲喜交加的模樣也都被鏡頭捕捉下來了。

（簡直就是偶像選秀節目……）

花戀一邊做準備，一邊在心裡想著這些無關緊要的事情。

實際上在現場也有幾個看似偶像的參賽者，後台休息室裡頭也有幾個穿著較為浮誇的人。

但每個人都是認真的。

大家都不是抱著玩玩的心態來的，而是抱著一定要給評審留下印象的覺悟。即使沒有通過也要打個知名度的人、想要翻轉人生的人……總是無法跨越「二次面試的門檻」的花戀，不自覺地對在場所有人產生親切感。

她一邊環顧周遭的人，一邊回想著飯田在保健室給她的特別課程。

「聽好嘍，試鏡最重要的，一是實力，二是給評審留下印象……而在團體面試，若無法留下深刻印象，就會被其他人給『吞噬』。」

放學後的保健室，飯田一手拿著資料，將試鏡面試環節的「訣竅」傳授給花戀。

「被吞噬……」

「當然，若沒有相應的實力，就只會留下壞印象。但倘若今天一起面試的都是實力相當的人，評審大多會採用印象比較深刻的一方。」

接著飯田一手插腰，看了一下這次試鏡的相關資訊。

「尤其這次也有電視台的人參與……應該會更注重參賽者的個人特色。雖說是陋習，如今每個單位都拚了命想製造話題。」

飯田這話說得蹊蹺，彷彿曾經經歷過什麼似的，接著她又轉向花戀。

「妳是很有魅力的，記得要好好展現自己的特色，也不要給出只有『是』或『不是』這麼無趣的回答──」

「展現自己的特色……」

聽取飯田建議的花戀，穿了「某套服裝」前來面試。

那就是黑色鴨舌帽和無袖上衣……這是她在做讀模工作時常穿的，也是公司社長送給自己的衣服。

「……好了。」

當花戀穿上這套搭配時，她感到心中好像踏實多了。

這是讓她闖出名號的穿搭，就如同她的戰鬥裝一般，以及……

「妳今天的打扮真的很好看。」

在水族館那天，光太郎的稱讚給了自己力量……花戀此時的眼神裡充滿自信。

「我會好好發揮自己的特色……嗯？」

就在花戀做好心理準備時，休息室內突然一片譁然。

嘈雜嘈雜……等等，那是怎樣……

花戀以為是導演之類的高層抵達現場，於是也跟著去看看最為騷動的地方。

「嗯，這裡就是休息室啊……」

伴隨著優雅的說話方式，出現在那裡的人是——桑島深雪。

她居然穿著和服來面試……甚至還是價值數百萬以上的高級和服。

深雪的袖子繫著襷帶，頭上也纏著纏頭布，一副非常適合再加上一把薙刀的模樣。

深雪的出場夾帶了太多的信息，花戀對此表示……

「不予置評。」

於是她打算立刻移開視線，假裝不認識。

而青木看到花戀的反應之後一臉嚴肅地對她說。

「花戀小姐，您這樣太失禮了。我們大小姐穿成這樣從家裡搭車抵達會場，您應該要出面嘲笑吐槽一下才是應有的禮節啊。」

「妳身為隨從可以說這種話嗎！」

對於青木一貫像是要吃人一樣的態度，花戀倒是毫不留情地吐槽了。

而深雪似乎沒有聽到這段對話，只是充滿敵意地瞪著花戀。

「妳好呀，遠山花戀同學，妳還好嗎？」

「我才要問妳這一身行頭還好嗎？」

花戀的嘲諷顯然沒有對深雪造成任何影響。

「這是別人教我的，試鏡時給人留下印象的重點就是要打扮得比平常華麗一點。」

「這哪裡是一點啊！妳是來演大河劇喔？別說留下印象了，這身打扮甚至作夢都還會夢見吧！」

花戀最後還是忍不住大力吐槽，青木則在一邊發出「呦！遠山屋！」這種像是在看歌舞伎的吆喝聲。真是個自由奔放的隨從呢。

深雪對花戀的吐槽充耳不聞，並對她發出挑戰。

「我可是為今天做了特訓，我不會輸給妳的。」

「是喔～妳知道臨陣磨槍怎麼寫嗎？」

花戀接下挑釁，馬上回嘴。

而深雪也依然盛氣凌人。

「我從小就學習日本舞、鋼琴、歌唱和帝王學等技藝，我可以自豪地說，我的經歷比妳還豐富。」

「給我慢著，帝王學是哪門子的技藝？」

「畢竟肚皮舞也算是一種技藝，那麼帝王學當然算嘍。」

「給我向帝王學道歉……」

看到深雪如此堅定地說出這種話，花戀不禁為桑島家的未來感到擔心。

另一方面，花戀確實也將深雪視作威脅。

深雪對光太郎的執著，以及對自己的恨意，加上桑島家千金這個身分以及罕見的日本風打扮……客觀來說，確實是有著不輸旁人的強烈存在感。

「若這也算是一種魅力……當她站在舞台上時，確實會想讓人看看她演戲的模樣。」

花戀甚至有點敬佩她了。

在無意之中，深雪教導了花戀一直以來所欠缺的事物。雖然這等於是給敵人送鹽，但必須說這也不是那麼容易下嚥的鹽。

「妳可別忘記，若妳今天失敗了，就是我贏了。」

「妳是覺得自己一定會通過嗎？也是，穿著這麼正式的和服可別輸了，就算是為了和服商也得爭氣點。」

兩人互相鼓勵，為激烈的唇槍舌戰畫下句點。

接著青木忍不住對兩人說出多餘的話。

「……………要是在這麼激烈的言語交鋒之後，兩人都在二次面試落馬可就尷尬了。」

「「不說話沒人會當妳啞巴！」」

青木在一旁擅自幫她們立旗，招來兩人默契十足的吐槽。

就在兩人激烈的唇槍舌戰之時，二次面試也如火如荼地進行著。

負責評審的是電視劇導演、總監、製作人以及資深演員等重量級人物。

此外，除了那些電視劇相關人士和電視台的大人物之外，還會有三台攝影機對準參加試鏡的人……即使是習慣試鏡的人也會被這種平常從未經歷過的大場面嚇倒。

可能是因為這樣，直到目前都還沒看到特別出眾的表現，電視劇導演白澤在休息時間不禁看著參賽者名單喃喃自語。

此時有一位披著開襟針織衫，看起來像是相關業界的男人走過來對他搭話。

「白澤導演，您看起來很煩惱呢～」

「是安居製作人啊……是啊。」

白澤簡短地回覆，安居則是坐到他旁邊，拍了拍他的肩膀。

這種莫名游刃有餘的態度，讓白澤難免感到不悅。

但安居並未理會白澤的反應，開始裝熟地說道。

「哎呀，這次真的沒什麼好人選。我認為我推薦的演員還是最妥當的選擇，既有一定的演技，也是有頭有臉的公司，就麻煩您考慮一下嘍。」

白澤導演對安居露骨的討好感到厭煩，懷疑他是否接受了招待或其他好處。

「確實，你推薦的演員是頗有經歷。」

但是白澤這次想找的是極具個人魅力的個性派演員，即使演技有些拙劣也無妨。

只是天不從人願。面對三台攝影機，許多參加試鏡的人都被嚇壞了，他們精心準備的表演也因緊張而失敗。

如果這樣下去，安居推薦的藝人可能會輕而易舉地獲勝……據說，他早就把這次直播通知了和自己有關係的經紀公司旗下的藝人，讓她們有了充分的準備時間。

白澤埋怨地瞪著那三台攝影機。

「要是沒有這幾個電視台的攝影機，情況應該會有些不同吧……」

「的確，大家的表現都很生硬呢。難得這次還要公開試鏡過程，沒想到淨是些不能用的畫面……應該要來點意外的展開才有趣啊。」

這種比起參賽者，更擔心電視企畫會失敗的態度，惹得白澤非常不開心。

「但要是因為這樣，讓我推薦的藝人能占到好處也無妨……那麼就請您多多照顧嘍，導演。」

安居把自己想說的話說完就離開了。

白澤厭倦了這個必須時刻看人臉色的業界，像是要發洩怒氣一般地吐出一口氣，抬頭望著天花板。

「這可是暌違已久的大企畫……神明啊拜託您了，派出能夠改變這個沉悶狀態的使者吧。」

神明將會實現他的願望……而且不僅僅是實現，還會徹底顛覆他的認知。兩位如此出色的天才即將登場，這一點是他、安居和其他評審都始料未及的。

接著，終於輪到花戀的組別了。

她們在工作人員的引導下進入面試間，那裡坐著許多頗有名望以及威嚴的評審。緊接著同時有好幾個鏡頭毫無顧慮地對著她們拍，參賽者們頓時表情僵硬，顯得放不開。

然而這對模特兒出身，已經很習慣面對鏡頭的花戀來說就像是大冒險一般新鮮……但是下一秒，她也露出一臉放不開的尷尬表情。其原因正是——

「哈哈哈，那麼～要準備開戰嘍。」

沒錯，深雪和花戀在同一組。

「沒想到會和她一起面試……」

花戀不禁感嘆，這就是命中註定。

與此同時，身著奇特服裝的深雪一出場，評審們包括工作人員在內都驚訝不已。

一位身穿和服、繫著襷帶的千金小姐，後面還理所當然地跟著一名隨從……

評審們面面相覷，一臉「這個人怎麼回事」的表情。而所有的鏡頭也自然而然地全部集中在這名奇怪的千金身上。

此時安居率先對這種譁眾取寵的行為表態。

「那個，我懂妳想要博得強烈印象的心情，至少先讓隨從退下吧？以為自己是誰啊，真是……咦？桑島？」

安居開口教訓這種過度張揚的行為，不屑地掃視履歷，想看看這是哪個名不見經傳的小輩。

沒想到，眼前的人居然是桑島家的千金，安居一下子漲紅了臉，立刻改變態度。

「居、居然是桑島家的千金？那個在電視台開台時，給了很多幫助的桑島家？……真的非常抱歉，請您自便。」

然而深雪卻堅決請求評審不要給她特殊待遇。

「請將我當成一般參賽者，無須特別給我禮遇。」

「是……是！對不起！你們，不許怠慢！」

安居對盛氣凌人的深雪鞠躬道歉，轉頭卻像沒事人一樣斥責其他工作人員。這種自我中心又仗勢欺人的作風，讓棚內的工作人員和參賽者都對他冷眼相看。

於是面試就在這種難以言喻的氣氛中開始了。

有些參賽者被現場的氣氛嚇到，問題回答得結結巴巴，直到最後都沒有抓回自己的步調。

如此這般，終於輪到花戀。

「我是43號，遠山花戀。」

「遠山花戀小姐……啊啊，就是那個知名讀者模特兒，最近剛涉足演員領域的……嗯嗯。」

白澤看著書面資料喃喃自語，似乎對花戀有印象的樣子。

「這個穿搭風格現在很流行呢，原來是妳帶起來的風潮啊。」

「我也經常在雜誌封面上看到妳。」

「資深讀模啊，確實有這種氣場。」

花戀凸顯個人特色的作戰大成功，評審們給予出乎意料好評，讓她有點害羞。

但現在是電視劇試鏡，評審們關心的終究還是花戀的經歷和演技程度。

「但是……妳有戲劇方面的經驗嗎？」

「有的，我演過幾次配角，具體來說……」

此時，深雪在一個恰到好處的時機插話。

「都不是什麼上得了檯面的角色。」

「……什麼？」

被人突然插話，花戀生氣地皺起眉頭。評審們也面面相覷。

深雪用手捂著嘴，故意露出一個似有深意的笑容。

「也不知道該說好還是不好，因為她太有特色，無論演什麼都會變成遠山花戀……若說得難聽一點，一言以蔽之就是『演技很爛』吧。」

因為被踩到痛腳，加上被深雪帶刺的語氣激怒，花戀頓時忘記自己正在試鏡，氣得從位子上跳起來反駁。

「什麼？妳給我好好說話喔，抱歉，我不會接受妳這種低級的挑釁！」

在場所有人看到花戀氣得跳起來的模樣，不禁一同在心裡吐槽：「這不是接受了嗎……」

但花戀因為太生氣了，完全沒有發現這點，反而愈說愈大聲。

「太有特色？妳不知道有些人就是喜歡這樣嗎？就像榴槤和藍紋起司也有自己的市場一樣！」

「哎呀，這話由妳這個感覺就有味道的人說出來還真有說服力。畢竟妳看起來就一副不會洗耳朵後面的樣子嘛。」

「誰有味道了！而且什麼叫『一副不會洗耳朵後面的樣子』？」

「妳去照照鏡子不就知道了……啊，因為妳也沒洗臉嘛。」

深雪以剛才的挑釁為開端，不斷激怒花戀，用格鬥界術語來說就是稱作「垃圾話」的手段。

而花戀也忍不住回嗆……甚至還夾帶了不需要的資訊。

「我每天都有洗臉，還有用化妝水和乳液！雖然都是試用品！」

這個補充讓白澤導演和其他工作人員差點忍俊不禁。

「這可不是什麼值得大聲宣揚的事。」

「哈哈哈！我這叫做親民好嗎？而且有人說我的個人特色是強大的武器，已知自己優點所在的我，可說是遠山花戀2．0版本……不，歷經磨練的我可說是7．0了。」

「這麼頻繁地改版，表示漏洞很多呢。」

「哼哼哼……我已經不會再壓抑自己了，我要把自己的特色發揮在演戲上頭！」

「瞧妳滿溢出來的自信，是水龍頭壞了嗎？」

「滿出來又怎樣，反正有人就是喜歡這樣的我啊。」

「…………咳咳！」

雖然沒有指名道姓，但花戀說的就是光太郎。而這件事就是深雪的致命弱點所在，她頓時無從反駁，只能捂著胸口。

「大小姐，快吸氧氣。」

一直站在她身後的青木急忙遞上氧氣瓶。

「謝、謝謝妳，青木女士……」呼……呼呼……

花戀的態度彷彿這段像是搞笑短劇一樣的互動和自己無關似地，開始進行最後的自我推銷。

「讓我們用烤雞肉串來比喻，我的演技既不像『鹽巴』一樣清新得能讓人嚐到食材原味，也不像老字號店鋪的『醬汁』一樣有著歷久彌新的滋味，但是我會努力展現讓人初嚐驚奇，再嚐上癮的辛香料一樣的演技，以求能在觀眾心中留下印象，請各位評審多多指教。」

在這段巧妙的結語之後，深雪又多加了一句。

「居然拿烤雞肉串來比喻，真像個中年大叔。」

「不喜歡的話妳閉嘴乖乖聽就好啦，這位兒時玩伴同學。」

於是導演順水推舟，請深雪開始自我介紹。

「那就趕緊請44號自我介紹……」

深雪重新調整狀態，挺直腰桿振作起來。面試會場頓時瀰漫著靜謐的氣氛，剛才那番荒唐爭論的餘韻一掃而空。

「我是桑島深雪，說是桑島家的長女，大家可能比較熟悉吧。」

「桑島……」

從本人口中說出這個名號，讓工作人員更緊張了。

「請問，桑島家的人為什麼要參加試鏡呢？」

白澤導演謹慎地提出疑問，他的表情就像是對客戶唯唯諾諾的業務員一樣。

「只是出於私人原因……簡單來說，就是我認為自己的演技勝過某位模特兒。」

花戀生氣地朝深雪吐了吐舌頭。

「那麼，請問妳有演戲相關的經驗嗎？如有冒犯請多包涵。」

安居緊接在導演後面提問。

深雪稍微思考了一下，光明正大地回答道。

「如果在社交場合上保持微笑，聽不關心的人說著我一點都沒有興趣的話題算是演戲，那麼我從很小的時候就深諳此道。」

在場所有人都覺得自己似乎聽到了不該聽的東西，沒有人敢接著這個話題說下去……除了一個人。

「心機真重，是不是吃到墨魚的墨汁，心肝才會這麼黑呀？」

想都不用想，就是花戀。

「我聽不懂妳想表達什麼？這是隨時對ＴＰＯ有所準備的表現好嗎？雖說我會根據眼前的對象改變態度，但是我毫無虛假！」

「這是什麼值得大聲宣揚的事情嗎！況且——」

緊接著又是一場唇槍舌戰，白澤導演按著太陽穴仰望天花板。

「老天啊，我確實是許了這個願望沒錯，但是這樣太過頭了吧……」

沒想到會出現如此具有破壞力的參賽者，白澤彷彿下錯訂單一樣，露出一言難盡的表情。

但是話說回來，這兩個人的出現也確確實實地成為了這場試鏡的「最佳催化劑」。白澤毫不猶豫……是有因為不安而猶豫了一下，最終還是不假思索地在合格欄位簽名了。

於是，花戀和深雪兩人在導演的期待之下一同通過了二次面試。

另一方面，安居意識到這兩人帶來的威脅。

「桑島家的千金和她的朋友……可惡，怎麼不快點落選呢。」

安居原本不想讓這兩人通過，但因為太害怕「桑島」的勢力，最後還是擠出笑臉在合格欄位簽名了。

安居對此事感到非常後悔，自己應該率先排除這兩個「富有特色的炸彈」才對。

他收受了大型娛樂公司的超規格接待，還讓對方替自己還債，如今已不可能再說「無法讓我們的藝人擔任主角」這種話了——

「她們倆實在太搶眼了……要是把試鏡過程上傳到網路上，肯定會一炮而紅。我已經從娛樂公司那裡撈了不少好處，絕對不能搞砸。原本打著宣傳的幌子，要淘汰那些不習慣鏡頭的小事務所參賽者，沒想到反而害到自己了……」

計畫沒有按照預期進行，安居忍不住抱怨了起來，接著他露出一個狡黠的笑容，似乎有了新的想法。

「那就讓她們缺席最終決賽吧？哇！我真是太聰明了！雖然可能會惹怒桑島家的千金，但之後再給她一個小角色就行了吧？至於那個讀者模特兒，反正我以前也對那間小公司打壓過好幾次，應該不成問題。」

自私自利的安居，嘴角掛著得意的笑，開始為保全自身利益行動。

試鏡最後一天，是個晴空萬里的好天氣。

花戀居住的那棟老舊公寓，在陽光的照耀下散發著柔和的光芒。

「天氣真好，是個適合參加試鏡的日子……就當是這樣吧。」

花戀眯著眼睛，望著刺眼的陽光，樂觀地想著。

她似乎並不緊張。

雖然這次的試鏡是為了光太郎而戰，但她也決心全力以赴，要讓劇組人員、深雪和光太郎看到她最好的表現。

「好不容易走到今天，我一定要叱吒今天的舞台，好好加油！」

花戀拍拍臉頰，鼓勵自己，然後對著百元商店買來的鏡子刷牙。

這時，她的手機響了起來。

「花戀、手機響嘍～」

「啊，好～……哎呀？」

看到螢幕顯示著陌生號碼，花戀先是警戒了一下，但想想可能是試鏡相關的聯繫，還是接起電話。

「嗨，這是遠山的號碼嗎？」

花戀聽到對方油膩的說話方式，不禁提高了警覺，小心翼翼地問道。

「啊，是……請問您是哪位？」

電話那頭的人故作客氣，用著異常輕快的語氣開始自我介紹。

「我叫安居，是製作人。我們在二次面試中見過，但還是第一次通電話呢。」

「安居……啊，是的！」

花戀想起那個披著粉色開襟針織衫，舉止行為疑似業界人士的人。接到這個意料之外的人物來電，她的聲音也不由自主地提高了。

「請問您有什麼事情嗎？」

花戀不知道在面試前會接到什麼樣的通知，心中有些不安。沒想到安居卻向她提出了奇怪的提議。

「其實呢，今天的試鏡，能不能請您稍微晚一點到場？」

「晚一點到場……？發生什麼事了嗎？經紀公司並沒有通知我啊。」

面對花戀的疑問，他毫不遲疑地說明了理由，彷彿早已準備好一般。

「啊哈哈，這只是我的私人請求而已。希望您能以『演出』的方式稍微晚一點到場。」

私下要求她晚一點到場？花戀愈聽愈覺得莫名其妙，安居則繼續說道。

「遠山小姐，您知道您的試鏡影片在網路上爆紅嗎？」

「啊，是的……沒想到會引起這麼大的迴響。」

據說電視台將試鏡片段製作成電視劇的事前特輯播出，並且在網站上上傳了完整版，引起了極大的迴響。

各個平台的播放量都逼近數萬，其中又以「花戀VS深雪」的影片以驚人的速度即將突破百萬播放次數。此外還有大量剪輯影片在網路上流傳，甚至在短影片平台上也能不時看到。

基於上述情況，安居繼續說道。

「所以妳現在是眾人矚目的焦點，不過，我有些擔憂。」

「擔憂什麼呢？」

「是的，如果讓大家知道妳和桑島小姐『其實關係很好』的話，可能會被說成是造假。哎呀呀，這就是人太紅才會有的煩惱啊。」

花戀差點脫口而出「我們真的關係很差」，但覺得這是不必要的資訊，便忍住了。

電話那頭的安居並沒有要理會花戀的意思，他繼續滔滔不絕地說：

「最近啊，有些人只要看到兩個人並肩走在一起，就會截圖斷章取義，說『其實很要好』『是造假』之類的話。所以，我希望妳們能錯開時間進場，作為演出效果。」

安居不斷強調這是為了演出效果。

雖然聽起來很可疑，做法也很強硬，但他的提議似乎也不無道理，所以花戀答應了。

「我明白了。那……我應該晚到多久呢？」

「嗯～一個小時……不，三個小時左右吧。」

「三個小時？遲到這麼多真的好嗎？」

安居要求的時間比想像中更晚，讓花戀驚訝地問道。

但是安居卻一派輕鬆地說「不要緊」。

「我們會稍微延後開始時間，也會安排車子接送您，所以不用擔心，就當作是演出效果的一部分吧。啊，這件事先不要告訴經紀公司，我等一下會跟他們說。」

安居再三叮囑後掛斷電話，花戀有些不安地喃喃自語。

「三個小時……這樣真的好嗎？」

花戀雖然對要遲到這麼久感到懷疑，但自己只是個新人，也只能聽從製作人的指示。

「花戀，怎麼了？是男朋友打來的嗎？」

菜摘有些擔心地過來關心，花戀則笑著表示沒事。

「沒事沒事，只是試鏡要晚點開始而已。」

「這樣啊，那就不用這麼趕了呢。我要去上班了，記得鎖好門喔。」

性格悠哉的菜摘不覺得試鏡時間延後有什麼不對勁，開始準備出門工作。

看著母親慢悠悠的模樣，花戀也拍拍臉頰說「想太多也沒用」。

「這種時候，還是來逗逗光太郎提振精神吧！」

花戀說服自己，心理健康也很重要，於是傳了簡訊給光太郎。內容是——

「我會稍微晚一點才到，不要因為我沒去而哭喔，寶貝。」

因為不能外傳的關係，所以花戀沒有在簡訊裡說明晚到的原因。

當然，演出只是一種藉口，這其實是安居的陰謀。

然而，她還不知道，這一則簡訊將徹底破壞安居的陰謀。

光太郎雖然沒有要參加試鏡，卻還是莫名其妙地緊張起來，早早起了床。

正在準備開店的讓二看到光太郎的樣子，一副看到異象的眼神問道。

「怎麼了，你今天不是不用上課嗎……難道是要和我一起看賽馬才這麼早起嗎？」

「怎麼可能，別說笑了。」

讓二平時都會悠閒地做開店前的準備，但星期六日因為想要專心在賽馬上頭，所以會比平時更加俐落。

對此，光太郎也經常嘲笑他：「你是為了週末特攝節目特地早起的小孩嗎？」

讓二看到光太郎傻眼的反應，笑著說是開玩笑的。

「是那個吧？之前來的那個女生要參加試鏡的關係？」

「你怎麼知道？」

讓二得意地笑著說。

「因為我聽說御園生家的老爺子有動作啊。既然不是你去參加什麼試鏡……那就很容易猜到啦。」

光太郎對讓二的推理深感佩服。

「要是叔叔也能把這種推理能力運用在賽馬上就好了。」

光太郎用諷刺的語氣稱讚讓二，讓他不開心地嘟起嘴。

「沒辦法啦，我就是要買自己喜歡的馬……這才是最浪漫的投注方式嘛。」

光太郎雖然知道這家咖啡廳生意不錯，但看到讓二這種花錢方式，還是忍不住擔心。

換好衣服後，光太郎穿著休閒的牛仔褲和T恤，朝廚房走去。

「我只是單純睡醒了，想說來幫個忙。」

「好啊，那就先幫我把圓麵包切個口吧。另外，冰箱裡的肉醬剩多少了？如果不夠的話，跟我說一聲──」

距離試鏡開始還有一點時間，光太郎決定先幫忙店裡的工作，順便打發時間。這時，他注意到手機上有通知。

「花戀同學傳訊息來了……會晚到？咦？為什麼？」

花戀的郵件裡沒有明確說明原因，讓光太郎不禁開始胡思亂想，是否發生了什麼不好的事情。

一旁的讓二偷瞄了光太郎的郵件，臉上帶著意味深長的微笑。

「這是在暗示你，向你求助吧？」

「求助？這聽起來……是不是發生什麼事了？」

光太郎一臉狐疑，讓二則拍了一下自己的小平頭，開始闡述自己的理論。

「我最懂女人心了，這一定是在最終面試前臨時怯場，所以在跟你暗示想要見一面啦。」

讓二說得自信滿滿，但是，由於光太郎深知叔叔的戀愛智商跟仙人掌差不多，因此仍是半信半疑。順帶一提，仙人掌的智商只有2。

「是真的嗎……」

「你還是快點過去吧，這才是男人嘛！」

讓二一臉得意地拍了拍光太郎的背，而光太郎的表情顯得有些不服氣。

「我可不想被叔叔這麼說……」

「而且小心別遲到嘍，如果你要搭電車，要走一陣子才能到車站，巴士班次也很少。開車是最快的，因為高速公路的交流道就在附近，但如果塞車的話就糟糕了。快點出發去替她加油吧！要是遲到就前功盡棄了！」

「你不要隨便幫我立旗啦……確實，還是過去一趟比較保險，我記得花戀家是在——」

接著光太郎傳了訊息叫二郎先去會場，自己則是匆匆忙忙地前往花戀家了。

「哈哈哈哈！所以你就聽了叔叔的話趕來了嗎？哈哈哈！」

光太郎急忙趕到遠山家，迎接他的是大爆笑的花戀。

「叔叔果然一點都不懂女人心……」

花戀看著他那又擔心又鬆了一口氣，表情複雜的樣子，忍不住調侃他。

「呵呵，你有資格說這種話嗎，龍膽光太郎，戀愛智商永遠是個位數的你？」

「為什麼會永遠保持個位數！不過沒事就好，我還擔心了一下。」

花戀聽了雖然很開心，但也意識到現在家裡只剩下他們兩個人，不禁臉紅了起來。

「老天爺為什麼偏偏在這時候立這種旗啊……」

兩人獨處，母親又不在家……光是這樣的狀況就讓她感到一陣尷尬，於是她站起來準備泡茶。

「呃，既然你都來了就慢慢坐吧，我現在去泡茶。」

「不用了……是說妳還不出發嗎？」

光太郎不明白為什麼需要遲到，臉上浮現不安的表情。

「我被通知說，為了演出效果，希望我們晚二、三個小時再到。」

「這麼久？」

沒想到會這麼久，而且「演出效果」這個理由也不對勁，光太郎逐漸升起一股不信任感。

「那個，從這裡到鳳凰會館很近，但容易塞車，開車不知道要花多久。搭電車的話，從車站還要走一段路……」

「是、是嗎？可是對方說會派車過來，叫我放心耶？」

「二、三個小時也太模糊了吧？況且要延後開場時間，主辦單位應該會通知才對。」

光太郎覺得花戀好像是被故意安排遲到，不禁起了疑心。

「可是這是製作人安居先生親自……」

「安居？」

光太郎聽到這個名字，表情瞬間一黑。花戀第一次看到他這種表情，嚇了一跳。

「怎、怎麼了嗎？」

「我有不好的預感，或許無論怎麼等都不會有車過來。」

花戀問他為什麼這麼說，光太郎神情凝重地解釋了他的擔憂。

「以前工會裡頭有一個做過違法勾當的詐騙犯……好像也叫安居。」

「什、什麼？」

光太郎趕緊打電話給應該已經在現場的二郎。

『——喂喂？怎麼了？我已經到了，你再不來就要遲到嘍。』

電話那頭的二郎看到光太郎的訊息，好像很擔心的樣子。

「抱歉，二郎，我想確認一下，開場時間有沒有延後？」

依照花戀的說法，開場時間應該會延後……但很不幸地，二郎的回答印證了光太郎的預測。

『嗯，沒有改啊？話說你現在在哪裡？車站月台嗎？』

「……果然不好的預感總是會成真。其實──」

光太郎壓抑住憤怒，告訴二郎他跟花戀在一起。

『什、什麼？遠山同學還在家！？發生什麼事了？這下可麻煩了。』

「我之後再跟你解釋……等等，什麼東西麻煩了？」

『聽說路上大塞車，開車應該是趕不上了。』

二郎說，交流道附近大塞車，很多人都因此遲到了。

聽到路況不佳，光太郎不禁用手扶額嘆息。

「叔叔真是烏鴉嘴……對路況很熟悉的國立同學在你旁邊嗎？」

光太郎抱著一絲希望，向熱愛鐵道和旅行的國立求助。

然而情況仍然不容樂觀。

『……我剛問過他了，他說電車和巴士都大排長龍。』

「怎、怎麼會！」

一直在旁邊聽著的花戀，聽到這裡忍不住驚呼出聲。

過了一會兒，二郎下定決心，用堅定的語氣說道。

『──我們會負責拖延時間。』

「拖時間……你們要怎麼拖時間？」

『具體的方法等下再想！我會盡量拖延時間，你趕快把遠山同學帶來！』

雖然沒有具體的計畫，但光太郎很信任二郎，因此沒有比這更讓人安心的話了。即使眼前是巨大的困境，他的嘴角仍揚起微笑。

「謝謝了，好友。」

『不用客氣！快過來吧，好友！』

掛掉二郎的電話後，光太郎開始想辦法。

「還是請專業機車外送幫我們載人呢……不行，即使繞開塞車地段也不一定能及時趕上，總之我們先出門再說吧！」

「我、我知道了。」

花戀趕緊整理好儀容，和光太郎一起出門。

「我熟知道帶的捷徑，一定趕得上……早知道就去考機車駕照了……還是要去借越野自行車？不行，那不能載人。」

光太郎焦急地在外頭搜尋著各種方法……就在這時——

「嗯？你、你！怎麼會在這裡？」

「——咦，神林學長？」

神林學長正好騎著自行車從公寓前經過。

他戴著白帽子，穿著圍裙，後座載著外送箱，看來正在送餐途中。

神林看著光太郎，眼神充滿鄙夷。

「你怎麼了？難道是睡過頭了？花戀學妹的盛大演出，你竟然這麼不負責任……我是因為家中有事，只好忍痛放棄，但你竟然在這種重要時刻睡過頭。妳覺得呢，花戀學妹……咦！花戀學妹？」

看到本不應該在這裡的人物，神林差點跌下車。他的表情就像看到鬼一樣。

「妳怎麼會在這裡，不快點出發好嗎，會趕不上喔？」

「那個，其實——」

光太郎向慌張的神林解釋他們在這裡的原因，包含路上塞車以及時間快來不及等事情。

「會因為塞車遲到？這可不得了，這樣我們的花戀學妹不就……！」

「如果有其他方法就好了，要是有機車之類的……啊！」

光太郎似乎想到了什麼，他看著神林——不，是神林騎的外送自行車。

外送用的車身非常堅固，如果把外送箱拆下來，應該就可以載人了。

光太郎深深地吸了一口氣，大聲喊道：「就是這個！」

「什、什麼東西啊，光太郎？」

花戀一臉困惑，光太郎則一邊檢查神林的自行車，一邊詢問。

「那個，不好意思，可以借您的自行車嗎？」

聽到這個請求，感到困惑的人不是神林，而是花戀。

「等等！用自行車就能趕上嗎？而且神林學長還在送外賣耶……」

「——我知道了，拿去用吧。」

相對於疑惑的花戀，神林倒是爽快答應了。

「什麼？……學長，這樣真的好嗎？」

花戀擔心地詢問。

神林鄭重地點點頭，看著她。

「我已經了解情況了。我會想辦法處理外賣，現在是妳比較重要。」

「謝、謝謝你，神林學長！」

光太郎鞠躬道謝，神林則一邊說著「不用客氣」，一邊熟練地拆卸外送箱。

「這不是為了你，而是花戀學妹。但我一定要說一句……」

「你想說什麼？」

神林整備好雙人自行車後，用力地拍了一下光太郎的背。

「這是我們學校的偶像，也是我仰慕的人的盛大舞台，一定要趕上！」

「——好的！我會盡力的！……花戀同學，快上車！」

光太郎自信滿滿地笑了笑，然後叫來花戀，示意她上車。

「我們趕快走吧，沒時間了。」

光太郎想騎自行車載她過去，但花戀卻很擔心。

「現在騎自行車真的趕得上嗎？」

光太郎用力地點了點頭。

「沒問題的，相信我！抓好，別被甩出去嘍！」

「啊，嗯……哇啊！」

花戀剛坐上後座，光太郎就全速踩踏板，衝上道路。

神林目送著兩人離去，想起二郎對他說的話，喃喃自語道。

「彷彿讓別人幸福的精靈啊……接著，外送要怎麼辦呢？」

神林抱著外送箱，自嘲地笑著說：「我這個理應妨礙他們的人到底在幹嘛啊。」

光太郎飛快地奔馳，不斷快速地變換檔位。

花戀為了不讓自己摔下車，緊緊地抱住他。

「光太郎同學，沒問題吧？！」

「目前還行！」

「目前還行是什麼意思？啊哇哇！」

兩人現在基本上是危險駕駛，被警察看到肯定會被攔下來……這樣就肯定趕不上了。

如果還被紅綠燈攔住，那就真的麻煩了。

「所以我要直線前進，走沒有紅綠燈的路！」

「什、什麼、咦！」

花戀正想問他這是什麼意思，下一秒映入眼簾的是——一片茂密的樹林。

「樹枝很危險，閉上眼睛把臉埋在我的背上！」

「我不想這樣把臉埋在我男朋友的背上！我想要更浪漫的情境啊啊啊啊！」

花戀的真心話被樹葉的沙沙聲吞噬。

光太郎全速衝進樹林，一邊在細細的樹木之間穿梭，一邊折斷樹枝，朝著會場鳳凰會館走最短的路徑「切西瓜」前進。

大家應該聽過球掉進樹林發出的「沙沙」聲吧。

花戀耳邊現在就充斥著這種聲音，比5．1環繞音還要逼真，即將到達忍耐的極限。

「好、好險！」

光太郎每次快要摔倒時，就會踢樹幹或地面來保持平衡，這樣子就連彈珠台的彈珠都要自嘆不如。

「不覺得現在很像動畫場景嗎！等一下好像頭上就會出現一個鳥巢！」

「現在這個……不是重點啦啊啊啊啊……」

花戀已經連聲音都發不出來了。

緊接著又有更大的災難降臨在她身上。

「好了！穿過樹林了！」

「終於出來了……咦咦咦咦！！」

眼前豁然開朗，映入眼簾的是一片天空。

下方是一條有著陡峭河堤的河川，他們似乎來到了河堤上。

從樹林中衝出來的同時，花戀覺得自己的心臟也要跟著衝出來了。

光太郎不知道是為了安慰她，還是真的玩嗨了，他用輕快的語氣對背後抱著他的她說。

「妳小時候玩過這種遊戲嗎，用紙箱在陡坡上滑行，好懷念啊！」

「為什麼突然問這個……難道說？」

「偶爾重溫童年也不錯吧！」

光太郎毫不猶豫地騎著自行車下河堤。

「呀啊啊啊！」

兩人隨著重力快速下降，比起騎行更像是滑落。

花戀的屁股飄離座位，整個人像漂浮起來一樣，發出了奇怪的聲音。

「好，我們衝啊！」

光太郎維持著速度，穿過橋，爬上了對面的河堤。

「如果走大橋的話要繞很大一段，這真是不錯的捷徑！」

「……嗚哇……」

花戀整個人都虛脫了，光太郎卻滿頭大汗，後背也汗濕了，但笑得很開心。

「哈哈，這可真是個好鍛鍊！」

花戀聽了，忍不住大喊大叫起來。

「什麼？你是在嫌我胖嗎？」

「不不不，是我運動不足！這是個很好的鍛鍊啊！」

「世界上有哪種鍛鍊，會讓女友的屁股痛到快裂開了？」

到了這個地步，花戀似乎也終於「嗨」了起來，開始享受光太郎這番橫衝直撞。

但是，為了自己而這麼魯莽拚命的「男朋友」，讓花戀回想起那天晚上，光太郎為了揭露工會的腐敗而努力的身影。

「沒錯！我知道光太郎就是這麼亂來的人！」

「是啊！我總是忍不住答應別人的請求，然後做出魯莽的舉動！但是妳有困難的話，即使沒有開口要求，我也會為妳拚命的，因為——」

光太郎深吸一口氣大叫。

「——因為我是妳的『男朋友啊』！」

「……真是敗給你了。」

從背後也能感受到光太郎的溫柔。

「我也會為了你加油喔……因為我最喜歡你了……」

花戀低下頭沉浸在他的溫暖中，自言自語道。

而這句模糊的自言自語並沒有傳到光太郎耳裡。

「——妳有說什麼嗎？」

「有，但別在意！——啊，看到會館了！」

兩人繞過塞車路段，騎了一段路之後出現的是一條長長的坡道。可以看到目的地的會場就在山丘上。

「好啦，最後一段路……咦？」

「啊！」

接下來只剩這段爬坡路了……沒想到就在此時……

嘎鏘！喀啷喀啷……

光太郎腳下傳來不祥的聲音，同時踏板也陷入空轉。

就在最後衝刺、目的地近在咫尺的時候，自行車居然掉鏈了。

「……！我可不會認輸！」

光太郎拚著一口氣不肯在此時停下腳步，他推著自行車繼續往會場邁進。真的是太亂來了。

「光、光太郎……？」

「——呼、呼！……呼、呼！」

都已經到這裡來了，就只剩一步了……光太郎咬緊牙關繼續前進。

但經過這一連串的瘋狂歷程，他的體力也即將到達極限。

看到光太郎不願意放棄的鬥志，花戀從自行車上跳下來，用溫柔的語氣對他說。

「沒關係，光太郎，即使趕不上也沒關係——」

此時——

一聲刺耳的喇叭聲從遠處傳來，打斷了花戀的話。

花戀環顧四周，以為是自己擋到別人的路。

看到一輛熟悉的車子靠近，她驚訝地睜大了眼睛，而光太郎則一屁股坐在地上。

「這、這是怎麼回事？」

花戀一臉困惑，接著從車裡探出頭來的竟然是……

「Hello, everyone.」

青木用流利的英語打招呼，顯得非常高興。接著……桑島深雪從後座颯爽地走下車。

桑島深雪無視了花戀的驚訝，看著光太郎狼狽的模樣，忍不住苦笑起來。

「真是的……快上車吧。」

深雪簡潔地說了一句，催促花戀上車。

「妳、妳怎麼會在這裡？」

面對這個問題，青木面無表情地回答。

「我們也接到製作人的電話，說要我們配合『演出效果』遲到。」

「原來是這樣嗎！」

「不過，這實在太可疑，我們沒有多加理會，就直接進場了。就在這個時候，我們聽到光太郎少爺的同學說，花戀小姐好像會遲到。看到深雪大小姐坐立難安，善解人意的我，馬上察覺到她在擔心，就趕緊開車——」

「青木女士。」

深雪打斷她繼續說下去，她只好假裝咳嗽來掩飾尷尬。

「咳咳……善解人意的我就不多說了。總之這真是太糟糕了。」

「謝謝妳，青木女士，真是幫了大忙了……哇啊啊……」

光太郎鬆了一口氣，向青木表達感謝。

可能是因為放下心來，光太郎腿軟癱坐在地上，站不起來了。

光太郎仰頭向深雪道謝，其實他已經累到笑不出來，但還是努力擠出一個笑容。

「謝謝妳，深雪同學。」

「我可沒想來，我聽到她會遲到是感到很興奮，是青木女士自己誤解罷了……」

「還是要謝謝妳。」

「……這只是我心血來潮，是我的壞毛病。」

深雪轉過頭去，看得出來她在害羞。

青木看了看手錶，發現快來不及了，於是拍拍深雪和花戀的屁股。

「好了，兩位上車吧，沒時間了。」

「謝謝……光太郎呢？」

花戀道謝後，看向光太郎。

光太郎咧嘴無力地笑了笑。

「我先休息一下再出發。況且也不能把學長借給我的自行車放著不管。」

於是黑色的高級轎車載著深雪和花戀揚長而去，留下光太郎一人。他看了看手錶，深深地嘆了一口氣。

「接下來就看二郎可以爭取到多少時間了……」

光太郎看著靠在路邊草叢裡的自行車，抓了抓臉抬頭望向天空。

「這下要被學長罵了……」

光太郎看著飄過的雲朵，沉浸在舒適的疲勞感中，微微一笑。

最終面試會場「鳳凰會館」。

當地電視台開台週年紀念電視劇，其中一個重點計畫「公開試鏡過程」獲得廣大迴響，因此今天館內擠滿了觀眾。

除了一般觀眾，還有參賽者的親友、劇團以及演藝圈人士、贊助商等相關人士到場，足以窺見這次的試鏡在各行各業間引起極大注目。

「哎呀，真是盛況空前呢，白澤導演。」

鳳凰會館後台——

安居跑來和正在喝咖啡的白澤搭話。

這個人會跑來搭話肯定沒好事……白澤升起對安居的戒心，將咖啡一飲而盡，準備好接招。

「是啊，看到企畫這麼受歡迎，辛苦也值得了。」

「這大概是託了桑島家的千金和那位讀模之間的唇槍舌戰帶來的吧，不過呢……」

說完開場白，安居將身子越過桌子繼續說道。

「當討論度越高，萬一電視劇失敗時就會跌得越重，淪為網路的笑柄。保險起見，我認為我們應該還是要先以品質為重，所以——」

接著安居推薦了那間曾經招待他，希望他打通關係的公司藝人，絲毫沒有要避嫌的意思。

白澤表示理解，但還是這麼回答道。

「我明白安居先生比較重視資歷，但我想根據今天的面試再來判斷。」

白澤深信，花戀和深雪兩人將背負這齣電視劇的命運，公開試鏡影片造成的迴響就是證據。

然而，面對認真的導演，安居卻得意地笑著對他潑冷水。

「啊～不過呢，今天可能無法期待那兩個人嘍。」

「為什麼？」

「她們好像會遲到，直到現在都還沒現身的話，應該是沒戲唱了。」

「怎、怎麼會！」

「這代表她們眼裡根本不重視這個機會吧，真是太遺憾嘍。」

安居嘴上這麼說，臉上卻掛著得意的笑容，顯然是搞了什麼小動作。

「我懂您的考量，當紅讀模加上大地主千金，光看頭銜就足以造成話題，若還能讓她們之一主演就完美了……但是她們連來都沒來呢——哎呀？」

白澤看著安居得意忘形的嘴臉，感到非常沮喪，此時有一群不速之客造訪休息室。

「「「對不起，打擾了！」」」

突然有一群人魚貫而入……他們是光太郎的同學。

「你、你們是什麼人！？」

面對突如其來的狀況，安居不禁擺出備戰姿態，接著二郎代表班級出面鞠躬。

「真的很抱歉我們擅自闖進來，也知道這麼突然會造成各位困擾，但是我們的朋友似乎會晚一點到，請問是否能拜託各位通融一下，稍微把開始時間稍微延後一點呢？」

「「「拜託了！」」」

是那個讀模還是千金的朋友嗎……安居猜到二郎等人的身分，高聲回絕。

「什麼？當然不可能啊，我們的時間很寶貴的！要是耽擱的話就付錢呀，付錢！」

安居一心想要淘汰兩人，因此提高了音調，但二郎等人還是不死心地拜託。

「拜託了，請您通融一下！」

緊接在二郎之後，魁梧的仲村渠也鞠躬拜託。

「求求您了，無論要暖場還是什麼，我們都願意做，我會跳沖繩舞蹈！」

「我說你們啊，說什麼暖場、願意做任何事……沖繩舞蹈又算什麼？」

安居一臉厭煩，接著國立也低頭了。

「我也可以背誦從東京車站開始的在來線所有車站名稱。」

「還可以搭配阿爾卑斯一萬尺快速背誦！」（註：日本童謠。）

「我，很擅長，劍玉。」

當山本．沃夫查欽．雅弘說到「劍玉」這最後一根稻草，令安居差點忍不住想吐槽……最後卻忍住了。

因為他們是認真的，而且非常拚命。

「我說你們啊……」

正當安居想著要怎麼將他們趕走時——

「這裡在吵什麼？」

這個聲音讓現場的空氣瞬間凝結。

眾人轉身一看，只見一位身穿和服外套、威嚴十足的老者站在那裡。

安居製作人臉色大變，驚呼道。

「御、御園生會長！您怎麼會在這裡……」

「──「御園生？」──」

接著老人對大吃一驚的二郎等人自報姓名。

「我就是御園生集團的會長，御園生鐵平太。」

鐵平太目光銳利地掃視四周，撫著鬍鬚，這位不允許任何妥協，一手重振集團的財界大老，散發著一股威嚴的氣勢。

「我只是來打聲招呼……這是怎麼了？」

安居為了不惹怒贊助商，急忙低下頭。

「對不起！我馬上……馬上把他們趕走！」

然而，二郎卻將會長的到來視為好機會，大膽地開始與鐵平太談判。

「冒昧打擾，請您允許我們稍稍延遲一下今天的試鏡開始時間！」

「喔？」

「我們的朋友正想方設法，努力讓他的女朋友能趕上試鏡，他為了女朋友真的很拚命……只要一下下就好了。」

丸山接在二郎後頭，稱呼天下無雙的御園生為「爺爺」，雙手合十，深深鞠躬。

仲村渠、國立、山本也紛紛效仿。

「求求您了，為了我這位像沖繩西薩一樣心胸寬廣的朋友！」

「遲到當然不好，但還請您睜一隻眼閉一隻眼！聽說在義大利，火車誤點是很理所當然的事情！」

「我……想要向『光太郎』……報恩……」

光太郎三個字，觸動了鐵平太的內心。

「……你說，光太郎？」

「——好了，你們快點離開，我們是不會延後開場的！」

製作人粗暴地趕人，沒想到鐵平太卻出聲制止。

「……先等等。」

「什麼？」

「我有點好奇，就讓我聽聽你們想說什麼吧。」

鐵平太不顧目瞪口呆的安居，用銳利的目光開始詢問二郎等人。

「你們說是為了朋友？你們應該知道我是誰吧，那你們怎麼願意為了那個『朋友』如此拚命呢？」

「噫噫噫！」

鐵平太用嚴厲的態度問話，嚇得安居抱著自己顫抖……

鐵平太是難得一見的人才，在財經界的影響力可與桑島家抗衡，甚至有著「被瞪一眼就別想在城裡繼續混了」的威名，散發著一股老謀深算的劍客般的氣息。

然而二郎、丸山和其他同學們卻毫不畏懼地和鐵平太談判。

「那傢伙幫過我們很多次。」

「雖然大家都戲稱他是『不懂拒絕的男人』……而他乍看之下優柔寡斷，其實是個非常老實能幹的人……」

「他從來不會表現出厭惡，倒是會一臉無奈，但不管什麼事情，他都會盡心盡力幫到底。」

「受過他幫助的人多到十根手指頭都數不完！」

「我，被光太郎，幫過好幾次。」

二郎等人滔滔不絕地稱讚著光太郎，讓鐵平太露出慈祥的爺爺微笑。

眼前的孩子們不是在說場面話，而是真心誠意地在誇獎自己的孫子，打從心底喜歡他，也是真的想要盡一分心力幫助光太郎，這讓「寵孫魔人」的鐵平太也對他們有了好感。

鐵平太收起笑臉，用威嚴的聲音回應二郎他們。

「很抱歉，我不能因為『朋友會遲到所以想延後開場』這種理由就答應你們。」

「那、那怎麼辦……」

鐵平太堅定的態度，讓同學們陷入不知所措。

但是老人接著開始撫著鬍鬚，像是在自言自語般繼續說。

「——但是，我突然想對在場的來賓和相關人士稍微說幾句話了，這跟你們無關喔。事情就是這樣，製作人先生，開場前可以先給我一點時間嗎？」

這個破天荒的提議，令同學們驚訝得面面相覷。

「啊，可是……這……」

而安居也被這個提議嚇得目光閃爍，臉上明顯擔心自己為了一己之私，要陷害那兩人落選的陰謀會因此失敗。

鐵平太見安居遲遲不肯點頭，他用低沉的聲音再次詢問。

「錢的問題我會處理，你只要點頭答應就好，懂了嗎？」

「啊！好的！我、我明白了！」

御園生集團的會長，這位業界大老施加的壓力，讓安居只能點頭照辦。

二郎等人也對鐵平太的慷慨相助低頭感謝。

「「「真……真的非常感謝您！」」」

「哎呀，你們在說什麼呢，我只是突然想說說話而已。」

鐵平太笑著離開現場，並開心地自言自語。

「光太郎這小子交到了很好的朋友，光是知道這一點我就很滿意了。」

接著鐵平太將開心地大喊三聲萬歲的孩子們留在原地，拿出自己的筆記，抓了抓頭說：「這下我得好好準備演講了。」

除了鐵平太，現在還有另外一個人被這群年輕人給感動了。

「真是熱血……」

那個人就是白澤導演。正當他準備放棄挑戰，走上輕鬆的道路時，恰巧看到這群年輕人無畏

「御園生」在地方的龐大勢力，對會長提出請求。當他們成功克服巨大難關時，白澤身為創作者的靈魂被觸動了。

「網路評價算什麼，我是為了拍出好作品才踏進這個圈子的，我也要像那群年輕人一樣堅決不放棄……」

白澤默默地重新燃起鬥志，低聲對自己說「別再顧忌他人臉色，拍出好作品吧」。

在前往會場的車上——

「恕我多嘴，車內的氣氛實在太糟糕了。」

車內瀰漫著難以言喻的尷尬氣氛，連青木都忍不住抱怨起來。

深雪只是將雙手放在腿上，一直看著窗外。

而花戀可能是因為疲憊加上緊張等原因，一直低著頭。

沒想到安靜這件好事偏偏在今天造成反效果，如果今天開的是本家那台引擎很吵的車子就好了，至少還能有一點聲音……車內沉重的氣氛讓青木不禁如此想著。

噗嚕嚕——

在一段冗長的沉默之後，深雪率先打破這個氣氛。

「真是的，妳在這種奇怪的事情上也太容易被騙了。」

「我有在反省……」

「妳怎麼會被這種小手段騙到呢，都當模特兒、在演藝圈打滾多少年了啊！」

深雪停了一下，繼續說道。

「我聽說了，妳從國中就開始模特兒的工作好維持家計。我也知道妳是當紅的模特兒，還被稱為讀模ＩＣＯＮ。」

「……對。」

「老實說，我很羨慕妳。」

「什麼？」

沒想到深雪居然會說這種話，花戀不禁懷疑自己聽錯了。

深雪像是在傾訴一般開始說起自己的遭遇。

「我因為身體不好，所以一直被周遭的人說我不適合繼承桑島家。還是花戀小姐比較好，真希望她能回來，她個性直爽又開朗，還是個模特兒……哪像深雪大小姐，個性陰沉又恐怖，摸不透她在想什麼，太恐怖了，不是突然興奮起來就是突然發出怪聲，真的很恐怖……總之她渾身都是缺點。」

「妳會發出怪聲嗎……」

「還不是因為旁人一直叫我應該開朗一點，所以我才會發出『殺！喔拉！』的喊聲，沒想到他們居然說我會發出怪聲，真是遺憾。」

喪。

深雪剛才那段話裡足足提了三次恐怖，顯示周圍的人真的很怕她，而她也為此感到相當沮

深雪為此一直有自卑感，花戀終於理解她被召到桑島家時為何會被疏遠的原因了。

「所以妳才會突然對我一百八十度大轉變啊，我還想說小時候明明感情很好的……」

「因為我太幼稚了，無論以前還是現在都是。」

雖然有點猶豫，但花戀也趁此機會闡明自己對光太郎的傾慕。

「我之所以會喜歡上光太郎是因為——」

於是花戀像是在述說英雄故事一樣，將工會害她可能得放棄讀模的工作時，光太郎是如何揭露這些惡行一事，說給深雪聽。

深雪聽著光太郎的英勇事蹟，聽得如痴如醉，但是很快就又恢復認真的模樣。

「我完全可以理解，但這是兩碼子事，很抱歉，我還是認為我更適合他。」

「哈哈哈，這我可不能讓給妳。」

花戀一邊說著一邊望向遠方，彷彿在回想被光太郎告白的那天。

就在兩人聊天的過程中，車子到達會場。

而同學們也在停車場等待花戀抵達。

看到他們每個人都在笑著，像是在迎接英雄凱旋歸來的氣氛，深雪不禁感嘆。

「看來他們成功爭取到時間了，真不愧是光太郎大人的朋友。」

看見自己擁有光太郎和這群可靠的夥伴，花戀也不禁露出微笑。

「就是啊，我真的是個幸福的人。」

花戀滿懷感謝，有些哽咽地下了車，接著轉身面對深雪。

深雪也沒有迴避她的視線，直直地看著花戀的眼睛。

「……讓我們分出高下吧。」

「……我們彼此加油吧。」

無需過多的話語，兩人都露出了豁然開朗的表情，急忙趕往後台休息室。

「真可惜，再多一點時間，兩人說不定就能和解了呢。」

青木悄聲說著略帶壞心眼的話，目送兩人進入會場。

會場裡頭掀起一陣彷如風吹過竹林的騷動聲。

原因就是重要人物登場了，說她們兩人是今天的重頭戲也不為過。

遠山花戀，以及桑島深雪——

公開試鏡影片整體的觀看次數都很高，其中這兩人出場片段的播放數更是無人能及，尤其資深讀模和真實千金鬥嘴的片段引發前所未有的轟動與關注，甚至還登上了網路新聞。

如今兩人都抵達會場，也難怪眾人期待無比。

這樣熱鬧的氣氛，以及鐵平太突如其來的護航，讓接受私下招待，必須將對方藝人拉上位的安居感到焦慮不已。

「要是因為這些多管閒事的人，害我的計畫泡湯就慘了……也罷，一個土包子讀模，和一個暴發戶千金……我才不信她們的演技能有多好。」

安居如此說服自己，讓自己冷靜下來。

另一方面，導演白澤的眼神中則是充滿前所未有的熱情。

「拜託了，希望妳們展現出超越上一回的表現，最好掀翻整個會場，把旁邊那個惱人的男人，把全部人的眼鏡都打破吧……啊，但千萬不要太過火啊。」

白澤在心中補充「適可而止就好」這種稍嫌自私的條件，接著就抱著手臂看著台上的兩人。

然而深雪渾然不知導演內心有如此的期待與不安——

「開戰了。」

她的雙眼充滿激情，放出紅光。她的腦海裡已經不管試鏡或是演技，只是充滿了「要和花戀分出高下」「勢必要將光太郎，將我的神納入囊中」的思緒。

要是她手上有刀，肯定會到處亂揮。花戀看著陷入狂戰士狀態的表親，不禁苦笑。

與此同時，她也驚訝於自己站在這樣的大舞台上，竟然沒有半點緊張。

「是因為早上嚇得一直尖叫，讓我沒有多餘的力氣緊張了嗎？這也是多虧了光太郎呢。」

為了報答不願意半途而廢，全力支持自己到達此處的光太郎，花戀鼓起幹勁，並看向深雪的方向。

那個在小時候，每天玩在一起的女孩，如今就在自己身旁。這讓花戀覺得，這場試鏡就像是睽違已久的「扮家家酒」，因此心裡比起緊張，更多的是一種興奮期待的感覺。

花戀露出帶著稚氣的笑容，仔細端詳著舞台。

所有的聚光燈都照著她們，光線刺眼奪目。

而且舞台也因為照明的關係變得很熱，她能感受到自己的臉頰一下子紅了起來，連指尖和腳趾都充滿熱血。

（至今從未有過這種游刃有餘的感受。）

花戀至今總是為自己的演技感到走投無路，今天卻能從頭到腳都保持冷靜自如。

現在的自己可以演出任何角色……她不禁這樣覺得。

「那麼請各位參賽者，分別報上自己的號碼和簡單自我介紹一下。」

在主持人的提示下，包含花戀在內的六個參賽者走上台，從最旁邊的人依序開始自我介紹。

「好的，我是22號——」

可能是為了電視節目播出方便，首先和二次面試一樣先簡單自我介紹，再介紹自己的特色，

但是——

現場發出議論紛紛的嘈雜聲。

但這次的舞台遠比二次面試更大，觀眾也更多……可能是因為緊張，正在自我介紹的女孩

子，雙腿止不住地顫抖。她的聲音也飄忽不定，很明顯地「被吞沒」了。

她的緊張似乎感染了其他參賽者，眾人的表情逐漸變得僵硬。

（若是以前的我，肯定會被這種氣氛「吞沒」……可是——）

花戀握緊拳頭。為了陪我練習的1年A班同學們，飯田老師，還有——

「我會加油，光太郎。」

為了以男朋友身分支持自己的光太郎，花戀在心裡按下開關。

緊接著輪到花戀。

「——下一位。」

在主持人介紹下，花戀向前邁出一步。

她深吸一口氣，拋開心中的拘謹，展現出一如既往活潑開朗的樣子開始自我介紹。

「大家好～我是43號遠山花戀！眾所皆知我是個讀者模特兒，但除了模特兒，我也要涉足演員的圈子，在裡面狂奔嘍！請多多指教！」

——嘩！

花戀充滿個人特色的自我介紹，讓會場頓時歡聲雷動。如果是普通的試鏡，這種刻意討好觀眾的表現通常都會踢到鐵板。如今場內的觀眾大概超過半數都是看過試鏡影片的人，因此觀眾基本上都知道她就是那個和千金吵架的「活潑美少女模特兒」，也吸引了不少粉絲。

「花戀同學！」「花戀！」「我們會支持妳的～！」

會場內出現各種聲援，其中也包含了丸山和1年A班其他同學的聲音。

那些喝彩聲中，花戀像是一位貴族般揮手回應。

「幹嘛那樣揮手！」「又不是王室成員！」「哈哈哈哈！」

現場的氣氛宛如處於健美比賽，充滿了各種歡呼。

營造出這樣的氛圍，就是她的「天賦才能」。

花戀露出燦爛的笑容，導演和評審們紛紛點頭，急忙在手邊的資料上記下筆記。

唯有一個人，只有安居對這個空前盛況露出焦躁的神情，狠瞪著舞台。

「哪怕妳在談話中表現得不錯，最後還是得看演技，我就等著看妳丟臉！」

儘管安居在一旁咬牙切齒地啃著指甲，明顯陷入焦慮，試鏡還是如火如荼地進行著。

「哇啊，好熱烈的聲援場面，看來不只是親友，妳甚至已經有粉絲了呢。那麼接下來有請44號……」

就在主持人叫到號碼的下一秒——整個會場瞬間沉默下來。

彷彿是一位將要進行嚴肅演說的重要人物即將登台一般，寂靜籠罩了整個會場。

如果花戀出場是「讓會場充滿了黃色的應援」，那麼現在應該就是「藍色的寂靜籠罩著會場」吧。

歡聲雷動與肅穆集中……兩種完全相反的魅力特質。

在這片寂靜中出場的人，理所當然——

象。

「我是44號，桑島深雪。」

與大地主和政治家等有深厚關係的桑島家千金，桑島深雪登場。

照理她應該坐在VIP席，而不是站在舞台上。更何況她來參加試鏡這件事本身就難以想象。

她身上散發出與花戀完全不同的氛圍，並恭敬地行了一個禮。接著場內自然而然地響起掌聲，大家都莫名有股必須鼓掌的衝動。

「——請各位多多指教。」

「……好的，現在請說一下妳的抱負吧。」

在掌聲逐漸平息之際，主持人問起深雪的抱負。

深雪面不改色地指向身旁的花戀。

「我會讓大家看到不比旁邊這位遜色的表演，就這樣。」

——喔喔……

這番宣戰讓現場一片嘩然。

這個乍看彷彿天使的千金小姐，卻對著一個充滿活力的讀者模特兒發出挑戰，這種反差引人注目，對某些人來說更是無法抗拒。

雖然不知道兩人間有什麼過節，但是兩人確實有著激烈的競爭火花。在場所有人都想知道背後的故事，也想看到激烈的競爭……這可能是觀眾們最為集中關注的一刻。

「醜話先說在前頭，我們必須公平地審視大家的演技……暫且不論週年企畫，如果端出平凡無奇的演出，想必觀眾也會感到厭倦。因此我們需要選擇一個精彩一點的設定……」

導演開始煩惱該為即興演出項目設定什麼樣的條件。

花戀則是在舞台上挺直身子蓄勢待發。

「沒問題，我和大家一起練習過了，無論是什麼設定都沒問題。」

深雪也閉上眼睛，壓抑激動的心情。

「無論是什麼角色我都能演，就算是章魚還是蟋蟀、灶馬還是或者鴯鶓，只要導演出題我就能即興演出。」

評審們可能會出一個不符合千金身分的題目，但深雪也已對此做好心理準備，如此喃喃自語著。如果青木聽到她這麼說，她可能會說「要是題目是鴯鶓，就能看到大小姐朝著太陽奔跑去的模樣了呢」並一臉正經地拍攝影片。

白澤導演一邊用筆壓著太陽穴，幾經思索終於提出了一個情境設定。

「那麼……就請各位演出『爭奪同一個男人的修羅場』吧。」

這個題目讓會場的觀眾們既期待又怕受傷害地騷動不已。

雖然不知道選擇這個題目的原因，但如果讓原本就已經處於對立狀態的花戀和深雪，即興演出這樣的題目，會發生什麼事情呢……最嚴重可能會引發流血事件吧……

這個情境就像是讓兩人戴上拳套，扔進擂台讓她們自由對打一樣。

如今會場內的氣氛，彷彿是大型恐怖片放映前，或格鬥家的世紀對決開戰前一刻。

沒想到，兩個當事人不像觀眾一樣緊張，反倒像是鬆了一口氣的樣子。

「啊啊，這樣就沒問題了，害我這麼擔心。」

「就是啊，還好是這種題目，白擔心了呢。」

兩人的反應其來有自，畢竟她們真的在爭奪同一個男人。

對於已經準備好無論遇到什麼情況都要演出，贏過對手的花戀和深雪來說，這幾乎就像是被告知「不用演」一樣。

「那麼就請各位開始吧。」

當主持人宣布開始後，大部分的參賽者都在觀察情勢，除了花戀和深雪。

其他人會怎麼詮釋，要不要配合演出，還是在別人出頭之前先殺出重圍……大家都在彼此觀察試探，因此舞台上會產生一段尷尬的空白時間。

但是，正如前面多次提到，這個題目對花戀和深雪來說，根本已經不能算是題目了。對於她們來說，這個題目幾乎是讓她們直接在舞台上爭論，不需要考慮上述問題。

率先行動的是深雪。

「雖然我已經說過很多次了，如今藉此場合再度重申，妳和他並不相配。」

一開口就是尖銳的言辭。

深雪揮出的不是什麼軟趴趴的拳頭，而是一記強力的直拳重重地揺在花戀身上，讓會場頓時陷入沸騰。

不需要白費功夫試探，她就是要打倒對方，是一場名副其實的「修羅場」。會場內開始出現「那個千金小姐的演技很厲害耶」的聲浪！

當然，這完全不是演的，這些尖銳的言辭都是出自本性。

那是完全出自真心的發言。花戀聽到深雪發自真心的言論，也顧不得現在是在試鏡，開始生氣地反駁。

「什麼？我不懂妳想表達什麼耶？真的完全不懂，就像學三角函數到底對生活有什麼幫助一樣令人摸不著頭緒。」

對此，深雪輕描淡寫地回應道。

「我一直認為，比起抱怨有沒有用，更重要的是思考如何利用它。從這個意義上說，我覺得妳這種安於現狀的被動心態根本就配不上他。」

「哎唷，那太遺憾了，收到告白的人可是我這個被動的人呢。」

「嗚！」

深雪本以為可以一招斃命，沒想到卻遭到花戀的反擊。

她捂著胸口，單膝跪地，像是被槍打中一樣。

其他的參賽者完全跟不上這兩個人的演繹。現在明明是即興表演，但兩人的演繹就像是已經排好了一樣，令其他人抓不到切入的時機。

看見兩人行雲流水的演出，白澤導演忍不住讚嘆。

「太厲害了！居然能在即興表演當中互相配合對方的設定，真是了不起的即興能力！而且演得就像是真的在爭風吃醋一樣……沒想到居然可以在這裡目睹如此厲害的表演。」

因為她們是真的在爭風吃醋，既不是表演，也不是什麼臨場反應。

要是沒有「試鏡」這個濾鏡，就只是單純在吵架罷了。

但是，兩人愈是認真地想要用言語擊敗對手，觀眾的評價和氣氛就會急劇上升。

拳拳到肉的言語交鋒，彷彿是專業桌球賽的來回對打一樣，毫無停頓地你來我往。

此時有其他的參賽者決定硬是加入兩人的互動當中——

「那、那個，我也對那個人……」

「「妳說什麼？」」

「對不起！」

就會像這樣被一句話打敗。兩人現在都忘了自己是在即興演出，把妨礙她們吵架的人都排除在外。

這樣的默契和合作讓會場內陷入沸騰，簡直就像兩人的專場。

「或許他是對妳告白了，但我確實也有感受到他的愛意，雖然沒有化作實際的言語，但我仍然能切身體會到……」

話還沒說完，花戀就打斷她。

「天真，真是太天真了～」

「什麼天真？」

「沒錯，就像把中元節和新年、把Happy Birthday和Happy New Year混為一談還沾沾自喜一樣天真。」

新年和Happy New Year是一樣的……但花戀並沒有給深雪吐槽的機會，而是繼續滔滔不絕。

「他不管對誰都一樣會笑著溫柔以對，所以妳才會產生錯覺……大小姐，妳只是至今都誤以為那是只對妳露出的笑容……我的天啊真是太尷尬了，是不是該貼個藥布緩一緩啊？當然是貼在腦子裡。」

花戀靠近深雪，做出貼藥布的動作挑釁對方。緊接著又展現了撕藥布時黏得滿手的默劇演出。

其實這些小動作單純只是對深雪的挑釁，但是卻把會場的氣氛推向更高潮。

而深雪對此也沒有要認輸的意思。

「想必妳也有所誤會吧？」

「誤會什麼？說來聽聽啊。」

「那麼我就明說了，首先，那位是『神』，不屬於任何人。」

這突如其來的言論讓原本氣氛熱烈的會場瞬間沉默下來。

「什麼？神？」

儘管周圍的反應尷尬，深雪反而開始熱情地說起光太郎＝神的話題。

「他的話拯救了我，他的話語就是真言。若他希望要蓋神社，我定立刻申請許可並成為那裡的管理者！」

深雪這段發言實在太不正常，常人聽了應該都會退避三舍。

但是現在是即興表演環節……

「這個即興演出太新鮮了！她是天才嗎？」

「她的讚詞用字也很新奇……真是詭異又迷人的演技。」

放在平時會令人退避三舍的發言，在這裡卻被視為聰明的表演策略。

「他怎麼可能會想要被供奉在神社裡！這根本是在找人麻煩吧！」

對此，深雪面無表情地看著花戀。

「當然，如果那位不願意的話，我也會馬上停止。神的話是絕對的。」

猶如狂熱信徒般的語氣和沒有光彩的眼神……在場幾乎所有人都被深雪的氣勢壓倒。

「若能重新來過，我甚至願意成為他房間的牆壁，一直看著他。」

「萬一他搬家怎麼辦？」

對於花戀不懷好意的問題，深雪一副受不了她的模樣。

「妳真是沒有想像力。」

「我可不想被一個夢想成為牆壁的人說沒有想像力。要是這麼想看，就儘管看吧，在牆壁裡好好欣賞我和他的同居生活。」

「那麼我也會將妳拖進牆裡解決掉的。」

「妳是塗壁妖怪喔！原來妳想轉生成妖怪嗎？水木老師聽了都會嚇一跳吧？」

這段妖怪言論著實令人意想不到。深雪那似真似假的模樣，會場中開始有觀眾發出「那真的是演的嗎？」的質疑聲浪。但是隨即又被「這如果不是演的，就真的是瘋子了」這種合理的反駁壓下來了。

深雪面無表情，用著比以往更低的聲音接近花戀。

「換句話說，我敢如此發誓……我願意為他奉獻一切。如果必要的話，我可以蓋神社，甚至轉世為妖怪也在所不惜。我才想問妳——」

「什、什麼……」

「妳又有什麼樣的覺悟呢？如果只是為了自己開心才和他交往……那麼我沒有理由將他拱手讓出。」

這個問題可說是一針見血。

自己究竟能為了光太郎做什麼……花戀滿腦子都是對光太郎的傾慕之情，從沒有想過自己能為了他做些什麼，因此她一時也答不上來。

「快點說來聽聽，有本事就說服我啊！快點！」

接著花戀開始小聲地說。

「我確實有想過，自己能為他做些什麼……的確，或許我不像妳，有能力為他做任何事，不可能替他蓋一座神社。」

這句話讓全場觀眾笑出來，還有人吐槽幹嘛拿蓋神社來比較。

但現在非常認真的花戀，對這些反應充耳不聞。

「所以，我想像他一樣成為一個能拯救他人的人。我想成為能帶給他人笑容的人、遇到有困難的人能夠伸出援手的人……可以為和以前的妳一樣的人帶來歡笑的人。」

——為了更靠近「傾慕」的光太郎。

——所以才會來參加試鏡。

將他當成神，捧得高高在上……花戀從未有過這種想法，而是想要和光太郎並肩而行，想要和他一樣。

這番言論彷彿刺穿深雪的心。

「妳辦得到嗎？」

深雪露出疑惑的表情。

花戀不假思索地回答。

「這是我的目標，雖說我現在能做到的也只有盡量小心不要讓他被奇怪的人給利用了。像他那樣願意無私奉獻，體貼過頭的人，我實在是放心不下。」

對於這點，深雪也大力點頭以示贊同。

「就我所知，他已經幫助了很多人……我相信他一定能成功，就是擔心他會不會被不肖人士給騙了，只有這一點令人擔心呢。」

「就是說啊，他就是一副傻呼呼又好騙的樣子，感覺很容易吸引奇怪的人，太危險了。」

「他笑起來真的就像個寶寶一樣可愛，同時也是一個缺點，真是太諷刺了。」

「他確實是娃娃臉，但也很有男子氣慨，這個落差也令人無法自拔呢。」

「沒錯，我也能體會。他那尊爵不凡的神祕氣質，說是教堂天花板上的天使或神的肖像畫也一點都不為過。」

這段對話讓會場嘈雜起來。

劇情的發展逐漸從修羅場變成「炫耀我喜歡的人的優點」。

兩人之間簡直成了喜歡同一個偶像的粉絲一般。

戀愛的競爭對手，換個角度其實就是同好——兩人爭風吃醋的修羅場，在不知不覺間變成喜歡對方哪些優點的粉絲交流會。

兩人開始正視彼此，說著對光太郎的愛。稍後，她們意識到彼此的目光交會，有些害羞地低下了頭。

過了一會兒，深雪開始吐露真心話。

「其實，這些包含我某種程度的自以為是，對妳的怨恨也是……但是，我仍然認為我更適合他。」

「我會努力成為能和他並肩而行的人，我有和他相知相惜的覺悟。」

「……真奇怪，為什麼聽到妳這麼說，我會覺得有點高興呢？」

「這是……妳把我當成良性競爭對手了，對吧？暫且先把私人恩怨放一邊。」

比起身體孱弱的自己，花戀更適合他，應該盡快讓她回到本家——

因為總是被周遭拿來比較，不知不覺就覺得自己應該將她視為眼中釘——

但在這幾天下來，她自己也隱約發現這些都只是自己內心的小劇場——

深雪深吸一口氣，露出一個坦然的笑容看向花戀。

「我們可以像這樣一起談笑風生，也都多虧了他呢。」

「是啊，都是因為他。」

「就先維持現狀吧，總有一天……」

「我發誓我會不斷精進自己，直到獲得妳和他的認同。」

接著兩人緊握彼此的雙手。

「憑自己的能力為表演畫下完美的句點，劇情結構也很出色。」

導演在看完這一連串的演出後如此評價，當然這一切都不是刻意安排的。

兩人是真的自然而然地化解了長久以來的隔閡。

「——好的，到此為止。兩位的即興演出真是太棒了。」

主持人抓準這個大團圓結局的時機，出聲讓演出告一段落。

花戀和深雪依然握著彼此的手。

這個景象讓現場觀眾掌聲雷動，大家開始熱烈討論女主角究竟會由花戀還是深雪奪下。

「可惡，這個氣氛……」

一旁的安居製作人顯得對此結果非常不服氣。

從當下的氣氛看來，一定會是花戀或深雪其中之一獲勝，這對私下接受其他公司請託的安居而言簡直是重大危機。

「我這邊可是牽涉到大筆金錢的，我甚至像『那時候』大肆揮霍，以取得對方的信任，眼見就要水到渠成了……！沒辦法，這下只能動用我的人脈——私下解決那兩個人——」

安居將歡聲雷動的會場拋在後頭，拿出手機跑到會館外面，嘴裡嘟囔著危險的發言。

此時有人拍了拍他的肩膀。

「你怎麼了？」

「御、御園生會長！」

出現的是本該待在VIP座位觀看試鏡過程的御園生鐵平太。

御園生集團的會長為什麼要特地離開會場找他，這讓安居頓時陷入不安。

鐵平太撫著自己的鬍鬚，一邊低聲說道。

「真是一場美妙的表演，看過的人都會被她們的表現吸引……那其中想必也有一點真實的成分吧。能讓觀眾有這種想法，代表她們有成為好演員的潛力，請評審們一定要做出公正的判斷。」

公正的判斷——面對鐵平太像是忠告的發言，安居只想趕快敷衍過去。

「啊啊，這是當然，我們定會嚴格審查遴選的，無論把場面炒得多熱絡，若是參賽者有什麼爭議，我們肯定會取消資格的。」

安居嘴上說得客氣，但腦袋裡不斷盤算該如何踢掉花戀她們。

鐵平太似乎感受到了這一點，他帶著失望的口氣說道。

「有爭議的參賽者……」

鐵平太在業界打滾多年，手腕高超，對「這種人」已經見怪不怪，此時他似乎也已經看透眼前這個製作人的人格了。

「這話，指的究竟是誰呢？」

鐵平太的眼神霸氣橫溢。安居感受到威脅，像是個被訓斥的孩子一樣開始找藉口。

「我、我們接下來要調查參賽者的背景，若發現有什麼爭議——」

「既然如此，最應該先被取消資格的人，不正在眼前嗎？」

鐵平太嚴厲地說道。

被人一語道破，安居嚇得只能發出一聲小小的驚嘆。

「剛才，依據可靠的消息來源，似乎有個騙子混進了業界，又開始搞鬼了……」

「您、您是指什麼？咦？咦咦？」

安居試圖糊弄過去，此時電視劇製作組、贊助商、電視台高層等相關人士從鐵平太身後出現，一同瞪著他。

「安居製作人，我聽說你有詐欺的前科。你的名校學歷也是假的，這可是紮紮實實的學歷詐欺，我更聽說你和黑社會有掛勾？」

「是、是誰洩漏的消息！啊，不，這是……」

安居此時總算是露出馬腳，鐵平太則是冷冷地看著他。

「我記得你正在緩刑期間？要找藉口等到了應該去的地方再慢慢說吧。我在警界也有人脈，我會請他們讓你好好說、說個夠，算是給你的特別服務。」

「這、這種服務就——」

接著曾被他頤指氣使的劇組人員和電視台人員，從兩邊架著他，趕出了會場。

與此同時，其他電視台高層則是對鐵平太深深地鞠躬道歉。

「沒想到居然會有這種人混進來，如果不是御園生會長發現，可就麻煩了。」

對此，鐵平太則是寬容地沒有追究責任。

「反正我也難得收到孫子的訊息，就扯平了。不……說不定是我贏了呢。」

「呃……孫子？」

電視台高層沒想到鐵平太其實這麼寵孫，同時看傻了眼。

鐵平太清了一下喉嚨，趕緊將話題拉回試鏡。

「對了，今天的試鏡，那兩個小姑娘是不是難分軒輊？」

「啊，是的，因為真的分不出高下，白澤導演現在正煩惱著呢。」

鐵平太聽到之後提出一個建議。

「那麼，你們要不要聽聽我的提議呢？雖然這樣就必須改天才能公布結果……但是我希望導演和編劇能聽我一句老人言。」

「如果是御園生會長的要求，我們當然會照辦！」

接著電視台高層馬上召集了導演和編劇，以及劇組主要相關人員。

公開試鏡結束後，鳳凰會館的大廳充滿了學校剛考完試的解放感。

回程路上，除了一般觀眾之外，有人看起來像是在和公司經紀人進行檢討，也有互相讚許的人，或是在交換名片等各種不同的情況。

試鏡結果將會擇日發表，大部分參賽者對此都感到都是一半期待一半不安。

花戀則是在充分發揮之後感到十分滿足。

但是其實她也沒有把握。

因為她只是把自己代入角色，全力以赴地演出而已。

接著深雪出現在她面前。

「…………」

深雪眼神真摯，兩人彼此對視。

接著深雪緩緩開始說話。

「妳還記得嗎，我們第一次見面的時候？」

「在那座大宅邸，對吧。」

深雪從大廳望向外頭的庭院，花戀也朝著同一方向凝視。

「當我在房間裡睡覺的時候，妳不知道從哪裡摘花送給我。」

「沒錯沒錯，因為庭院的花開得很漂亮。雖然之後被臭罵了一頓，但因為妳很開心，所以我也很開心。」

兩人在眼前的庭院看見小女孩因為擅自摘花，被園丁臭罵一頓的畫面。

「果然被罵了呀……」

「可是因為妳很開心，所以我又偷摘了一次，當然又被臭罵了一頓……」

「園丁先生看不下去，還問我要不要試著摺紙花。」

「但是因為不知道怎麼摺，最後連我也一起動手了。」

「我們那天摺紙摺了一整天呢。」

兩人接著望向大廳的等候室。

她們看見那裡擺著一張桌子，有兩個女孩脫下鞋子，全神貫注地摺紙的畫面。

「妳在我養病期間，幾乎每天都來看我，對吧？」

「對啊，我媽媽從那個時候就很忙呢。」

「妳在假日還會跟幫傭一起做點心對吧，而我負責端上桌。」

兩人看見一個女孩搖搖晃晃地端著盤子從她們眼前走過，另外還有一個鼻子上沾著鮮奶油的女孩擔心地看著她，直到有人提醒才發現這件事，兩人笑成一團的畫面。

接著在她們旁邊，又浮現兩個女孩正在開心地扮家家酒，笑得天真無邪的畫面。

——深雪以認真的表情注視著花戀。

花戀則是一臉難以言喻的表情。

因為那個表情實在太奇怪，深雪不禁笑了出來。

「其實，我這段時間真的好討厭妳，因為一直被拿來比較，而且妳還當上模特兒，即使不依靠桑島家也能自己闖出一片天……但是……」

「但是？」

「我也很後悔因為這點小事就跟妳交惡。要是我能忍讓一下的話，就不會失去重要的朋友了……」

深雪說出真心話，她兩眼泛淚地凝視著花戀。

「對不起，那段時間我對妳這麼壞，我一直都很想向妳道歉。」

「沒關係啦，事情都過去了。」

「呵呵，妳剛才在即興表演時也為這件事道歉了呢。」

大概是想起光太郎一臉愧疚的模樣了，深雪不禁笑了出來。花戀也跟著一起笑了。

兩人一起歡笑著離開會場。

在她們身後，有兩個女孩牽著手一起奔跑，然後消失在一名牽著自行車，步履蹣跚的少年面前。

「對不起，試鏡已經結束了嗎？」

兩人眼前是光太郎無力地舉起手，狼狽不堪的身影。

「真是令人跌破眼鏡。」

「就是說呀。」

花戀和深雪一起笑了出來。

「抱歉抱歉，因為我真的累癱了……對了，結果──」

光太郎沒有說完，便決定不問了。

看見兩人一起歡笑的模樣，他覺得「問這個就太煞風景了」，接著也跟著一起笑了起來。

尾聲

試鏡已經過去幾天了。

桐鄉高中的風雲人物「遠山花戀」和大地主千金「桑島深雪」參加電視劇公開試鏡的消息被各大媒體報導後，在學生、老師、鄉親和其他人們之間引起旋風。

讀模和千金的對決情節非常有趣，試鏡過程甚直上了全國新聞的特輯報導，其反響勢不可擋。電視的影響力果真厲害。

與此同時，當事人的花戀表現得一如既往，並沒有隨著周遭起舞。

「早啊，花戀同學。」

「早安，光太郎。」

兩人像往常一樣一起上學。然而，在試鏡之後，他們之間多了一個人。

噗嚕嚕……嘰……

停在他們身邊的是一輛黑色豪華轎車。這輛車在晨曦中顯得格外耀眼，經過精心打蠟和拋光的車身在陽光下熠熠生輝。

接著從後座神采奕奕地下車的是……

「兩位早啊。」

「早安，深雪同學。」

插進兩人之間的人就是桑島深雪。若是平常，車子會直接開進校園，不知不覺間就變成像約好的一樣和兩人一起上學了。

「大小姐，我先進學校了。光太郎少爺和花戀小姐……深雪大小姐就麻煩兩位了。」

「青木女士，學校就在眼前不到一百公尺，不用擔心。」

「大小姐，萬一出事，被責怪的人會是我。」

「我不想擔這種責任」，敢說出這種話的青木也不是個簡單人物。

「真是的，我們走吧。」

接著花戀故意對有點生氣的深雪說：

「深雪啊，既然都剩不到一百公尺了，應該也不用非得和我們一起上學吧？」

「花戀同學，別這麼見外嘛……光太郎大人也這麼認為吧？」

突然被捲入話題的光太郎，隨意地回了句「是啊」。

結果這個反應引來花戀的不滿。

「嗯～光太郎對深雪很寬容嘛？」

沒錯，自那天之後，深雪和花戀之間的隔閡就消除了。

不僅如此，她們現在好到可以一起開玩笑，令人懷疑「她們之前有鬧翻過嗎？」

如今深雪也是他們的一員，但是相處的融洽氣氛更像是從很久以前就已經玩在一起了。

「不，我是真的很高興啊……嗯。」

高興是高興……但這對光太郎來說又是另一個問題。

「你們看。」

「除了遠山同學，連桑島同學也在？」

「她們是有什麼把柄在他手上嗎？」

「……是不是該報警啊？」

這種反應。

光太郎聽到這些壞話，頓時升起一股憤怒，花戀卻只是輕輕拍了他的肩膀。

「光太郎，我能理解他們的心情。在旁人看來，你現在就是左擁右抱的狀態嘛。」

校園偶像加上地方知名的千金……看到的人只怕會羨慕到吐血吧。

「你就換個角度，把好色的標籤和八卦壞話當成在繳太受歡迎的稅吧。」

「繳稅是義務喔，光太郎大人。」

兩人聯手捉弄光太郎，而光太郎只能無奈地搗著額頭，對莫名被課稅感到不悅。

「不過，即使是左擁右抱，他最喜歡的仍然是我。」

「……什麼？」

花戀一句無心之言，讓深雪內心的惡魔從眼裡和嘴裡冒出來。

原本靜謐的空間，瞬間被一股濃重的黑色所籠罩。

此時有一群人跑過來。

「龍膽光太郎！」

包圍上來的人是神林學長等人。

「神林學長早安，那天真是太感謝你了。」

「哼，有趕上就好，而且你也賠了一台新車給我，我沒有理由抱怨。」

「對了，你後來還好嗎？」

神林得意地回答心愛的花戀。

「不不，那之後真的是太慘了，因為我把自行車借給龍膽，正煩惱該怎麼外送時，碰巧遇上校長騎車經過……」

「看來校長考到重型機車駕照了……不，那天真的是太謝謝學長了！」

「不用謝，比起這件事！」

神林學長們又扯著嗓門大叫。

「你憑什麼和桑島學妹這麼好？我真的想不透！」

「啊，學長很好奇嗎……」

「當然！我懂你和遠山學妹之間變得親密是理所當然的！但桑島學妹是無關的第三者，為什麼也跟你很好？身為出借自行車的學長立場，我必須把這件事問清楚，龍膽光太郎！」

面對怒氣沖沖的神林，深雪故意語帶保留地回答。

「嗯，畢竟發生了很多事嘛。」

「發、發生什麼事了？」

「這就任君想像嘍。」

「什麼！」

這句迂迴的回答，讓神林學長們無法回話，他們現在就是由焦躁與嫉妒組成的喪屍。

「你在我們不知道的地方做了什麼？」

「竟敢在眾目睽睽之下這樣又那樣！」

「警察先生，就是這個人！是真的！」

「深雪同學！都是妳叫他們自己想像，現在他們跟怪物一樣不受控了啦！」

「……啊，是，真的很抱歉。」

深雪也被神林學長們亂七八糟的想像力嚇了一跳……不禁發自內心地道歉。

光太郎決定不管陷入絕望的神林一行人，向教室走去。

當走到教室門口，要和花戀還有深雪道別的那一刻——

「電視劇試鏡辛苦了！」

三人被突然響起的拉砲聲，嚇得轉頭看過去。

眼前是滿心歡喜的同學們，為花戀她們表示祝賀。

「好了好了，別呆站著，快進來吧，花戀和桑島同學也進來。」

「小丸？」

「我……我也要進去嗎？」

丸山抓住兩人的手臂，就這樣，花戀和深雪被強行拉進教室。

二郎笑著迎接光太郎。

「嗨，你這讓我驕傲的脫單男。」

「你突然說這什麼鬼話！」

二郎還是笑瞇瞇地，對光太郎勾肩搭背。

「我聽說嘍，你騎著自行車大暴衝是嗎？你真的是我們這群人裡頭最亂來的，愛死你了。」

「你果然是個化不可能為可能的男人，下次可以在我家門前蓋車站嗎？」

「我希望家裡有美麗的海灘！」

光太郎被班上同學們逗得害羞起來，只能硬著頭皮轉移話題。

「先不說這些了，你們繼續聚在這邊好嗎？要開始上課了吧？」

此時教室外傳來一個聲音，回答了光太郎單純的疑問。

「沒關係。」

隨著開門聲出現的人，居然是保健老師飯田。

「飯……飯田老師？」

「我已經跟你們導師，鈴木老師申請好自習了，你們班也有一起參加練習，當然有一起知道結果的權利。」

聽到結果兩字，花戀開始緊張起來。

「怎麼會，大家要一起聽結果嗎？」

沒錯，上次的試鏡結果，原本預計要當場公布的。

最後卻因為主辦單位因素，延到今天上午通知。

「究竟是發生什麼事了呢？」

「一定是因為選不出來，誰叫妳們兩個都這麼厲害呢！」

「真的令人印象深刻。」

國立和仲村渠都對此讚不絕口。

但是花戀卻很平靜。

首先，當時她基本上不是在演，完全是自己的本性，因此她自己也沒什麼把握。

再來，她決定無論結果如何，都會稱讚深雪的演出。

這一點深雪似乎也一樣，目光交會的瞬間，兩人相視而笑。

「那個，我一起待在這裡好嗎？」

一起被拉進教室的深雪，不知道是不是該回自己班上，只好詢問周遭的人。

「當然、當然，妳的演技太厲害了，幾乎是不動明王。」

有著小麥肌膚的山本・沃夫查欽・雅弘，露出潔白的牙齒笑著點頭。

「我聽說妳是為了推花戀一把，才跳出來和她競爭的？」

「桑島同學真是個好人～」

大家完全沒想到那是深雪的本性，反倒以為她的行動和脫軌演出都是為了花戀。因此1年A班大部分學生對深雪的好感都提升許多。

「謝謝各位。」

深雪趕緊微笑道謝，避免被發現其實她是真的想贏過花戀。

在大家聊得正開心，整間教室鬧哄哄時，飯田拍了兩次手。

「好了好了，桑島同學可以留在這裡，但畢竟還是自習課，快把課本打開……就算裝裝樣子也好。」

飯田一臉冷淡但是很寵學生。

1年A班的學生們聽到後都乖乖回到自己的座位上打開課本。

不過，他們還是很在意，目光都集中在花戀和深雪桌上的手機。

「無論如何都不能記仇喔。」

「當然，不會的。」

已然和解的兩人，無論誰當上女主角都不會因此反目。

兩人低聲互相打氣之後，便開始讀書。

到了第二堂課的下課時間，就連隔壁班同學、學長姊和老師們都跑來聽結果。

畢竟全校都在談論這件事，每個人都很感興趣。

快到中午的時候——

嗡……嗡……

「——！」

手機的來電震動，讓所有人的目光同一時間看過去。

接獲來電的是……花戀的手機。

「啊，我……」

「……沒關係的，堂堂正正地接起來吧。」

在深雪的催促下，花戀寬慰地點點頭，接通來電。

「喂，您好？」

這通電話究竟是合格、還是落選通知，又或是根本無關的電話呢……

在大家的注目之下，花戀僵硬的表情放鬆了下來，班上的人也開始猜測「這是……」「難道說……」充滿了期待。

「好的，我知道了……非常感謝。」

花戀拿著電話深深地一鞠躬。

掛斷電話後，她第一時間向光太郎報告。

「太好了，光太郎！我通過試鏡了！」

「恭、恭喜妳，花戀同學！」

教室內頓時歡聲雷動，就連平時冷漠的飯田都紅了眼眶。

其中，二郎更是站起來高舉拳頭歡呼。

「萬歲！要開派對啦！」

「花戀，恭喜！」

丸山一把抱住花戀，仲村渠開心地跳起沖繩舞蹈，國立和沃夫也開心地互相擊掌。

「成功了！」

「我，好高興，今天的事情我要說一輩子。」

正當全班同學興奮不已的時候，深雪拍了拍花戀的肩膀。

「恭喜嘍，花戀。」

「……謝謝。」

這段對話裡頭集結了各種思緒。

光太郎也過來關心深雪。

「那個……這次真的太可惜了。」

「謝謝你，我已經很滿足了。」

深雪笑容滿面，此時不知從哪裡傳來說話聲——

「——真的這樣就夠了嗎？」

「這、這個聲音是……！」

隨著開門的聲音，青木走進教室。

「在大家正興奮的時候打擾了，深雪大小姐也收到合格通知了。」

這一消息讓全班同學更加興奮了。

「我、我也通過了嗎？」

青木用理所當然的語氣回答困惑的深雪。

「是的，對方說您和花戀小姐的『演出』很受好評，務必要賞臉——」

青木刻意強調「演出」兩字，並繼續說明深雪通過的原因。

「其實最終甄選的過程也有上傳到網路上，據說花戀小姐和大小姐出場的片段是觀看數最高的……在留言區也掀起討論。」

「唔～總覺得很好奇但又不是很想看。」花戀回答。

「大部分都是好評，大部分。」青木強調是大部分，又接著說明下去。

「大小姐通過的原因很簡單，就是公開試鏡節目帶來了意想不到的效果。」

據青木所說，試鏡被製作成節目上傳到網路，因此每個參賽者都會培養出自己的粉絲群。

該企畫成功引發注目，若是從這麼多優秀的參賽者當中，只選出一人擔綱女主角，未免太可惜了。

再加上花戀和深雪這兩個極具特色的參賽者，以及兩人在最終甄選時的脫軌演出造成話題，引起一發不可收拾的風潮，因此導演緊急提議修改劇本，增加演員名額。

「——總之我是這麼聽說的。兩位吵架……咳，我是說兩位精湛的演技，讓主要贊助商決定臨時修改劇本。無論如何都可喜可賀。」

在網路上公開試鏡過程，以綜藝化的方式呈現，如今的結果可算是這個策略的衍生效果吧。

「我知道了，能演個小角色我就知足了。」

「為了促進地方發展……真不愧是桑島家的千金。」

深雪接受了光太郎的誇獎，故意做出一個只有花戀能看到的表情小聲說道。

「呵呵呵，看來光太郎的心轉移到我身上是遲早的問題了。」

「什麼！」

「不是常聽說演員工作太忙，聚少離多容易和另一半產生分歧，所以關係都走不遠嗎？妳就好好當妳的女主角吧。」

深雪的發言和看著光太郎的眼神，既有力又不著痕跡的牽制花戀。

自稱「光太郎觀察者」的二郎看見這個情況，萌生一股危機感。

「……事情好像逐漸往奇怪的方向發展了。」

雖然所有人都把深雪的一連串的脫軌演出當作是「為了幫忙花戀的演技」，但二郎開始懷疑她是否真的把光太郎當成神，不禁感到害怕。

「如果真是這樣，那我得把那件事帶進墳墓……不然會引起一場腥風血雨的。」

要是被深雪知道光太郎其實是想對她告白，但是搞錯人的話……知道這個真相的二郎光是想像就不寒而慄。

與此同時，光太郎彷彿與這件事無關一樣，只是微笑看著花戀和深雪兩人。

（真希望這段快樂時光能持續下去。）

然而，命運卻不允許他實現這小小的願望——不，確切來說應該是搞笑之神不會輕易放過他才對。

某天，御園生本家——

在豪宅書房裡，御園生鐵平太雙手抱胸，嘴裡不停地喃喃自語。

「嗯～」

鐵平太摸著鬍子自言自語，嘀咕著自己的孫子光太郎有多棒。

「我們家贊助的某個電視劇，試鏡過程廣受注目。光太郎甚至及早發覺工作團隊裡潛藏著問題人物並向我反應。我的名聲因此提升，進一步鞏固了地方顏面的形象，真不愧是我孫子。」

當然，鐵平太自己也相當清楚，光太郎行動前並沒有考慮這一點，但就結果來看，他依然為家族的名譽有所貢獻，讓人重新認識他是一個「有能力的人」。

「他果然是御園生集團不可或缺的人才，真希望他早點回來。」

但是，若不先讓他改掉「不懂拒絕」這一點就讓他回來，就是本末倒置了。

「上流社會是充滿妖魔鬼怪，且各個囂張跋扈的世界……要是無法狠心拒絕他人，我們家族不用幾年就毀了。我必須想辦法做點什麼來磨練光太郎的心性才行。」

接著鐵平太陷入思考，想找出一個好方法。

雖說太過心急也不好，但他想早點讓光太郎的才能發揚光大……這分焦慮令他不停地摸著自己的鬍子。

「是有幾個比較強硬的方法，但我又不想對孫子那麼斯巴達……」

擁有「經濟鬼神」之稱的鐵平太，一旦遇到孫子的事情，也不忍心對孫子太過嚴厲，還為此傷透了腦筋。

「還是乾脆放棄，替他寫張推薦函……」

此時，一名傭人敲門進入書房。

「鐵平太老爺，桑島家給您捎來信息。」

「桑島家？」

「是的，他們想知道光太郎少爺前幾天相親的回覆。」

「……的確有過這回事。」

接著鐵平太回想起來，不知為何參加電視劇試鏡的桑島深雪。

「就是那個和光太郎推薦的女孩一起即興表演的姑娘嗎？居然連那樣的脫軌演出都能信手拈來，桑島家的千金也是很有才華的年輕人呢。」

當然，鐵平太完全沒想到那不是演技，而是本性。

「對方是個很漂亮的大美人啊，原來和光太郎相親的人是她啊……好！」

鐵平太靈光一閃，他豎起一根手指，面帶微笑，一副想到好方法的模樣。

「不如讓光太郎為了那個小姑娘努力吧！這樣事情就簡單多了！我要讓光太郎和桑島家的千金結婚！」

不僅門當戶對，對方既有才華，看起來個性也很好，更重要的是如果鐵平太在背後支持他們交往，孫子應該會很開心！鐵平太一想到這就忍不住笑了起來。

「如果光太郎能和那位才華洋溢的美女結婚，他作為家長的責任感也會油然而生，成為知所進退的男人。而且，對方身為桑島家千金，一定可以好好輔佐優柔寡斷的光太郎！將來就——」

鐵平太愈想愈興奮，他拿起書桌上的硯台、筆和紙，大筆一揮開始寫了起來。

他揮毫潑墨，寫下了「抱曾孫」。

這幅字飽含個人私慾和家族未來的寄託，他將它交給管家，命令道：「把它裱起來，掛在顯眼的地方。」

管家似乎也已經習慣他這種奇怪的行為，只是鞠躬後接過那幅字，淡淡地回答「遵命」。

「那麼，請問我該怎麼回覆呢？」

「對喔，相親的回覆！回答對方，光太郎很樂意與貴千金交往——以結婚為前提！」

由於這話太過獨斷，管家也不禁再確認一次。

「……不用先問過光太郎少爺的意見嗎？」

「不用！我知道那個姑娘是光太郎喜歡的類型，甚至會主動告白的程度！我可是很清楚的！」

既然老爺都說到這個份上了，管家也只能乖乖遵旨，閉嘴照辦。

「就交給你了，哈哈哈！」

鐵平太笑得很開心。

確實，他的眼光很精準，光太郎真的曾打算對桑島深雪告白。

但即使是鐵平太這樣的老江湖也猜想不到，光太郎現在因為搞錯告白對象，處於一個一言難盡的狀況中。

這是來自搞笑之神的驚喜禮物嗎……然而神明又給了光太郎另一個試煉——

同一時間的Mariposa咖啡廳。

光太郎放學回家後，發現讓二一反常態一臉正經地坐在店裡的餐桌旁。

今天是公休日，讓二通常會穿著破舊的運動服，懶散地一邊抓屁股一邊看漫畫。

但不知為何，他今天穿著一身西裝，在店裡心神不寧地等人的樣子，讓光太郎一臉疑惑。

「叔叔你怎麼了，要跟銀行談貸款嗎？」

「笨蛋！我的生意沒有問題！」

這下把光太郎搞糊塗了，他一臉困惑地坐到讓二對面。

「那位曾經把『面試沒有指定服裝儀容』這句話當真，穿著T恤和牛仔褲去大公司面試的叔叔，竟然會如此緊張……究竟是怎麼了？」

「我之前不是跟你提過，有一個相處得不錯的對象嗎？」

聽到這裡，光太郎馬上想起以往的劇情發展。

「然後你其實是被仙人跳，現在打算下跪道歉嗎？我也要一起道歉嗎？」

「這什麼超展開！而且根據我的經驗，叫侄子一起道歉根本沒屁用！」

啊……原來他真的有這種經驗啊……光太郎不禁對這個擁有豐富失敗經驗的叔叔感到無言。

調整好心情後，讓二開始認真說明。

「我這次是認真的……不，我每次都是認真的，但我真的很喜歡這次的對象。」

讓二一邊抓著他的平頭，一邊神情嚴肅地開始介紹對方。

「她身上有一種楚楚可憐的美人氣質，據說她很早以前就失去了丈夫，生活十分不易。」

「嗯嗯。」

「我對她那帶著憂愁的側臉念念不忘，於是開始瘋狂地追求她。」

「喔喔。」

讓二的語氣逐漸變得熱烈，嘴邊冒著泡沫，滔滔不絕地說著。

光太郎則是一副習以為常的樣子，敷衍地應付著，一邊摳著手指上的倒刺。

「然而對方是一位寡婦，對丈夫依然無法忘懷。但是我沒有氣餒！最終，我的真心終於打動了她！」

「嗯嗯。」

「但對方卻以擔心在演藝圈工作的女兒為由，不斷拒絕我的追求。」

「嗯嗯……嗯？」

此時光太郎感覺到有些不對勁，看向了讓二。

「演藝圈……」

「但是就在最近！她的女兒得到了一份難得的工作機會！她也非常高興！我可不能錯過這個機會！我當即下定決心，向她求婚了！」

「叔叔……等一下……」

光太郎開始冒冷汗，然而讓二已經激動地無法煞車。

「我跟她說，和我同住的侄子也贊同這樁婚事，不用擔心！於是她終於答應了我的求婚！她當時的笑容真是太美了！」

此時光太郎心中有一個疑惑揮之不去，只好強行插話。

「讓二叔叔，先等一下！我有一個很重要的問題。」

「什麼問題？」

「對方的女兒是不是……年紀跟我差不多？」

讓二一臉「你猜得真準」的驚訝表情。

「好像是，據說是個正值青春年華的女兒，她今天也會一起過來打招呼，不好意思喔這麼突然。」

「咦，不會吧……這……」

光太郎無法掩飾內心的慌亂，顯得手足無措。

這時，外面傳來了說話聲。「媽媽，這裡是……」

「就是我說的那個對象工作的地方。」

「什麼？咦？不會吧……」

「抱歉這麼突然，但是妳即將進入一段重要的時期，我不想讓妳擔心……」

「可是……這裡，不會吧……」

耳熟的聲音。

隨著開門的聲響，聲音的主人走進了咖啡廳。

「打擾了，龍膽先生。」

眼前是一位看起來很溫柔的妙齡女性，以及——

「……嗨。」

害羞得滿臉通紅的遠山花戀。

讓二並未發現光太郎和花戀之間尷尬的氣氛，只是害羞地向光太郎介紹那位妙齡女子——花戀的媽媽。

「這位是遠山菜摘女士，他是光太郎，打個招呼吧。」

「很高興認識你，我是遠山菜摘……哎呀？哎呀哎呀，這是……」

花戀媽媽放鬆了下來。她似乎知道光太郎和女兒的關係，掩嘴輕笑。

她優雅的微笑和端莊的舉止，讓人一眼就能看出她出身名門，是桑島家的前千金。

「嗯？奇怪？妳是之前有來過我們家的——」

與此同時，讓二似乎也發現了花戀，眼神慌張地打量著。從讓二那彷彿在賽馬場尋找下注目標的大叔視線當中，絲毫沒有御園生家族該有的氣質。

（明明有著如此相似的境遇，卻截然不同……）

光太郎在心裡吐槽，此時花戀媽媽對他深深地鞠躬。

「我聽我女兒講了很多故事，那天非常感謝你。我是菜摘，是花戀的媽媽。」

「啊，您好，我是龍膽光太郎，是讓二的侄子——」

不等光太郎介紹完，菜摘就迫不及待地握住他的手，連聲道謝。

「沒想到，拯救我家那個差點遲到的女兒的人，居然是讓二先生的侄子……難怪我覺得這個姓氏好熟悉。」

「啊，是……」

龍膽也不是什麼常見的姓氏，居然沒發現嗎……光太郎不禁在心裡吐槽。

（但想到菜摘女士的出身，好像也不意外？）

菜摘女士個性單純，又是個缺乏社會經驗的千金小姐，可以想見花戀平時應該也不輕鬆。

得知花戀是光太郎的女友，讓二的眼神亮了起來。

「咦？這是怎麼回事？我怎麼都沒聽說呢？」

讓二用手肘頂了頂光太郎，這種煩人的調侃讓光太郎只能苦著一張臉。

接著，他又因為讓二的一句話臉色大變。

「嗯，那麼這樣就能當作同居的事前練習了。」

「咦，什麼？不會吧……」

面對光太郎嚴肅的追問，讓二似乎想到了什麼，露出了意味深長的微笑。

「我原本顧慮到菜摘女士有個青春期的女兒，所以想先暫緩同居的計畫……現在妳覺得呢？」

「讓二先生，我也正有此意呢，太好了。」

菜摘微笑著表示同意，讓二當下拍板定案。

「那就這麼做吧，今後我們就住在同一個屋簷下了，好好相處吧。」

「「咦咦咦咦咦！」」

這一天，光太郎莫名其妙和桑島深雪以結婚為前提開始交往，以及即將和遠山花戀同居。

抱著「搞錯告白對象」這顆炸彈的光太郎，他的甜蜜試煉還會繼續下去——

後記

其實我最近正在做腦力訓練。

我知道大家一定會認為「來不及了」，但我也是有所考慮的。

承上，這份工作……所謂輕小說作家，是一種靠妄想吃飯的生物，沉浸在開無雙殺紅眼、因為現代知識和作弊能力的優越感當中，讓想像力恣意奔馳的行為，在我眼中約等於廚師揮舞菜刀，業務打電話聯絡一樣自然……全世界的廚師和業務，我知道你們一定不屑與我相提並論，還請睜隻眼閉隻眼。

正因如此，我至今仍心存妄想。

順帶一提，我現在最熱衷於「獲得搞笑諾貝爾獎，用專利授權金在當地建設體育館，手上有足以免費將場地借給孩子們的豐厚存款，所有員工都超愛的公司老闆，同時還是西武球隊中繼勝投王的老菜鳥」的妄想……

相信各位也猜到了，一天到晚都在想這種事情，腦細胞怎麼可能死光呢？

萬一哪天我分不清妄想和現實，在埼玉中央大喊「我是獲得搞笑諾貝爾獎的輕小說作家」，可是會被當成瘋子的啊！光是說自己是輕小說作家，就會受到和丸之內大樓的大樓風一樣強的抨擊啊！

於是我刻不容緩地走上復活腦細胞之路。

具體來說，我正以「暗黑破壞神Ⅳ」當作我的生活小妙方……聽我解釋，大家不都說遊戲也是一種鍛鍊腦力的方式嗎！

什麼？快點工作？——哈哈哈，總之我先發表感言。

插畫家たん旦老師，感謝您超棒的插畫！尤其是封面，真的太棒了！請老師任憑發揮的成果，讓我第一眼就認定並感到雀躍，死掉的腦細胞都活過來了。

まいぞ－大人，抱歉讓您久等了。從提出企畫開始過了好久好久，途中也曾發生在幾經波折後，提案最終全數被駁回等狀況，害得我腦細胞和毛囊都死光了，如今能走到這一步，都是因為編輯的力量。

接著是對我不離不棄的家人們，同期和前輩，以及朋友們，真的感激不盡。

最後最後，當然還有閱讀本書的讀者，請讓我至上最高的謝意！希望大家看得開心，為此要我犧牲多少腦細胞都沒關係。雖說我這如同乾燥海帶的腦細胞能否等價交換還不好說，但是我會加油的。

——我是比起鍛鍊腦力，更常有人叫我減肥且持續多年的サトウとシオ。

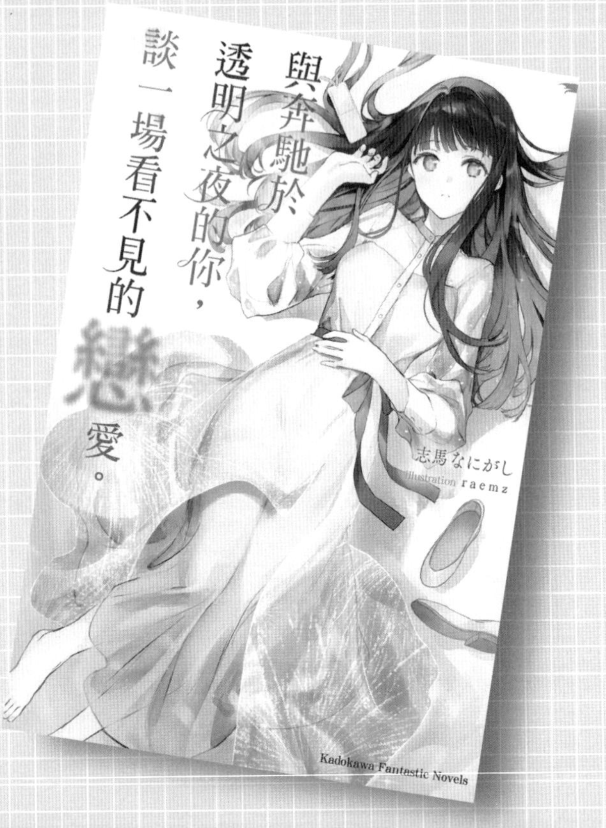

與奔馳於透明之夜的你，談一場看不見的戀愛。

Kadokawa Fantastic Novels

作者：志馬なにがし　插畫：raemz

眼睛看不見的妳就連我的長相都不清楚——
但是，這場戀愛只有我們兩人看得見。

內向的大學生空野驅遇到了一名叫做冬月小春的女孩。她是一位相貌出眾的美女，而且還很愛笑，與自己截然不同——只不過她的眼睛看不見。她和自己不一樣，沒有放棄任何事物——更沒有放棄放煙火的夢想。等回過神時，他已經為了小春而奔馳——

NT$240/HK$80

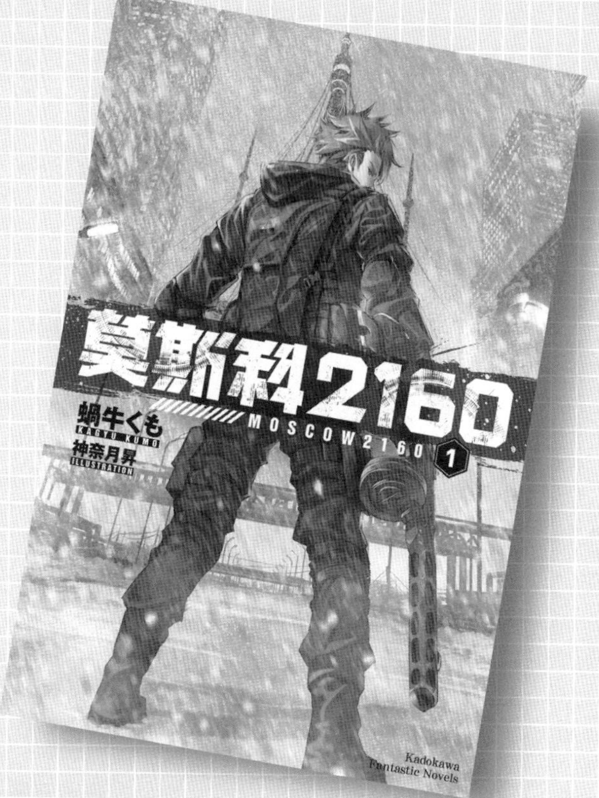

莫斯科2160 1 待續

作者：蝸牛くも　插畫：神奈月昇

Kadokawa Fantastic Novels

《GOBLIN SLAYER! 哥布林殺手》作者蝸牛くも
獻上美蘇冷戰從未結束的近未來賽博龐克！

　　西元二一六〇年，在美蘇冷戰從未宣告結束的近未來莫斯科。戰後回鄉的生化士兵四處遊蕩，隨時隨地受到監視的城市裡，政府組織、西方諸國間諜與黑幫私底下廝殺不斷。其中也有擔任「清理人」的肉身傭兵丹尼拉·庫拉金手拿衝鋒槍的身影！

NT$240/HK$80

國家圖書館出版品預行編目資料

我和隔壁班美少女共度甜蜜校園生活,但事到如今實在無法承認當初搞錯了告白對象/サトウとシオ作；黎維津譯. -- 初版. -- 臺北市：臺灣角川股份有限公司, 2024.07-

冊；　公分. -- (Kadokawa fantastic novels)

譯自：隣のクラスの美少女と甘々学園生活を送っていますが告白相手を間違えたなんていまさら言えません

ISBN 978-626-400-229-5(第1冊：平裝)

861.57　　113006558

Kadokawa
Fantastic
Novels

我和隔壁班美少女共度甜蜜校園生活，但事到如今實在無法承認當初搞錯了告白對象 1

（原著名：隣のクラスの美少女と甘々学園生活を送っていますが告白相手を間違えたなんていまさら言えません）

2024年7月17日　初版第1刷發行

作　者：サトウとシオ
插　畫：たん旦
譯　者：黎維津

發 行 人：台灣角川股份有限公司
總　監：呂慧君
總 編 輯：蔡佩芬
主　編：林秀儒
編　輯：黎夢萍
設計指導：陳晞叡
美術設計：周欣妮
印　務：李明修（主任）、張加恩（主任）、張凱棋、潘尚琪

發 行 所：台灣角川股份有限公司
地　址：104台北市中山區松江路223號3樓
電　話：（02）2515-3000
傳　真：（02）2515-0033
網　址：www.kadokawa.com.tw
劃撥帳戶：台灣角川股份有限公司
劃撥帳號：19487412
法律顧問：有澤法律事務所
製　版：尚騰印刷事業有限公司
ISBN：978-626-400-229-5